imaginist

想象另一种可能

理
想
国

imaginist

大部分人在二三十岁就死了，因为过了这个年龄，他们只是自己的影子，此后的余生则是在模仿自己中度过。日复一日，更机械，更装腔作势地重复他们有生之年的所作所为，所思所想，所爱所恨。

——罗曼 · 罗兰

所有年轻人都将在黎明前死去

水木丁 著

GUANGXI NORMAL UNIVERSITY PRESS
广西师范大学出版社

第一章

一

我最后一次见到夏念，是在两年前的夏天。本来说好一起逛街，她却没有来，打电话不接，短信也不回，我只好直接杀奔她家。她在家，穿戴整齐地出现在我面前，那是一件我没有见过的白色连衣裙，套在她身上特别好看。她脸上有一道很奇妙的光，一扫平日她眼神里的阴霾，是一种异常的兴奋，但是她的手却一直在抖，我知道她又犯病了。

我们没有出去，整个下午和晚上都待在家里，和往常一样，她只是需要我陪伴她，但最好是个哑巴。于是我在她的房间里看书，看电视，做好饭，跑到阳台去打电话，然后叫她吃饭。吃饭的时候，我们随便说了两句关于过去的和现在的事，她照例沉浸在自己的世界里，说着说着就走神了。晚上睡觉的时候，天气闷热，窗户开着，风吹进屋子，拂过我们的身体，带着一股湿气。马上就要下雨了，我听到她的呼吸很平稳，以为她睡着了，但是当一阵闷雷打过之后，她突然开口说话，声音却特别冷静而清晰。

“别担心，我没事了。”她说。

两个星期后，她从十一层楼的阳台纵身跳下，那天本来是个晴天，她落到地上以后不久，天阴沉下来。人们要赶在下雨之前把她抬走，警察要赶在下班之前把话问完。我在这个城市里生活了将近三十年，头一次看到这么快的办事效率。雨下起来的时候，所有人都已经走光了，地上的粉笔道只几分钟便被洗掉了，雨水在地上汇成水流，带着她红色的血，流进下水道里，把地上的方砖冲洗得干干净净，好像什么都没有发生过一样。小区里空荡荡，间或传来一两声狗叫，穿过密实的雨帘，突兀而响亮。

该来帮忙安排丧葬的亲友还没来，我留下来陪夏念的妈妈，我们象征性地吃了点东西，然后匆匆忙忙逃到床上去睡觉，大家都很平静，仿佛睡一晚上就会什么事都没发生一样。我小时候经常这么干，虽然从来不管用，但却养成了爱睡觉的毛病。半夜醒来，我听到夏念的妈妈在哭，好半天才想起来发生了什么事，可是我不知道怎么安慰她，于是我躺着没动。在黑暗中闭着眼，静静地听着她哭了一会儿，声音小了下去，渐渐地又睡着了。

最近这几年来，我总是在早上彻底清醒之前已经开始思考，这是个坏习惯，像一个人总是在彻底衰老之前开始死亡一样。这样的思考完全不由我控制，我常常把它们和我的梦境搞混淆，但当我清醒之后，我意识到它们不是梦，而是真真正正的苦苦思索，所以它们可以让我在睡了一夜之后开始筋疲力尽。夏念死后的一个多月里，我都睡不踏实，每次睡意蒙眬时我的脑子都在不停地想。我知道她没有什么冤情，在很多人眼里，她的人生也没什么大不了的不如意，我并不想问她什么，但是每个清晨，在黎明来临之前，却都有一个干燥而烦闷的声音在问我，怎么了？怎么了？

于是我口干舌燥地醒来，跑去喝上一大杯水，却想不起来那个问题，到底是关于什么的，怎么了？什么怎么了？谁怎么了？

怎么也没怎么样，一个女人死了，一个女人还活着。除此以外，怎么也没怎么样。

一个人就这样不见了，这真让人难过，但是我哭得并不多，因为我一直坚信和她会在梦里相见，就像她活着的时候一样，时不时地会打电话来说，走，我们去逛街，我们去书店，一起吃晚饭吧……然而我忘记了，阴阳之隔，遥远过太平洋的此岸与彼岸，即便是梦里相见，也是难上加难。又或许，她在天堂太快乐，已将我渐渐遗忘，总之那之后，她并未造访过我的梦，即便是有过，也是匆匆一瞥，惊鸿一现，以至于我在醒来的时刻，会呆呆地坐在清晨的阳光里疑惑，不敢确定自己是否真的梦到了她。

我开始慢慢回想起很多年前，我们刚刚认识的时候，夏念的样子。她是一个多么让人嫉妒的姑娘，总是把头发扎成一个马尾，露出她那光洁的额头，她的头发乌黑，白皙的脑门上刻着“品种优良”四个大字。每次当她走进教室的时候，我都感觉是看到一匹纯种小马驹误入了普通的杂种马的马群。她比我们任何人看上去都漂亮，都高贵，她修长的双腿，笔直结实。更令我嫉妒的是，她对所有这一切都浑然无觉，毫不在意。

我们当然不是朋友，班级里实在是没有哪个女生能和她交朋友，虽然她为人和善，是那种典型的好脾气的姑娘，但是她实在是没有时间和我们交朋友。她直接带着她那高大英俊的男朋友来到大家面前，在我羡慕别人有一辆好自行车的时候，那位王子已经骑着他黑黝黝的摩托车载着她来报到，然后两个人又在我们的注目礼中绝尘而去。于是，当大学生活最初的两个月过去，姑娘们互相搭帮配对的“找朋友”游戏结束后，有两个零落在集体之外的马匹，一个是她，另外一个是我。

我没有骑摩托车的男朋友，我连骑自行车的男朋友都没有，但是我有苏金金，我们十五岁上高中的时候就认识，像很多那个时候的女孩子一样，我们每天厮混在一起。我们上课说话，下课说话，散步说话，吃饭说话，一起逃课去电影院说话，在小树林里说话，在操场的看台下说话，在厕所里说话，在她家说话，在我家说话。有一次我同桌的男生问我，你俩成天黏一块，没完没了地聊啊聊，你们哪来那么多话可聊的？我们相视而笑，我们需要秘密，但是我们不能不说。于是我们互相需要，这样我们说的每一句废话都成了我们共同的秘密，闪着光。

有一次，我们在学校门口、马路对面的小树林里散步，走了四五个来回，她一直在给我讲她刚刚看过的一本小说，那是关于两个女孩子之间的友谊的故事，她们和我们一样要好，后来她们发现自己有同性恋的倾向。

故事讲完了，我们都站了下来，在春天的风里和哗哗作响的叶子声里面面相觑。

“咱俩不是同性恋吧？”她问出我也担心的问题。

“肯定不是，”我说，“我喜欢男生。”

“我也是。”她放心下来。

“但是我们会永远在一起的。”

“那当然。”她笑了。

那是一九九几年呢？我总是搞不清自己的人生轨迹，算不清这些年份。总之那时候大家都在，没有人死去，也没有人出国，大家在校园里四处游荡，有人打架有人谈恋爱有人成天泡在图书馆里有人一天晚上要赶几场舞会。苏金金最爱在中午打饭的时候去隔壁男多女少、狼多肉少的工学院去找她的小学同学，她站在工学院食堂的路口，摆出秀色可餐的姿势，享受百分百的回头率。我则躲在家里打游戏，把“魂斗罗”玩了一遍又一遍，每次都用作弊的方法搞出无数条命去通关，一个人跑到图书馆去看电影，看演唱会录像，在黑暗中偷偷哭泣。校园里的姑娘们时而三五成群，时而形单影只地在这里或者那里打发时间，和陌路相逢的男生玩眉来眼去的游戏，有男朋友的女生带着她们的男孩在图书馆里走进来再走出去，没有男朋友的女生在图书馆里伏案苦读，还有一部分女生特别热衷参加各种文体活动，她们热情、正直、青春逼人、积极向上的样子令我讨厌，也让我嫉妒。我不明白为什么她们每个人都有那么多的正经事可以干，看上去好像每个人都正活在兴头上，只有我没有正经事可以干，我的正经事就是装做有正经事可以干，装得不够好，只好改变路线装神秘，想玩失踪却无处可去，最后也只有失踪到自己的家里，关起门来还是继续打我的“魂斗罗”游戏。

谈恋爱，谈恋爱，好想好想谈恋爱，却无人与我相爱。我走进一所巨大的校园，以为走进一种崭新的生活，却发现这里遇到的人和我在高中时遇到的人没什么区别。校园里到处是煞有介事的男同学，可是什么事情也没有发生过，而且照这样下去，我看再过上一百年也不会发生任何事。我们在九月的阳光里走来走去，渐渐开始熟悉彼此的表情，我甚至知道了夏念的男朋友叫高家驷。有一次，我搭他的顺风车回家，终于体会到了坐在黝黑的皮座位上的感觉，当车子风驰电掣般穿过校园，我的每一根头发都被甩到了时间的后面，脸上的肉都要飞出去了，我很佩服夏念坐在上面的镇定自若，以及她从不凌乱的马尾。她现在和我很熟络，总是主动找我说话，还坚持让高家驷送我回家。当我发现这份亲切只是针对于我一个人的时候，还真是有点受宠若惊的感觉。后来我问过她这个问题，她说是因为有一次上赵锐的基础英语课，所有人都被这个长得很帅的老师给迷住了，姑娘们被他逗得傻笑个不停，只有一个人却完全地心不在焉，一直看着窗外发呆，赵锐也发现了，他把这个学生叫起来问了个问题。然而那个女生说她不知道答案，她说“不知道”的时候，那表情好像……就好像……她四处看看，然后指着远方的一棵树给我看：

“就好像那棵被风穿过的树，我喜欢那一瞬间你的样子。”

我满心疑惑地看看她，又看看那棵树，什么玩意？什么树？我嘟囔道："不懂。"

"你身上有一种你不知道的东西。"

"是什么？"

"说不清楚，"她笑，"反正我挺喜欢的。"

于是我又仔细看那棵树，她也看着，我们一起看着那棵树发了一会儿呆，我对辨认植物完全不在行，不过我想那是一棵杨树。很多年后，我还一直记得那棵树的样子，茂密翠绿的树冠在风里摇曳着沙沙作响。她到底是说我像树，还是说我像风，或者说我像一阵风穿过那棵树？我从来没搞明白过，那棵树也没什么特别的，只不过是棵树，我怀疑她是看什么书看得故弄玄虚起来。后来那个地方被卖给了一个房地产开发商，很快被挖了一个巨大的坑，钢铁怪物日夜轰鸣，再后来那个开发商在一个凌晨被杀死在他情人的床上，成了城里轰动一时的新闻。工程就此被搁置了下来，有一年冬天，我回到家乡，从那里路过，废弃的烂泥坑里长了些衰草，裸露的土地上东一块西一块地还覆盖着残雪，我想没有人会记得这里曾经有过一棵树，一棵杨树。

二

为了增进新同学之间的感情，年级里组织了一次男子篮球比赛。我们班的男生还真不赖，一路上过关斩将，一直杀入了决赛。奇怪的是，我们的拉拉队清一色地由外班的女同学组成，除了我和夏念以外，本班的靓女们一个都不肯出现。其实开学也没有多久，这样的状况不知道是什么时候以及如何迅速形成的，总之大家像中了什么邪一样，就这样把势不两立一直莫名其妙地持续到了毕业，间或有一两个女生加入到男生的队伍里来，又迅速地退出，只有我和夏念跟班上的男生关系还不错。

我穿着姐姐剩的厚毛衣，骑着我的破自行车去外语系后面的篮球场看篮球比赛，毛衣是红色的，我的自行车是绿色的，不是邮政自行车的那种墨绿色，是掺和了明黄色的那种很扎眼的绿。有一天我和母亲说我想要一辆自行车，第二天早晨，她把我叫到楼下，指着这个破玩意儿给我看，并得意洋洋地告诉我她只花了五十块钱便把它买了下来。我这辈子从来没看过这么难看的自行车，但我还是二话没说接受了，从此骑着这个怪物到处转悠，声音刺耳，颜色刺目，一跑起来到处都在响，回头率绝对百分之百。我想我的样子看上去傻透了，我现在什么都完了，没有人会看上一个骑着这样的自行车的姑娘，这辆自行车毁了我的一切。但是我那时候一直憋着一口气，不理会大家的嘲讽，走到哪里都骑着它，非要坚持把破罐破摔进行到底不可。我和男孩子们一起玩，他们骑着漂亮的变速自行车走在我的前面，我骑着我的丑八怪跟在他们后面，校园里那条长长的林荫道上，阳光透过两旁高大的白杨树的树冠，斑斑驳驳地照在刚刚铺好的马路上。我向着我的伙伴们奔去，内心有说不出的绝望和快乐。而我的母亲，我知道，她并不是没有钱。

那一场比赛我们赢了，这是意料之中的事情，意料之外的事情是，我爱上了一个人，一个人爱上了我，然而这一个人和那一个人，他们却不是一个人。我们在九月最后的好天气里上蹿下跳，欢呼着胜利，然后一起跑到还在营业的小食堂去喝酒。和所有学校的小食堂一样，这里的小食堂也不过是可以点菜的大食堂，师傅还是那些师傅，饭菜还是那些饭菜。当桌子上盘盘碗碗里的菜肴终于有机会被剩下来的时候，暴露了披着一层荤油趴在白瓷盘里的丑态。我爱的那个人，他此时沉默地坐在我的身边，对着这一桌子的丑态百出的残羹剩饭，抽一口烟，喝一口酒，微微笑着看我身边的那些男孩子们打打闹闹，在昏黄的灯光下，旁若无人地和我说话，只和我说话，全世界只和我一个人说话。他的气息是男人身体发出的干净的气味，和烟草味混合在一起，弥漫成了一个罩子，将我和他罩在了一起，将一切都挡在了外面。我们端端地坐在暧昧的里面，大家都很识趣地在罩子外面嬉笑怒骂，不来和罩子里的人说话。按照我看过的外国电影的发展，我们已经可以接吻了，但是我们只是说话或者沉默地一起望着罩子外。穿着红毛衣，骑着难看的自行车来到这里的姑娘悄悄地跌落在了男人的气息里，没有人来打捞，她快活得沉下去了，自己却还不知道。

每个人都醉了，醉了就想打架，醉了就连瘫软在盘子里、泡在荤油里的剩菜都吃得下，史冯拎着他的筷子凑过来坐下，一边吃菜一边问："你们两个鬼鬼祟祟地合计什么呢？"然后他不等我们回答，继续问我身边的人："大傻跟我合计着一会儿要揍后面那几个小子一顿，你上不上？"

不用回头，我也知道他说的那几个小子是哪几个小子，我们走进食堂的时候，他们就坐在我们身后。下午球赛的时候，他们站在场地边上给我们喝倒彩。我们在一个楼里上课的时候，大家低头不见抬头见，男生们共用一个男厕所，女生们早晚会谈论到他们，不是这个人是谁的哥们儿，就是那个人是谁的哥们儿的同学。这样不尴不尬的关系，打架总是很不好的，然而世界只有这么一丁点儿大，你年轻，你醉了酒，你想打架，那么在这样的深夜里，你也只剩这几个人可以选择了。我想对方也是一样渴望着战斗，那就战斗吧，男孩子们。我只是有些遗憾，那个属于我和他之间的罩子突然就被打破了，我望向他，他没有说话，把手里的烟狠狠抽了两口，十分洒脱地在一个空盘子里捻灭，向正路过的食堂张师傅招招手："师傅，给我来碗米饭。"

张师傅是个胖子，听到这话站住了，眼睛一翻，肚子在他沾满油渍的围裙下一鼓一鼓的，张嘴就骂："小兔崽子，当这儿是饭店呢？拿饭卡自己到窗口买去。"

我咧嘴笑，他也笑，他笑起来没有不笑的时候那么好看，就像他说话的时候没有不说话的时候让我心动一样。很多年以后，我才想起来，他曾经是一个很帅的小伙子，但当时我并不知道。史冯跟我说班上有个叫彭飞的男生长得很帅的时候，我还很不以为然地嘲笑了一下他的审美，直到后来的某一天，他在街上叫住我，我看着他从脏兮兮的二八大自行车上蹿下来，头发乱糟糟的，很多日子没洗澡的样子，一只裤腿挽到膝盖，一只裤腿耷在脚面，我才恍然大悟，他从前真的是一个很帅的小伙子，可惜等我知道的时候，他已经不帅了，他辜负了我的爱。

那一夜，校园里并没有任何的暴力事件发生。当我们酒足饭饱之后，身后的对手早已没了踪影，一腔荷尔蒙无处发泄，我们只好继续喝酒，胜利带来的喜悦早已风吹云散，有人唱歌，有人默不作声等待着黎明的来临，我看着昏黄灯光下的每一张面孔，真想和他们每一个人拥抱。当食堂打烊的时候，我们被轰了出来，无处可去，只好在校园里闲荡。史冯跑到花坛下狂吐，我在一旁帮他敲背，其实我完全不知道这是为什么，反正小时候我每次生病呕吐，我妈也总是这样敲我的背，其实我很讨厌被她这样敲。那边热闹起来，是大傻抱着电线杆死活不走，显然是发生了酒醉以外的事。我走过去看个究竟。"啊，小唐妹妹，你来了。"他把头幸福地依偎在电线杆上对我说，好像依偎在情人的怀抱一样。他的两撇小胡子和一对小眼睛在月光的照耀下快乐得像一个小丑，脸上挂着甜蜜陶醉的微笑。

“告诉你一个好消息，”他说，“我的自行车被人偷了。”

“是刚买的那辆吗？”

“是。”他说，竟然还记得价钱，“一千六。”

男生们吵吵嚷嚷，是要先去找自行车，还是先去找那几个小子揍他们一顿？大傻一脸幸灾乐祸的表情看看他们，又冲我龇牙笑，我觉得他抱着电线杆的姿势十分暧昧，好像马上要和它亲吻一样。

“我可以把我的自行车借给你。”我说。当穿红毛衣的姑娘内心觉得快活，她开始觉得那么丑陋的自行车也可以拿出来借给别人。那天晚上，她喝了很多酒，她爱上了一个人，一个人爱上了她，而这个人和那个人，他们不是一个人，那个她爱上的人，她还是觉得他并不英俊，也并不特别。很多年以后的一天，她已经不穿红毛衣，也不骑绿色的自行车了，她在一个陌生的城市穿过一个陌生的校园，看到一群男孩正在打篮球，她突然想起从前有这么一个夜晚和当时的月亮，她身后那扇紧闭的大红门，那些婆娑的树影，和树影下的那些年轻人，那个时候大家都在，那个时候大家都觉得总有一天自己会离开，没有人愿意留下来。

至于那个爱上她的人？唉，不提也罢。

三

如果第一场雪迟迟不下，大风就会一直这样铺天盖地地刮下去。冬天要来了，整整两个星期，城市被笼罩在肮脏的灰尘里，上课睡觉的时候把头埋在臂弯，会在梦中隐隐闻到一股土腥味。这是我生长的地方，我憎恨的地方，我逃不出去的地方，如今我愿意留下来的地方，因为我爱上了一个人。我在下课铃声中醒来，发现他正穿着一件褐色的皮夹克坐在我的身边，他每天和我说话，一起出去玩的时候在众目睽睽之下只待在我身边，他身上的皮夹克和烟草混合的气味，和这个城市的土腥味不一样，每次靠近他，闻到他，我都想投入他的怀抱，让他的气味包围我，在这气味里睡觉，他是这个世界的光，我从来没有问过他爱不爱我，因为我闻得出来他爱我，他只是没有说。这个世界上有些人是用鼻子来谈恋爱的，我是他们中的一个。我也闻过我自己，但是什么也没闻到，不知道是人闻不出自己的味道呢，还是因为我本身根本没有气味。我对苏金金说，她跑过来抱着我闻了闻，然后皱着鼻子说："很有味道呀，有狐臭。"我笑着打她，她身上的气味倒是很浓烈，她哥哥在家繁殖了十几条纯种狗，搞得她身上不仅一身狗毛，还有一身狗味，大得连她自己都能闻得到，所以她每次出门都要喷一些她姐姐的夏奈尔 5 号，然后梳着一丝不乱乌黑发亮的中分长发，带着狗毛狗味香水味来我们班找我，穿着她的大红格子短大衣在外语楼走廊尽头的窗前逆光而站，冲着我微笑。我妈说她那件大衣很像我家过去的沙发套，我闻到她的气味，看到她走过去，发现"沙发套"上有根狗毛，就帮她摘掉。

"你给我带来了吗？"她问。

我从书包里掏出书来交给她，她接过来，扒开旧报纸包的书皮看里面的封面，封面上有两个金发碧眼的红唇女郎和一个身穿黑色皮衣的外国猛男骑在摩托车上。作者叫西村兽行。很多年后，我才知道原来日本真的有这么一个作家，只不过人家的名字不叫兽行，叫寿行。

"《欲兽禽魔》。"她蛮大声地把名字念了一遍。

“嘘！”我把手指放在嘴唇上示意她要小声。

于是她小声问：“黄吗？”

“当然。”我也小声说，我们正经过篮球场，那里没有人打球。一阵风打远处起势，打着旋，卷着尘土向我们扑过来。我紧闭嘴唇，拽拽她的衣服，给她指着看，于是我们一起蹦起来，转过身去，闭上眼，闭上嘴，肩并肩转身在狂风里站定，用手把鼻子和嘴捂住，把黄色小说抱在怀里，把爱情揣在心里，一言不发地等着这阵风过去。尘土从我们的身边经过，一些扑落到我们的衣服里，头发里，当四周安静下来，我们转过头，整理了一下头发，继续往前走。

“我现在才明白那是怎么一回事。”我说。

“什么怎么一回事？”苏金金问。

“男人和女人怎么回事啊。”

“那是怎么回事？”

“你记得看小说会经常看到某处写一个男人进入了女人的身体吗？”

“记得。”

“你知道男人下面的那个东西吧，它本来是软的，经过刺激后会变硬，不仅能变硬，还能变大，还能变粗。然后就可以用那个进到女人的那里了。”

“啊，原来是这样啊！”苏金金停了下来，很吃惊地看着我，突然大笑起来。我也忍不住笑，继续说：“你知道吗，我以前每次读到‘他进入了她的身体’这种地方的时候，总是很纳闷，心想一个男的要钻到女的身体里去，多可怕啊，那怎么进得去呢，光是男人的脑袋都那么大个了……”

“原来你也是这么想的啊，我也是。”这一次她笑得连眼睛都不见了，正好一阵风突然吹过来，她还没笑完，就冲上前抱住我，我也抱住她，我们把脸埋在彼此的肩膀里，风从我的头顶呼啸而过，我闻到她衣服里的狗味，香水味，尘土的味道，我们像两只流浪的小动物，浑身发抖地紧紧相拥着，我感到她伏在我肩膀上格格笑，我也忍不住笑了起来。

太冷了，每年入冬的时候和入春的时候都有那么几天，温度是相同的温度，冷感却相差不止十倍。校园里的人们都在匆匆忙忙地赶路，但是苏金金总是不紧不慢，每次大风之后，她都会仔细掸掉自己身上的灰，理一理自己的头发，掏出手绢擦擦脸，等她弄好这一切，一阵狂风又带着沙尘扑过来了，我把衣服上的大帽子往脑袋上一扣，只露出鼻子以下的半张脸，像个孤魂野鬼一样飘在她的身边。苏金金说我这样也挺好看的，她说我戴着大帽子好像她看过的那些法国古装宫廷片里的女主角一样，她们穿着斗篷，把脸藏在帽子里去看望她们贫穷而高贵或者落魄正在逃亡的情人，她们接过情人递过来的一朵玫瑰，玫瑰的刺不小心扎了她们的手指，血从白皙修长的手指上流了出来，很漂亮。

没有人需要我们戴着大帽子去看望，没有人赠我们玫瑰，在这个灰色城市的冬天里，我只有她，她只有我。我送她回家，陪她在车站等车，两个瑟瑟发抖的人靠在一起坐在栏杆上，风停的时候我们说话，风来的时候我们闭上嘴巴。我给她讲我在等着我喜欢的男孩开口说爱我，可是他一直没说，他每天在追逐着不同的姑娘，被那些姑娘们拒绝但他看上去不怎么伤心我却很伤心因为他不肯说爱我他不知道我爱他但是他真的不知道吗？不他一定是知道的他当然也是爱我的他一定是爱我的对不对？我喘口气，继续说下去，因为这爱太深了，我相信他对我的爱和他对其他姑娘的爱都不同，所以才会这么难以说出口，他骑自行车送我回家要我坐在前面，我想再听他放过的歌，还没有开口说话，他已经心有灵犀，走过去再给我放一遍。他是这么懂我，怎么可能不爱我，怎么不知道我爱他？他不说爱我只是因为他害怕我拒绝他而已，我可以慢慢等待，等他有一天终于有勇气说爱我，你说呢？你觉得他是不是总有一天会说爱我？

苏金金也给我讲她喜欢上的那个美术系的男生，第一次约她出去，身上喷拙劣的香水，头发梳了个可笑的发型，抹了发蜡，土里土气的，真难以相信那是一个学美术的学生，他怎么不扎马尾呢，怎么也不穿格子衬衫呢，总是穿着一件棕色的皮夹克，真像她大姐夫，那皮夹克打了油，脸却总是洗不干净。这不是她想象中的初恋，所以在他还没来得及开口之前拒绝了，然而在她拒绝他之后，她却发现自己喜欢上他了，为他日思夜想，他却再也没有出现过。

“难道他不应该再来试一次吗？”最近这些日子，她一直纠缠着问我这个问题，我说应该啊，可是左等右等，男孩还是没有再来，还没等到她耐心丧尽，去主动找那个男孩，或者在校园里制造一场偶遇，她的同学先遇到了那男生的同学，同学对同学说，然后同学又回来告诉苏金金同学，那男生到处在说她当初疯狂追求他，但是自己坚决没同意。

这太龌龊了，太无耻了，我们震惊并且有些伤心，我甚至忘记了我自己的苦恼，只陷入了对她的深深同情和对那个男生的深深愤怒之中。那时候我们是没什么见识的姑娘，很多年后，当我们遇到了比这更龌龊的事情，更无耻的男人的时候，我们什么也不想说，我们只是沉默，去唱歌或者喝酒。在这个肮脏的城市里，风是脏的，天空是脏的，一切都是脏的，但在渐渐暗下去的天色里默默地等待着的年轻的心是干净的。我看到甩着大辫子，从远处摇晃着过来的电车渐渐清晰起来，内心突然感到有些悲伤，风太大了，我们必须分离，要等到天亮以后才能相见，虽然我们不是同性恋，但是我可真想跟苏金金结婚，我知道她也想跟我结婚。身上刷着蓝白色油漆的电车停到我们面前，敞开它漆黑的肚子，苏金金一脚踏了进去。

我在她身后说："别让你家里人发现那本书。"

她说："你说什么？"

我说："下雪啦！"

她笑了，在车门关上的一刹那，向我招招手："再见啦！"

我把双手高高地举过头顶，大声地冲着关上的车门喊："再见！"我已经根本看不见她了，只能模糊地看到离车窗很近的人在黑暗中的脑袋，于是我又喊了一声："苏金金！""什么？"她在那铁皮怪物的肚子里喊。我于是一边使劲蹦一边更大声说："再见啦！再见啦！"售票员是个长着瘦长脸的姑娘，冷冷地看了我一眼，回头冲着车内黑暗的前方喊了一声："司机，走！"

车窗关上了，电车带着我的朋友慢悠悠地走了，我转身离去，路灯亮了起来，回头处，是那铁皮怪物扭着屁股向城市另一头的黑暗之地驶去，那里和这里一样，同样没有一块土地是干净的。我一个人站在街头，风已经停了，一大片雪花落到我的脸上，凉凉的，一直凉到我的心里。这个城市的一切都是脏的，但每年的第一场雪都会让我开心起来，因为它不属于这个城市，它从天上来，它在呼啸的北风之后飘然而至，每一片雪花，它们都是干净的，孤单的，悲伤的。

四

那年冬天，我第一次去高家驷的家，我不是很喜欢他的家，就像我不太喜欢高家驷这个人一样。后来我拜访过很多人的家，发现一个规律，通常你不喜欢的人，总是住在你不喜欢的屋子里。也不知道是因为他们把屋子变成了你不喜欢的样子，还是那屋子的风水把人给变成了你不喜欢的那个样子，总之我的这点小偏见总是屡屡得以验证，你喜欢的人，往往也是住在你喜欢的屋子里。只有夏念是个例外。在我认识她的十几年里，她一共搬过三次家，可是我竟然记不住她住过的屋子里任何标志性的东西。如果一定说有什么标志性的东西的话，那就是她自己，关于她屋子的任何记忆，都只是关于她的。在记忆里，你会只看到她，她屋子里的其他的东西，都只是背景而已。我认识的很多人，包括我自己，我们都会给自己行经居住之地留下自己存在过的气息和印记，在这点上人类和狗没什么太大的区别，夏念却不同，她对此全无兴致，她好像从开始就不属于任何屋子一样，也不属于这个世界。不像高家驷的家，我只去过两次，但是客厅里那张黑色的真皮大沙发和银灰色的山水音响就让我一辈子都印象深刻。

我就是坐在那张冰凉的真皮大沙发上吃蛇果的，那时候蛇果是很高级的东西，要四十块钱一斤。我吃第一口的时候说，这苹果怎么不脆呢？然后又问，你说的四十块钱一斤的蛇果在哪呢？高家驷说你已经咬掉两块钱了。我愣了一下，随即张开大口咔嚓又咬掉四块钱，夏念在一旁不言不语地笑。我这个时候已经相信她的确是喜欢我的，我为能被她喜欢感到很骄傲，尽量不让她看出我内心有些紧张和自卑。但是我不能理解她是怎么做到既喜欢我，又同时喜欢高家驷的，因为我们两个人完全是两种人，完全无法互相喜欢，充其量也只能做到互相忍受而已。

夏念知道这一切，她甚至喜欢我的“不太喜欢高家驷”这一点，她甚至喜欢我有时候对高家驷很尖刻的批评和嘲讽。她说她从来没有看到过谁第一次坐在高家那真皮大沙发里不是缩成一团的，我是一个特例。吃着高家驷的蛇果，还把他气得吹胡子瞪眼的，这让她觉得有趣。她觉得这世界的每个女生都爱她的高家驷，这一点上我也是个特例，我想她只是需要朋友，正好我看上去有点傻，所以虽没什么用，倒是也可以跟我说说心里话。

“为了他我什么都能做。”她说，薄薄的嘴唇紧闭着，在她奋不顾身的熠熠光彩下，我常常觉得自己像一个土豆。我看看她，突然开始不耐烦得要命，非常想说些不好听的话，但是我爱她，于是我问：“你和他那个了吗？”

“上床吗？”

“嗯。”

“没有！”她说，“除了那个我为他什么都能做。”

“你做得对。”

“我还没想好，我怕他认为我是随便的女孩儿。”

“他要是真的爱你就应该等你。”

“他有一次很生气。”

“为什么？”

“他想那个，可是我拒绝了，他觉得我不爱他。”

“难道跟他那个就是爱他了？”

“反正他是这么觉得的。”

“你可要守住了，万一以后分手了怎么办？”

“我们不会分手的，我们毕业以后马上结婚。”

“我只是说万一。”

“万一也不会。”

“那也不要随便和他那个。”

“我知道，我跟他说了，我不是随便的女孩，他说他也不随便。他要跟我在一起。他要定我了，我们会结婚，会过一辈子。我说我这辈子都跟着他，但现在还不能给他。我要他再等等我。”

“那他怎么说？”

“他说我不爱他。”

等等，喂，等等。我还没谈过恋爱，我的脑子转不过来了，天冷了，天黑了，小面馆里的棉门帘不断地被人掀开又放下，白色的寒气一阵阵地溜进来，没有人想要我，我的灵魂，我的身体，我的一切的一切，都没有人想要，我却坚定地和人谈论着不要把自己给出去。我是多么嫉妒她啊，坐在我对面的这个穿着白色羽绒服，扎着马尾，脸上没有一颗雀斑的姑娘，我甚至嫉妒一个我不喜欢的男人对她的渴望。

面条端上来了，有那么几分钟，我们都认真地吃着面条，谁也没说话。热气扑在我的脸上，我想到彭飞，我也有个人，为了他我什么都愿意做。如果他想那样我会同意吗？也许吧。这不是问题。我什么都能为他做，但是，我不能告诉他我爱他。不能不能不能，如果我告诉他，我会死的。他拒绝我怎么办？他当然不会拒绝我的，他也喜欢我，我看得出来他喜欢我，但是他为什么明明喜欢我却不肯说呢？他一定是怕我拒绝他。我该怎么让他知道我不会拒绝他呢？我该怎么让他知道除了告诉他我爱他，我什么都愿意为他做？

“那是什么感觉？”我问夏念。

“什么什么感觉？”

“他想要跟你那个的时候？你不想要吗？”

“嗯……有点儿。”

“那是什么感觉？”

“说不上来。”

“和小说里写的一样吗？”

“不大一样。”

“怎么不一样啊？”

“说不上来，挺好的。”她笑，脸红红的。

“那你是要等到结婚才和他那个吗？”

“不一定啊。反正我是他的人，早晚不都一样吗？”

“那你还在等什么啊？”

“我还没想好啊，我害怕呀，不过看这个样子，也等不到那个时候吧。”她脸上的红润退了下来，突然换上了一种怅然若失的神色。“前一阵子我们吵架了，就是因为这事儿，”她说，一边漫不经心地用筷子搅和着碗里剩下的面条，“那次我们差点那个了，我也几乎把持不住，不过后来还是喊停了，他就很生气，后来我们就吵了起来，他说我根本不爱他，根本是不信任他，不是真的想在一起，我怎么解释都没用，后来我就哭了。”

“后来呢？”

“后来他说，如果我爱他，那么应该证明给他看。我当时……我当时真的死的心都有了，心想干脆豁出去了，所以就同意了。”

“啊？那你俩做了？”

“没有啊，当时我太委屈了，哭得都抽了，你要我证明给你看，那好吧，随便你怎样都可以。他看到我的样子，就跟我赔礼道歉了，说是他不对。说我的样子好像他要强奸我似的。”

“还算这小子有点良心。”

“我说我不是那么想的，我只是想让他知道我是真的很爱他，但他说他知道了，还说了很多道歉的话，后来我们和好了，看了个电影，他送我回家。后来他再也没提出过这种要求了，而且现在，也不再跟我有什么特别亲密的举动，只是仅限于接吻啊，拉拉手什么的。他说他不敢碰我，否则会有冲动，怕控制不住，但是他保证他会等我，甚至等到结婚都可以。”

“这样挺好呀。”我看着一只苍蝇飞到我们的桌子上空，盘旋着，一会儿试图落在我的腕上，一会儿落在夏念的筷子头上。这只苍蝇是哪里来的呢？它是怎么活到冬天的？我一边想，一边伸手去把它赶走。

“可是……”她停下来，我把追随着飞舞的苍蝇的视线落回到她的脸上，发现她已经快哭了，“我感觉他已经不爱我了。”

五

我曾忘记过很多人的脸，我想这是这个世界上之所以有照片这种东西存在的原因。但是丁晓雯和很多人都不同，很多年后，当我偶尔回想起这个人的时候，我发现自己从第一天见到她开始，便记不住她的脸，这个姑娘身上有一种很奇怪的品质，如果我在校园里碰到她，在照片上看到她，我会知道这个人叫丁晓雯，可是一转身，只需要一秒钟，我会完全忘记她的样子，连一丁点儿都想不起。她的脸是没有眼睛没有鼻子没有嘴的脸，我能想起她皮肤很黑，但是这个黑，也是没有质感的黑，只是一个形容词，并没有什么具体的内容。大家有时候谈论起她来，都说她长得不好看，我因为完全记不住她的长相，有时候甚至会怀疑是不是大家误会了，也许她长得也没那么难看，只是很普通而已。有一次我们上完课，天下雪了，她站在我们教学楼的门外，看到我冲我笑了笑，我也回报以微笑，然后跟苏金金说，这个就是丁晓雯。苏金金说，真的长得挺难看的啊，我突然想起来，她一定是这样在我们这个楼外等候过很多次了，怎么我一点没有注意到这个人的存在呢。

一个人，怎么会是这样的一种存在的方式呢？虽然在你身边，却总像隐身了一样，仿佛是一团气体，而且是一团洗不干净的气体，时时聚在一起，却怎么也凝固不出一个形象来。这样的人，彭飞到底爱她什么呢？

令我费解的问题，也令大家都很费解，但是我没有问过他，因为在问他之前，他已经跟我们每个人都解释过了，他根本不爱丁晓雯，但是因为她爱他，爱到可以为他去死，所以他一直想找个时间，找个适当的方式让她明白他不爱她罢了。他很苦恼，跑到工大的舞厅里找到我，把旁边的人支开，一曲一曲地拽着我在舞池里兜圈子，跟我说他是怎样陷入无法摆脱这个姑娘的境地的。我说那你把事情跟人家说明白呀。他说但她真的会去死啊。我说那让她去死啊。他说你不了解。

工大的舞厅没有我们师大的舞厅讲究，白天里是食堂，晚上把桌子往墙边一堆便是舞厅了，我们头顶上有一盏球状射灯，每到周末转动起来，好歹点缀了点舞会的气氛。我看到七彩光斑扫过他英俊的脸，我的手攥在他的手心里，感觉得到他的温度和他的气味，他的眼睛望着我，他鼻子尖挺挺的，这样的男人怎么可能去爱上那个丑八怪姑娘呢？他为什么要和我说这些呢？他为什么要来找我呢？他当然是因为爱我啊。我们伴随着伴奏带播放出的舞曲散步，脚底下是油腻腻黏糊糊的地板，鼻子里是土豆白菜的余味，大家都顺着一个方向兜圈子，可总有人冲过来撞过去地扰乱秩序，一对男生搂在一起跟着慢三跳快三，刚刚放过中间场的士高音乐，还有人意犹未尽地在舞池中央扭动着身体，女孩们坐在旁边的板凳上，气质高贵地抱着手，冷冷地看着男孩子们发疯。

他说："一会儿我送你回家吧。"

我说："刚才有个男生，一直请我跳舞的那个，他说他要送我回家。"

他说："他是哪里的？你认识他吗？这个可不行，把他打发走。我在这里等你，你去说，陌生男生送你，我不放心。"

我说好的好的好的好的好的好的好的好的好的好的呀你要送我回家是好的你要牵我的手也是好的如果你要吻我也是好的如果你说你爱我我也要告诉你我也爱你我爱你很久了我爱你那么深那么深每一天都在等着你说你爱我。

他说："你怎么不说话呢，听话，别让陌生人送你回家，出事儿怎么办。"

我说："好的。"

那天晚上，他没有牵我的手，却把我的手夹在他的臂弯里领着我回家。我们走在刚下完雪的路上，脚下发出咯吱咯吱的声音，呼出的白气在前方融进深蓝色的夜里，融在一起。我的鼻尖冰冷，睫毛上凝了霜，每次几乎滑倒的时候，就会紧紧地抓住他，他的胳膊随之一紧，我感到他的温度从我的手心传来，我的手摸着他的皮夹克的纹理，很柔软。在我家的楼下，他问我："哪个是你的窗户？"我指给他看，心里很生气，因为从前我曾经给他指过我的窗户，可是他完全忘记了。他连我的窗户都不记得了，那他更不会知道这时候他应该吻我，应该告诉我他爱我。我的眼泪几乎流了出来，但是我不能让它们流出来，因为在这样的天气里，泪水会冻成冰，比心还冷，于是我们说再见，黑暗中草率地交流了一下目光，他松开胳膊，我抽出手。他说再见，我什么都没说转身就走。

在春天来临之前，找个人相爱吧。如果你不肯说爱我，那么我就要穿上我的新大衣去赴新的约会了。昨夜那个一直请我跳舞的男孩在等我，他站在友谊商店的台阶上朝我挥手，我也朝他挥手，然后向他走过去。星期天的早晨，街上没有几个人，我在清晨的阳光下慢慢看清他的脸，平庸得和我每天在街上遇到的人一样，没有丝毫存在于我生活中的意义。他那会说话的眼睛，长长的睫毛，笑起来迷人的样子，好像灰姑娘的南瓜车和水晶鞋，在太阳出来之后全部都消失不见了。我从来不知道工大食堂天花板上的那盏破灯会有如此梦幻的效果，一切被打回原形。这令我沮丧，我们在堆积着肮脏积雪的街上找小饭店吃饭，他和肥胖的老板娘打着招呼，吃油腻腻的菜。我开始想念我的男孩，他除了不肯说爱我，一切都是那么好。

“吃完饭我们去看录像好吗？”他问。

我说好的。在这个时候，如果他要求我和他一起私奔，我也会说好的。

录像厅里没有什么人，银幕上，一个黑社会大哥穿着黑色的风衣，戴着遮住半张脸的墨镜，嘴里叼着烟，手里拿着枪和一个警察互相指着对方的头。枪声响了，我们身后的门帘正好掀起来，一对情侣走进来，身上带着一股新鲜的雪腥味，走进录像厅密不透风、散发着霉味的黑暗里，他们选中了我们前面的沙发坐了下来，沙发的椅背很高，有些挡着视线，只有坐直了身子才能看到前面的银幕，两个脑袋在沙发靠背的上方只露出了一个黑色的脑瓜皮，过了一会儿，双双沉下去不见了。我也没精打采地陷在沙发里，看着前面沙发的靠垫上，有一个洞。前方的人一动一动，洞也随着一抖一抖的。我想念起我的心上人，于是和身边的男孩聊起天来。我告诉他我爱上了我的同学，我忍不住跟他描述他的气味，他的皮夹克，他抽烟的姿势。我想这样和一个男孩谈论另一个男孩挺不对的，但是我只是想找个人说说。

男孩开始的时候还默默地听着，过了一会儿，他跟我说："别难过，我帮你忘了他吧。"我看着他，有点吃惊，怎么在黑暗里，他的眼睛又亮了起来了呢？他的睫毛又长了起来了呢？我说那不可能。他笑了，凑过来开始吻我，他的嘴唇很厚，很软也很温柔。我没有和男孩子接吻过，有些害怕，也很好奇，主要是我想我都十九岁了，是该接一次吻了，所以也没怎么反对。可是我有些失望，我以为接吻都会窒息，可是我不仅仅没有窒息，脑子还特清醒，耳朵还能听到电影里的男主角在我脑袋顶上说话，他说："我最恨别人拿枪指着我的头！"

"那到底是什么样的感觉呢？"苏金金知道后饶有兴趣地问我。

"湿乎乎的。"我说，我把脚费力地蹬进靴子里，坐在那儿歇了一会儿，从地上拿起另一只靴子，"他身上没有什么气味。我不喜欢没有气味的男人。"

从录像厅出来，我说不用送，就急急忙忙跳上一辆出租车跑了，后来我听同学的同学说有个很帅的男孩曾经向别人打听过我。我想也许就是他，但是我们始终没有再见过面。他乘着他的南瓜车，穿着他的水晶鞋回到他的世界里去了，他带走了我的初吻，可是我并不介意。

六

春天来了，我还是只有苏金金，苏金金也只有我。彭飞和丁晓雯在一起，并没有像我们以为的那样很快分手。只有彭飞自己依然坚信他们会分手的，只是现在还不到时候。他很苦恼，有时候会和我说，有时和其他人说。他每次和我说，我都觉得好简单，但是他总是说那很复杂，我说哪有什么复杂，我跟他客观冷静地分析这个事儿为什么这么简单。他也给我讲他的困境，情况是这样那样复杂，每次他讲完之后，我都觉得自己对他的爱少一点了，但是我不甘心，明明是很简单的事，怎么变成复杂了？于是我揣着他的这些复杂去找苏金金，跟她讲这复杂和不复杂的事，让她来说这到底复杂不复杂，苏金金说这一点不复杂啊，他其实喜欢丁晓雯，我说其实还是有点复杂的吧。然后我们花两小时，绕着学校的人工湖走了两圈，在小卖部里喝了三次兑太多水的奶茶来讨论这个事。讨论完之后，我又把之前流失的那一点爱给补充回去了。如此往返，周而复始，一会儿简单，一会儿复杂。

我始终不能明白他的苦恼，没有人能够明白。一天早晨，他骑着自行车绕了大半个城，冒着小雨，浑身湿透地跑到史冯家，把睡眼蒙眬的史冯从被窝里揪起来，告诉史冯自己要和丁晓雯分手。史冯说这还不简单吗？两个人聊了一上午，然后他骑上自行车走了。然后就没有了然后。这件事传遍了所有人的耳朵，过了几天，我们去彭飞家玩，要离开的时候丁晓雯来了，他说你们先在楼下等我吧，我马上下来。

我们就站在初春的艳阳地里等他，看着房顶垂下的闪闪发亮的冰凌往下滴着水，砸在地上，整整齐齐地在地上的积雪化成的冰面上砸出了一圈小坑。在主要的坑洞周围，散布着的，是芝麻一样的麻点。那是水滴砸在地上，溅起来的飞沫在冰面造成的。我从来没想过飞沫也会这么厉害，十分钟过去了，彭飞还没有下楼来。史冯说咱们走吧。我说：“不等彭飞了？他不是说马上下来吗？”

“他不会下来了。这又不是第一次了。”史冯说。

我只好跟着大伙一起走了。心里很生气，虽然我们也没什么正经去处，只是想漫无目的地乱逛一通，但是就这样让我们像傻子一样等着他，和那个女人在楼上耳鬓厮磨，也不告诉我们，他其实不会来了，这实在是太不应该了。我更生的是我自己的气，我气自己是一个死心眼的人，为什么他不告诉我他不来了，我就要一直等下去呢？可是他根本不知道我在等他，他又怎么可能来告诉我他不会来了呢？我想到这一点后，就更加痛苦了。苏金金说，要不然那就告诉他吧。不然我替你告诉他？我说不行。告诉他我会死。她说："你可真没用。"我说："你很有用吗？怎么不去告诉某人你喜欢他啊。"

她笑了："咱俩都没用，要不怎么会凑成了一对。"

春天的风吹绿湖边的杨柳，倒挂着的枝条上缀着新芽，明丽的阳光照耀在水面，温暖着我卑微的青春。不被宠爱的孩子，没有肆意张扬的青春，我们不懂得如何去索取爱，也不敢去索取爱，我不知道要怎样去对一个人说，我爱你，也请你爱我吧。

我曾经有过青春吗？几乎忘记了，几乎是在无知无觉中度过了。从不曾向这个世界索要过什么，我和我的朋友们一样，我们是一群沉默的年轻人，小学毕业时小学改制，中学毕业时高考改革，大学毕业时分配改革。我曾经有过一个安静的童年，突然有一天，一切都变了，而且不停地变来变去，大人们管这叫改革，我会有什么办法呢？我只是一个小孩子，看热闹一样看着这个国家一步步地改变，却不可能知道这每一步都改变了我的命运，和我息息相关。没有人问过我想要什么，大人们自己也都手忙脚乱，下海的下海，下岗的下岗，没有人真正关心过我和我的朋友们，在乎过我们是怎么想，等他们终于可以稍微喘息，回头看看我们的时候，才发现，当年的这些小孩子，已经一个个长大成人，无可挽回。好在他们还来得及，把他们全部的关注，给予我们的弟弟妹妹和我们的下一代。而我们的青春，是在沉默中彼此相依为命的青春，世界不是我们的，开始的时候，它是父亲母亲的，是哥哥姐姐的，后来，它是弟弟妹妹们的，于是我们这一群人，上上学，跳跳舞，喝喝酒，打打架，彼此相爱，或者自相残杀，却对这个世界一言不发。

我曾经相信过一些什么，那大约是在我的童年，后来这一切都被毁了，我们成了一群还没学会相信，先学会了怀疑的孩子，信仰在灵魂里生根发芽之前，已经被毁灭。安全感是不存在的，也没有人给过我们，什么都可以在一夕之间被改变，没有解释，没有预告，它只是变了变了又变了，我们像墙角的野花，不为人知，静悄悄地成长，冷眼旁观，生活在这个世界之中，却与世隔绝，我们对这个世界一言不发，既不抱怨，也不指责，我们的心被放得很低很低，低到尘埃里，开出的是一朵虚无的花。直到有一天，我们长大了，依然是沉默的一代人，连刚刚长成的小孩子都比我们发出更响亮的声音，人们嘲笑我们的失语，仿佛一群哑巴。然而人们却不知道，我们之所以不说话，是因为这世界太空虚，我们觉得无话可说。

我除了相信爱情和友情，还能相信些什么呢？我亲爱的少年啊，我不懂得如何告诉你我爱你，也不懂得如何请求你来爱我，我甚至不懂得你是怎样一个人，却曾经是这样执著地爱过你，只是爱而已，就是爱而已。等到我真正懂得你的那一天，万水千山已经走过，我早已不再等待你，但是，我却比从前更爱你，爱生命里曾经有你的日子，我们曾经相依为命的，我们不曾张狂和反抗过的青春。

我还是只有苏金金，苏金金也还是只有我。星期天的早上，她来找我，我们在友谊商店门前的小广场上，一人要了一瓶汽水，坐在台阶上喝。早上八点钟，广场上墨绿色的太阳伞还没有撑开。阳光直射在我们的脸上，我带了一顶草帽，把哭红的眼睛藏在帽子的阴影之下，我刚刚跟她宣布了我和家人决裂了，我要离家出走的消息。这个家我待够了，不想再过这种寄人篱下的生活。于是我一大早溜出来在公共电话亭给苏金金打电话，她二话不说赶来了，陪着我在广场边一筹莫展地喝汽水。

“首先要租个房子。”她说。

“嗯。”

“你打定主意了吗。”她问。

“嗯。”

“钱怎么办？你还有钱吗？”

“我有四十多块钱。”

“我还有八十。”

我沉默。

“那也不够啊，”她说，“然后呢？怎么生活呢？”

“我会去找工作。”

“不上学了？”

“半工半读。”我咬咬牙。

她想了想：“要不再忍忍？”

“这种日子我一天都不想过了。”

“嗯。”

我哭了起来，她从包里掏出纸巾递给我，什么也没说，我真希望她能说点什么，但是说什么呢？连我自己也不知道，于是我很快哭完了，擦干了眼泪。昨天晚上和妈妈吵架，哭了整整一晚上，现在已经没什么可哭的了。现在我已经知道自己是不会真的离家出走了，因为我是个没有用的人，并不知道怎样去生存，我为自己感到羞愧，甚至暂时忘记了委屈，窝囊废是没有资格感到耻辱的。太阳正渐渐地从我注视的东方往我们的头顶爬，街道上的行人多了起来，喝汽水的人也多了，我们商议着我要如何从家里搬出来，独自生活的事，越商量越觉得这事是不可能实现的。钱怎么办？住处怎么办？真要一个人搬出来住，内心也很恐慌。我越说越泄气，也看出来苏金金并不是真的赞成，却又不知道如何劝说，于是这个话题不了了之，我们陷入了片刻的沉默，汽水也快喝光了，苏金金说：

“你知道我当初为什么不让你见美术系的那个男孩吗？”

我吃惊地看着她。

“因为我怕他会喜欢上你。”她说。

“你在说什么啊？”

“我觉得男生都会喜欢你。”

“彭飞就不喜欢我。”

“那是他瞎了眼。”

“别胡说了，我怎么会抢你男朋友。你是我最好的朋友啊。”

“你当然不会，可是他们会喜欢上你。”

“既然他喜欢你，那说明他喜欢的是你这种类型的，不喜欢我这种类型的。”

“我当时都想了，如果他喜欢了你，我会退出。但我们以后也绝不会再是朋友。”她的眼眶突然泛红，闪着泪花，好像我真的抢了她男朋友一样。我呆呆地看着她，想到自己离家出走的事情还没解决，谁要去抢她的男朋友。

“我是说真的，上高中的时候，咱们班男生都喜欢你，我也觉得你特别活泼可爱。你没有发现我穿衣打扮都在学你么？……”

我看着她，她也看着我，表情很严肃。我笑了。

“你到底想说什么啊？”我问，“怎么这么没头没脑的。”

“我不知道。”她没笑，很认真地说，“就是突然很想让你知道。”

“哦，这样。”我不知道再怎么接下去好。

“还是回家吧，”她看了看我说，“现在说什么从家里搬出来，真是太天真了。”

我点点头，没有再说什么，我们把汽水喝完，去校园里走了两圈，她又陪我吃了点东西，然后我送她去车站坐车，我独自一个人回家。太阳已渐渐落下去，家人摆好饭菜在等我，但道歉的话并没有说，没有人再提昨晚的事，一切一如往常。

我再也没有过离家出走的念头，日子这样一天一天地过下去了，年轻人总以为自己青春永恒，嫌岁月平静漫长，太过无聊，不知何时结束，反倒迷恋死亡。我是个连离家出走都不敢，更别提自杀的废物，无用到了极点，憎恨自己却无力摆脱，也只有将自己活埋。每天躲在家里看小说，偷偷租录像带来瞧，打“超级玛丽”打上一整天，看着那只老鼠一样的小人快活地顶着砖头，想人生若只是这样设定目标，完成任务，那会是多么快乐简单的事。

我已经很少再参加我们这个小圈子的活动了，因为实在无法忍受彭飞和丁晓雯黏黏腻腻在一起的样子，还要听他继续讲父母如何厌烦这个女朋友，自己终究要分手的决心。这总是让我听得火冒三丈，看着他一张俊脸，要强忍着才能不说出难听话来。上完课回到家，我只是吃了睡睡了吃，中午觉睡到傍晚，一睁眼，屋子里昏黄一片，只有些许光从绿莹莹的窗帘透进来，实在是不想起床，于是横躺着打量着窗棂，心里琢磨着，若是自尽，绳子挂在这里可否承受得住我的体重呢？听说自尽后会小便失禁，所以之前还是别忘记了上趟厕所的好，饭也不要多吃了。

可是，什么时候自杀比较合适呢？三十岁吧。看看那些三十岁的人，他们都老成什么样子了，他们这样活着不觉得可耻吗？他们是怎么好意思活着的？我坚信我会在年轻的时候死去，绝不会像他们那样，拖着一副臃肿空虚的臭皮囊晃来晃去，污染这个世界。一边这样想着，一边算了算离三十岁还有十年要熬，只好懒洋洋地起床，随手抄起身边的小说继续看，看累了便继续打游戏，打游戏累了又继续睡，直到有一天在考试成绩单上赫然地发现有一科被毫不留情地挂掉。

洞穴人只好挣扎着从洞穴里爬出来，每天到图书馆里去占个座位复习功课，准备补考。其实就是看两页书，睡一觉，然后跑到外面乱逛，吃零食，发呆，四处东张西望。坐在我对面的女孩，显然是个农村来的姑娘，一张紧实的大圆脸，大大的眼睛很漂亮，眸子锃亮，健康黝黑的脸蛋子上，是两大朵怒放的红晕，夸张得好像年画里的人参娃娃，看得我高兴起来，一抬头看到她就忍不住笑，好想去她脸上拧两下。偶尔会有不认识的男生来搭讪，长得干巴巴，苍白瘦小，却装腔作势令人讨厌。趁我出去上厕所的工夫塞张纸条在我书里，刚刚发现还没等展开，他冲过来，把纸条夺了回去，说了声对不起，便飞速地离开阅览室消失不见了。有人拍我肩膀，回头一看，原来是史冯，听说他最近正在追求数学系的一个女生，但是现在出现时，却仍然是形单影只的一个人。许是来找女朋友。

“干吗呢？”他问。

“睡觉呗。”

“我还以为你看书呢。”

“是看书呢。”

“你到底睡觉还是看书？”

“看累了才睡觉呢。”

他拿起我的书本来装模作样地翻了两下。

“你干吗来了？”我问。

“找你来了。”

“切……”我鼻子里哼出冷气，“到底干吗？”

他笑，果然是陪某某来的，那名字我大概听说过，但是记不住。也许是数学系的那个女生，不过我对这也无所谓。

“听说你跟她好上了？”

“你听谁说的？”

“都这么说，你不是在追人家嘛？”

“胡说。她追我还差不多。”他的脸竟然红了，笑起来嘴咧得大大的，他的嘴很大，他的牙齿长得又大又整齐，这样笑起来更是白得扎眼。我曾经一看到他的笑容就会联想到玉米这种东西，偷偷给他起外号叫老玉米，只有苏金金和夏念知道。老玉米……啊，不！还是叫史冯吧，史冯拿起我桌子上的本翻了起来，我心里开始厌烦，心想他什么时候才能离开呢，可是他竟然没有走的意思，把我在白纸上乱画的字念了出来：“希望迟迟不来……苦死了等的人……”

“少看点琼瑶吧，整天酸了吧唧的。”他说。

“这不是琼瑶，这是《等待戈多》里的台词。”

“还看这么高深的玩意儿。”他说，“这有什么用啊？”

“懂什么啊你？”我一把抢回我的本子，不再理他，继续看我的书。

“好吧。那我不打扰你看书了。”他沉默地在我身边坐了一会儿，终于站起身来要走了。我突然为自己的冷漠感到不安，抬起头看他走了几步又折回来，内疚感马上又消失了。

“怎么了？”我问他。

“你知道高家驷出事了吗？”

“啊！他出什么事？”

“他跑了。”

“什么？为什么？他打架了？”

“他把食堂的一个姑娘肚子搞大了。”

“……”

“就是二食堂个儿不高，长得挺白，小眼睛的那个姑娘。姑娘家长找来，他跑了。”

我看着史冯半天说不出话来，那个姑娘我知道，她很喜欢高家驷，每次高家驷去打菜，一份地三鲜都能给他三份的菜量，因此我们经常派高家驷到她的窗口去打菜。

“什么时候的事儿？夏念没跟我说啊。”

“也就是昨天的事儿，你翘课了啊，”史冯说，“夏念今天不是也没来上课吗？估计是因为这……”

我从座位上蹦起来，史冯问：“你去哪？”

“去找夏念。”我头也不回地往外走，抬头看到通道尽头的门口，数学系的那个姑娘正向里张望。夏天来了，天气已经有些闷热，阅览室的十几扇大窗户通通都打开着。风灌进能容纳一百多人的大厅，好像水灌进一艘失事的大船，蔚蓝色的窗帘常常忽然冲到半空中狂舞，人们于是把两片窗帘的一角挽在一起，另外两边各自系在窗棂上，风一吹，好像女人的乳房，胀鼓鼓地飘在半空中。我从这十几个蔚蓝色的巨大的乳房中穿过，风从我的发间穿过，吹得我打了个寒战。我是该直接去夏念家呢？还是给她打电话呢？我思考再三，最终还是决定先给她打电话，电话是刘教授接的，她告诉我夏念出去了，显然还不知道这件事。我回家吃完饭，电话铃响了，我立刻抓了起来。

“喂。”我说。

对方不说话，只能听到呼吸声。

“夏念？是你吗？”我说，“我都知道了，你在家吗？我现在去你家找你。”

“我不在家。”她终于开了腔。

“你在哪？”

“在外面。”

“外面是哪？”我急起来，“你别吓唬我行吗？”

她哭了起来：“他不知道去哪了，我到处找他都找不到。朋友和同学那里，我知道的地方都找遍了。他们家人也在找他。”

“你别急好吗？他不会有事的。”

“小诺，”她说，“这都是我的错。”

“别胡说，你有什么错？”

“我不知道，我快要疯了，我要去找他。”

说完，她把电话挂断了。

七

冬天的冰雪彻底消融之后，是连续一个礼拜狂风大作、飞沙走石的日子，北方的春天总是特别狂野，毫无一丝明媚和温柔的气质，人们只好躲在家里，等到这一切平息时，人们快活地跑到外面去，却发现春天已经过去了，炎热的夏天已经到来。前几天满街还都是臃肿的羽绒服，一瞬间都变成了光溜溜在眼前晃动的胳膊和大腿，被厚重的冬衣包裹了近五个月，姑娘们终于解放了，春风吹在她们雪白的胸前还有些凉，但是她们完全不介意，仿佛这是她们对冬天的报复。夏念来我家找我的时候，还穿着她那厚厚的毛衣外套，显得特别的怪异。

“穿这么多不热吗？”我问。

“啊？”她疑惑地看看我。

“你怎么还穿着毛衣啊？”

“哦。”她回答。

“你怎么了？”我问。

她好像没有听见我说话，坐在那里若有所思，午后的阳光把她的侧影投射在地上，她脑后的马尾发梢形成了一个好看的弧形，连同她长长的睫毛，饱满的额头和高挺的鼻子，构成了一个漂亮的剪影，好像小时候女厕所门上贴的标准像。我等着剪影说话，但是她不说，她只是拿起我的圆珠笔，一下下地按着。她最近一直是这个样子，成天神情恍惚，不太和人说话。有时候我会听到班上的女生对她议论纷纷，多少带着些快意，那么高贵的公主，却发生这样丢脸的事，漂亮又怎么样？系主任的女儿又怎样？你男朋友长得帅、家境好又怎样？你不是觉得他很爱你吗？你不是很拽吗？但是他却搞大了别的姑娘的肚子。那姑娘我们大家都知道，瘦瘦小小的，每天一身油污，抡着个打饭的大勺，好像所有到她窗口打饭的人都跟她仇深似海，从不给人一点好脸色看。

他为了这么个姑娘背叛了她，别说我不理解，夏念不理解，这个世界上压根儿没有人理解。但是不理解归不理解，不理解也可以幸灾乐祸。对于有的人来说，太完美本身就是一种罪过。我想起自己小学班上的班长兼大队长，一个从小丧父的姑娘，学习成绩全校第一，运动会一百米和二百米冠军，学校合唱队的领唱，跳绳比赛冠军，踢毽子比赛冠军，为人乖巧懂事，每个老师都爱她。但是同学们都恨她，男生们给她起外号叫大白狗，体育课打雪仗的时候，一起拿雪球往她身上揍，女生们都站在一旁冷眼旁观。她当然不是我的朋友，但是我记得她站在雪地里，脖子里、头发上、脸上都是雪的样子。后来老师来制止，她拍拍身上的雪，擦干脸，从我身边走过，一句话也没说。

人是残忍的动物，这一点我从小就知道。所以我除了和夏念东拉西扯，没有说什么安慰的话，因为再多安慰也抵不过这世界的残忍。我不聪明，也不好看，没人注意我，所以我可以躲在自己的洞里，享受到一丝的苟且宁静，而在大家眼中，她聪明美丽，家境良好，爱情美满，前途光明，简直是幸福到了可耻的地步。她没有错，但是这些都是她的罪过，人人都恨她，不会错过往她身上扔泥巴的机会。她知道这一点，从不屑于跟这些恨她的人交朋友，这让大家更讨厌她了。

“你到底怎么了？”我又问她。

“高家驷回来了。”

“我知道。”

“你知道？连你都知道？你们都知道？”

“我也是才知道的，昨天史冯他们才告诉我的，”我看了她一眼，小心地说，“没敢马上告诉你。”

她一下子站了起来，想了想，又坐下，又站起来，开始在屋子里走来走去。她的脸涨得通红，表情严肃，双唇紧闭，双手紧握成拳头，僵硬在胸前。我被她的样子吓到了，看着她在我眼前走了两圈，才蹦起来，走上前去，想把她按在椅子上。

“夏念！夏念！”我说，“你先坐下，先坐下。”

“我要去找他。”她不肯坐，挣脱了我的手，继续走。

“你们不是已经分手了吗？”我说，终于逮到她，让她坐了下来。

“可是我不想分手，我爱他，我不能没有他，这一个月来，我度日如年，每天晚上睡不着，整晚整晚地哭，我当初说分手，真的是气疯了啊，他说他爱我，但是却做出这种事，我的脸没地方搁啊，我妈怎么办，全校的人都知道我和他谈恋爱。我好恨他啊，但是也是没办法啊。我想分手，可是我发现我根本做不到，没有他我根本活不下去。怎么办？怎么办？”

“别去。”我斩钉截铁地说，“他能做出这样的事来，说明他根本不爱你。他如果真的爱你，怎么可能背叛你？你别傻了。再说别人会怎么说？”

夏念站住了，怔怔地看着我，然后哭了起来，看着她憔悴的脸，我开始后悔自己说话太绝对了。

“你真的觉得他不爱我吗？”

“他要是爱你，怎么可能跟别的女孩上床？”

“这都是我的错，”夏念哭得更伤心了，“我不应该一直拒绝他。”

“你有什么错啊？女人的第一次，当然是应该留给自己的丈夫。”

“可是我就是想留给他的啊。他就是我未来的丈夫呀。”

“但不管怎么说，是他背叛了你啊。”

“是因为我拒绝他，他才背叛我的，”夏念说，“我真不该拒绝他。那样他就不会被那个女人勾引了。”

“可是如果当初你给了他之后，你不是处女了，你们又分手了，你该怎么跟你未来老公交代？”

“如果我当初给他，他就不会那样压抑了，也不会犯错了，我们不会分手了呀。”

我完全迷糊了，觉得她说得又对，又不对，她哭了一会儿，两眼渐渐又有了点神采。“小诺，你说我该原谅他吗？”她问我。

“我觉得不应该，”我说，“要是我，我可原谅不了。”

“你会的。”她坚定地说，“你现在这么说是因为你还没真的爱上什么人。”

我苦笑：“是吗？”

“我决定了，”她说，“我要去找他，我要告诉他我原谅他了。我要跟他在一起。”

“小诺，”夏念拉着我的手，恳切地说，“你能陪我去一趟他家吗？我想和他谈谈。我一个人没有勇气面对他。”

我不知道这个决定我是应该支持，还是阻止，但是我看到她那楚楚可怜的样子，只好点点头，她站起来就走，我跟在她身后，心里很忐忑，不确定这样做是否是对的。

“要不要明天再去啊，”我对夏念说，“你想好了要怎么跟他说了吗？”

“不管了，我不能再想了，再想我会疯掉，我必须马上见到他。”说完，她看了我一眼，她的眼神让我感觉她不是要发疯，而是已经在发疯了，我竟然有些羡慕她，我也想发疯，我发疯了就去告诉彭飞我爱他。

我们到了高家驷家，商量了一下，由我上前去按门铃，这样如果是他父母来开门，我就把高家驷叫出来说话。开门的是高家驷，一看到是我有些吃惊，但随即很客气地把我往屋子里让，我问他父母是否在家，在得到否定的答案后，我趴在楼梯上冲下面喊：“夏念，夏念，上来吧。”夏念从楼下慢吞吞地走上来，走到一半停住了，她站在楼梯上望着他，他也望着她。夏天的阳光从她身后的长窗照进来，照在我们三个人身上，有那么一瞬间，我感觉时间仿佛凝固了一样，窗前的夏念背着光，我们都看不清她的脸，只能看到她镶着金边的轮廓在雪白的天花板下，天花板高高的，长窗长长的，长窗外的树枝被狂风吹得张牙舞爪的，她的身影显得特别瘦小和柔弱。

“上来呀。”既然没有人肯说话，只有我来了。

她走上来，他也没说话，把我们两个让进了他的家，在他的黑皮沙发上坐下，冲着我问：“立诺你喝水吗？你吃水果吗？你喝汽水吗？喝咖啡吗？喝茶吗？吃瓜子吗？”

我回答说我喝水就好。别费劲切水果了。不，不用喝咖啡。不，不想喝汽水。不吃瓜子了……夏念不说话，什么都没听见一样，盯着茶几上的一把叉子看，高家驷也不看她，只死死盯着我，估计是把他家所有能喝的东西都问了一遍，然后才转向夏念：“你喝什么？”

夏念没有说话，我回头一看，才发现她已经哭成了一个泪人，我们俩只好默默地看着她哭，过了一会儿，我说要不你们俩聊聊？我出去待会儿。说完不等他们反应，我站起来走了出去，顺手把门给带上。我觉得站在饭厅里有偷听的嫌疑，就踱步进了隔壁的屋子，那是一间书房，有玻璃门的书架里都是些我不爱看的书，桌子上摆放着一本《中外名牌大全》的画册。我翻了翻，里面的品牌我都没听说过，都是堡狮龙、佐丹奴之类，当时我们这些人都不认识什么名牌。高家驷是我认识的所有人里唯一一个有品牌意识的人，总是浑身上下一身佐丹奴。他经常嘲笑我们这些脚蹬着二十块钱球鞋、身上穿着姐姐的衣服的姑娘，也许是佐丹奴的气势太有震慑力吧，大多数姑娘是不跟他反驳什么，针尖对麦芒的永远只有我一个。大多数姑娘都认为夏念和他在一起是贪图他家的条件好，能够看到他在这些衣服的后面，还有一颗善良的心，看到他真的对夏念好的人，也只有我一个。

她没向他要过什么，可是他自己一天到晚跑去买这买那来讨好她，她胃不好，他每天中午跑来找她带着她吃饭。让家里的阿姨煲了汤带来给夏念喝。那么骄傲的人，一身佐丹奴地走在街上，都肯为女朋友蹲下来绑鞋带。如果这不是爱，那爱还能是什么呢？可是像这么爱女朋友的一个人，怎么可能和食堂里打饭的姑娘有真正的爱情呢？可是没有真正的爱情，一个男人怎么可能和另外一个姑娘上床呢？虽然在恋爱之前，我也读到过很多恋爱的故事，知道男人是可以只为了上床而上床的，但那都是因为他们还没有遇到自己心爱的女人，虽然堕落，但那是因为没有办法，因为老天还没有把爱他们、拯救他们的女人派到他们身边。就像《简·爱》里的罗切斯特说过的那样：他犯下个极大的错误。不是罪恶，是错误。那是因为他没有及早遇到女主角啊。可是这个高家驷到底是怎么回事呢？他如果爱夏念，为什么他还会那样做？如果他不爱夏念……不，不可能啊。

他爱她？他不爱她？我原以为只有我才会遇到这种纠缠不清的问题，却原来，即使是确定了关系的两个人，还是会有那么多事情发生，这种问题也还是没完没了，令人难以琢磨。也许人在不爱的时候，答案才会清晰明了，一旦爱上一个人，就是一个永恒追问和求证的轮回。高家驷爱不爱夏念，原来全世界都知道他爱她的，然后发生了一些事，现在他到底爱不爱她？她不知道，我不知道，高家驷大概觉得他自己知道，但也许，和我们一样地不知道。彭飞爱不爱我？我一直也以为自己知道，但是后来才发现，那只是自己的一厢情愿和自以为是。至于我爱不爱彭飞？我竟然忘记了问自己这个问题，我们常常去苦于求证别人对我们的爱情，却忘记了自己也是需要求证的人，又也许，我从来没有真正认识过这个人。但是，还是爱吧。认识不认识的，那又有什么关系？爱就行了。又或者是连爱不爱的，都没关系了，相信就行了。

“爱情可真是一件烦人的事啊。”想破了头也想不明白的我，最后只得到了这样的结论。

隔壁房间传来抽泣的声音，那是夏念，过了一会儿，抽泣声听不见了，取而代之的是隐隐约约的低声说话，时间一分一秒地过去，没有吵架，没有人夺门而出，我想这意味着一切正在往好的方向发展。想到这，我的内心又一阵凄凉。有的人注定会得到爱情，有的人注定孤独。整个世界都在阳光里，喜气洋洋，我坐在这间朝北的屋子的阴暗一角，全身发冷，四顾茫然。

外面的不远处，是部队大院的池塘，几个战士正在太阳下干活，到了夏天，这里将开满荷花。“小诺。”我回头，隔壁屋子里的两个人，已经不知道什么时候站在了门口。夏念的双眼通红，但是手被高家驷紧紧地握住，即使是这样的情况之下，我也不得不赞一句：真是一对璧人。

“谈好了？”我高兴地蹦起来。

她冲我笑了笑，有些不好意思。

“那咱们回家吧。”我说。

她欲言又止，看了我一眼，我愣了一下明白了过来。

“要不你再待会儿吧，我先回去了。”

“一起吃晚饭吧。”高家驷说。

“不用不用，”我连声说，“我答应了我妈回家吃晚饭呢。”

我走出高家驷的家，没有立刻转身回家，池塘在不远的地方，我走过去，在阳光下的池塘边上站着看那些小战士挖淤泥。他们大概只有十七八岁，发现我在看他们，也时不时地抬头看看我，我们都不太好意思起来。我只好转身走了，阳光和煦，春风拂面，路两旁的丁香花都开了，四月是残忍的季节。我在这残忍而又迷人的满城花香中慢慢往家走，想起我无望的人生和这世界里人们正在享受着的美好爱情，我的心低到很低，低到突然绝望而快活得哼起歌来。

其实今天是我的生日，只不过这世界上并没有一个人记得。

八

去年刚入冬的时候，苏金金的四哥决定不养狗了，他去了趟外省，发现那里正兴起一股吃烤鸡骨架的热潮，便回家把狗都处理掉，在家附近的农贸市场租了个摊位卖烤鸡骨架。有时候家里人忙，苏金金也去帮忙看着摊位，从冬天一直卖到春天也没赚到什么钱。直到她四哥又转去做别的事情为止，我们有好长一段时间都没办法黏腻在一起。

她没有办法来找我，我也不喜欢去她家，因为总觉得她家里阴森森的，特别是冬天，在屋子坐久了，冷气会从骨头缝里往身体里钻。我在家里穿着夏天的衣服走来走去，她在家里穿着棉袄棉裤。开始时我也不懂，后来才知道，回迁户的房子都是朝北的，并且冬天会严重地供暖不足。我想起初中时的一个女生，她家里一直住在学校边上的棚户区，有一天晚上我和一个同学去她家找她，在迷宫一样的羊肠小胡同绕了十几分钟，才摸到她家门，那是一个潮湿阴冷的半地下房，我同学一家人都挤在炕上，吵吵闹闹，互相骂骂咧咧。夏天的时候下大雨，城市的雨水都向那片棚户区倒灌，她家屋子里的水直淹没到膝盖，雨过天晴的时候，她就跟老师请假，回家帮家人用脸盆往外淘水。

苏金金家原来也住在那一片棚户区，我们认识的时候已经拆掉，在回迁之前，她们一家都租住在学校附近的另一个棚户区。有一次她过生日，恰逢她生病请假，我带着我的小礼物到她家去探望。他们家租的房子是房东私自搭建的简易房，我敲门进去，她正躺在床上，房间里有两张床，苏金金的爸爸长期患病，正在另一张床上休息。那是一个晴朗的冬天，阳光照得屋里亮堂堂，红砖地上生着火炉，屋内的气温却比外面暖和不了多少，角落里摆了好多花盆，都种着一种兰花。那是苏金金的爸爸种的，我冲他叫了一声叔叔，他只是朝我微微点了点头。

在那之后没几年，苏金金的爸爸就去世了，后来我才知道，他当年种的那些兰花，给家里赚了不少钱，这种兰花在黑市上被炒到了很高的价格，但是我一直讨厌它的样子，厚厚的叶子好像仙人掌，开出的花朵也笨拙丑陋，全没一点兰花的灵气。那时候这个城市几乎家家都种这种兰花，我妈妈也种了几盆，总是种不好，每年开花的时候，那些厚重的叶子都紧紧地夹在一起，不能舒展开，把花骨朵捂死在叶子里，于是妈妈便用绳子把叶子五花大绑到两边，让花骨朵露出头来开放，可是这样让那些花变得更丑了，以至于每次看到，我都怀疑这个城市里的人是不是都疯了。

我讨厌这个城市，讨厌这些丑陋的东西，但是我喜欢苏金金，苏金金也喜欢我。我们十五岁就混在一起，情比金坚。冷和暖不是区别，平房和楼房也不是区别，种兰花的目的不是区别，只要我们互相喜欢着就可以了。如果你家太冷，那来我家好了，想吃什么就吃吧，想住在我温暖的房子里，睡在我舒服的床上也都可以。我们一起躺在我的大床上看电视，偷偷借有点色情的录像带来看，一看就是大半天，然后讨论半天，吃我妈妈做的饭，躺在床上继续接着聊天聊到睡着为止，第二天早上才恋恋不舍地分开。我把她一直送到汽车站，如果天气不冷，我们还会站在那里再聊一会儿，聊到过去三辆车才说再见。

天气乍暖还寒的时候，我实在太想念她了，跑去她家找她，她妈妈说她在市场，我又去市场找她。所谓市场，其实只是沿着一条马路两侧摆置的一些简易的铁皮屋，冬冷夏热，但至少刮风下雨的时候还会有些遮挡，通常只有那些卖肉的、卖熟食的才会租摊位，还有很多进城来卖菜的农民，并没有这样固定的摊位，他们只是就地把马车停下来，把他们从家里带来的东西卖掉，就赶回去了。赶车搭伴来的有的是夫妻，有的是父子或者村里的伙伴，通常都是比较善于交际的那个负责张罗生意。戴着翠绿围巾的大嫂目光一接触到你的目光，马上条件反射般的对你说："大妹子西红柿要不要？"你这个时候只要表现得稍微有点犹豫，她就会迅速从棉手套里抽出她那满是冻疮的手，把马车上盖着的两床花棉被掀起一个角来，拿出一个红得可爱的西红柿来给你看："看，大棚刚摘的，可好呢，可新鲜呢。"如果你过了一会儿买完了菜走了回来，不小心又看了她一眼，她就会把这套动作再重新做一遍。我因为怕他们麻烦，所以小心翼翼目不斜视，谁也不多看一眼，好像一个战士，不断地冲过他们热情的封锁线。

走了半条市场，才听到苏金金的破锣嗓，我顺着声音寻去，只见她穿着黑底蓝碎花小棉袄，两手抄在袖筒里，一头乌黑发亮的中分直发本来都垂在眼前，如今都掖在耳后，还要在脑瓜皮上夹个发卡，林青霞变成了刘胡兰。她看到我很高兴，把我让到铁皮搭建的小摊位里坐，继续吆喝着，熟练地应对着来往的客人。我坐在刷了蓝色油漆的铁皮屋子里，看着我的最好朋友的背影，仿佛看着另外一个人一样，偶有人向这边侧目，我就坐立不安，觉得有些难为情。面前摆放着一排油腻腻的熏烤的东西，我好奇地问："这就是烤鸡骨架吗？我还没吃过呢，好吃吗？"

她回答说："三块钱一个。"

我一时没反应过来，看着她，好一会儿才确定她是真的并不打算请我吃一个，我的心里有些不快，难道她平时在我家吃的东西不比这更贵更好吗？我什么时候跟她算过钱？但是她显然完全没有意识到我的不高兴，只是继续叫卖着。

“唐立诺，你怎么在这儿？”突然有人叫我名字，我把头探出去一看，是史冯站在铁皮屋子前，正咧着一张大嘴冲我笑。

“你怎么在这儿？”我反问。

“我一哥们儿住这边。”他很狐疑地扫视着这铁皮屋子。

“同学家的。苏金金，你见过，到咱们班找过我。”

“哦，对对，咱们见过！”史冯打量了苏金金几秒，把她认了出来，“这是什么？”

“烤鸡骨架。”苏金金说，她头发不知道什么时候已经放下来了。

“你买两个吧，”我说，“必须买哦。”

“不用不用。”苏金金连忙摆手说道，并马上拿出个食品袋飞快地拣了三个鸡骨架装好，史冯连忙伸手在兜里翻钱。

“不用给钱，小诺的朋友就是我的朋友嘛。拿去尝尝，好吃下次再来买好了。”她笑眯眯地对史冯说。我没吭声，直到确定史冯已经走远了，才气呼呼地说：“你还真会做人啊。”

“你不高兴了呀？”她笑嘻嘻地说，“我也请你吃一个。”

“不吃！”我撅着嘴站起身，“我回家了。”

她拉住我：“别生气啦，我请你吃鸡架好吗？你还想吃什么好吃的，一会儿买给你？”

“我又不是小孩儿。”她这一哄，我反倒更加恼了，好像我是为了一口吃的？这么说真让我无法忍受，“可是你也太重色轻友了吧。”

她笑：“你还真跟我生气呀？还说不是小孩子脾气，你是我亲人啊，又不是不知道我家什么状况，你也体谅体谅我好吗？我跟你同学那里装大方，还不是让你有面子呀，我跟你这里再装模作样，不是对不起这朋友一场了么？咱们认识这么久了，我心里怎么能没你呢。但是生意是生意，你同学吃完了，会再来买，这不也是帮我吗？”

我看着她，觉得她说得也很有道理，心里为自己的不懂事感到愧疚和自责，我是不懂什么生意不生意的，但是作为朋友，这本来应该是我替她想到的事。是我太过计较。

“对不起啊，”我说，“我请你吃饭吧。”

她笑笑，拿起一个鸡架举到我鼻子跟前：“请你吃。”

九

我走后的那个下午，他们在那洒满阳光的黑皮沙发上做爱了吗？

很多年后的一天，我在清晨和妈妈告别，坐上一辆出租车到城市的另一头去，那里有一架飞机等着我，它要带着我离开这里，到另一个城市去生活。我打开车窗，想看这城市最后一眼，路旁丁香花的香气伴着春风飘了进来，刚刚路过的那所房子，是高家驷曾经的家。这又是一个残忍的四月，那一天，我曾带着这个疑问离开这里。他们后来当然有做爱，不然也就不会发生那么多的事情，我们的人生，都不可能是现在的人生了。但那并不是我的问题，我的问题是，那天下午我走之后，他们在那洒满阳光的黑皮沙发上做爱了吗？

为什么一定要在那个下午？为什么一定要在洒满阳光的黑皮沙发上？为什么一定要在当时当地呢？我也不知道，也许只是为了这丁香花的香气，让我觉得那样很美吧？知道答案的两个人，现在一个已经死了三年，另一个也远走他乡，杳无音讯。车子一路朝着太阳升起的东方开，我看着窗外扑面而来又瞬间消失在身后的风景，远方的天边，阳光刺眼。

“我们做过了。”夏念当时就是这么简简单单地告诉我的。傍晚，我们在校园里散步，我一直在叽叽呱呱说个不停，她只是沉默地听着，突然插进来这么一句话，和我说过的一切都无关。我停了下迷惑不解地看着她，发现她也在迷惑不解地看着我。夕阳的余晖映照在她的脸上，我们头上的树叶哗啦啦地作响，远处是晚间的校园广播。可是，是那天下午吗？是在那张黑皮沙发吗？好奇怪，当时我的脑子里并没有冒出这些个无聊的问题。

难道是我出现了幻听吗？我看了看她无辜的表情，很狐疑地继续往前走。她也没说话，跟着我走动起来。但是我满脑子都是她的那句话，把刚才自己正滔滔不绝的话题给忘记了。我们默默地走了一会儿。我等着她开口，她却若无其事的样子。最后我只好站下来。

“你刚才说话了吗？”我问她。

她笑了：“你听见啦。”

“你刚才说你们做过了？”我问。她点点头。

“做爱？”我问。她点点头。

“干吗告诉我？”我脱口而出，问完又觉得自己这问题也很奇怪，可是，什么问题是不奇怪的？

“不是故意的。”她说，“憋在心里一直在想，顺嘴说出来了，我也不知道是怎么回事。”

我们又迈开步子往前走，现在两个人整个颠倒了过来，换作滔滔不绝的是她，我来沉默当听众了。太阳已经落山了，仅剩的一点点余晖照得人影影绰绰，路灯在我们前方一盏盏地亮起来。风吹着她的头发，把她的马尾吹得在空中一荡一荡的，却并不知道这个女孩的心中正有些烦恼。她说她和男朋友做爱了，她的男朋友是怎样忏悔的，怎样向她道歉，怎样保证以后再也不会犯这样的错误了，她说那个姑娘已经把孩子打掉了，拿了一大笔钱，并保证今后不会再来找他了，她说她也有责任，如果当初他想要她而她给了他，他就不会一时糊涂，把持不住自己，被那个婊子勾引把持不住犯下错误。她说现在她想通了，既然两个人在一起，就应该相信他，为什么要有所保留呢？为什么不能把自己的一切都给他呢？她说她爱他他爱她她爱他他爱她她爱他他爱她，他们是这么的相爱，有一点挫折和弯路，他们是可以一起面对的。因为他爱她她爱他他爱她她爱他……因为她爱他爱他爱他爱他爱他……因为这爱，所以不管怎样，都要在一起，她失去过他一次，她已经不能再失去他了，生不如死啊，小诺，你能体会那种痛苦吗？那样的生命是没有意义的，完全没有……

可是真烦人啊！夏念，你知道吗？可是你这样可真的很烦人啊。我听你说着这些，我听你把你的这些对他的爱通通告诉我，我认识你这么久，从来没有看到过你这么唠唠叨叨过，我喜欢你文静的样子，可是你现在成什么了？你和班上那些死八婆有什么区别了？我现在待在你身边，已经感觉快要窒息了，我不耐烦了，我根本不想知道这些，也不感兴趣，我没谈过恋爱，也没做过爱，没人爱我，那就没人爱吧，但是我不想听你的恋爱故事。我想立刻从你身边跑开，去那边的池塘看一看荷花，月亮快要出来了，那一定很好看。你要是再这样唠唠叨叨下去我可要不喜欢你了。

“你怎么了？怎么不说话？”夏念不知道什么时候停止了说话，脚步也停了。

“啊？”我转过头去看她。

“你梦游呢？”她伸出手像个姐姐似的拍拍我脑袋，“醒醒。”

我嘿嘿笑。

“我是不是变得很烦人啊？”她说。

“嗯，是有点儿。”

“唉……”她叹了口气，“你说我怎么觉得我现在有点变态啊？”

我看着她，很不解，她怎么一会儿那么坚定，一会儿又那么怀疑的？她和高家驷之间到底是怎么回事，也许根本不像她说的那样，也许她自己都不知道，那我更不会知道啦。

“我们去池塘那边吧，”她说，“荷花都开了呢。”

我们走到荷塘边，发现自己想错了，月光下的荷塘其实一点都不好看，月亮不够亮，沮丧地挂在空中，仿佛被罩在了磨砂玻璃罩子里，池塘边的路灯也暧昧不明，光晕里很多小飞虫在胡乱地飞舞着，下面的长椅上坐着一对对寒酸的学生情侣，搂抱在一起，像连体婴儿一样只剩下一个头部。许多对连体婴儿占据了许多条长椅，我和夏念绕着人工湖整整走了一圈，发现两个没有被占据的石凳子，我们坐下，看着乌漆墨黑的池塘里，大片的荷花和莲叶的影子，仿似鬼魅。

“曲曲折折的荷塘上面，弥望的是田田的叶子。叶子出水很高，像亭亭的舞女的裙。”她突然张口来了这么两句。

“我靠，”我忍不住粗口，“我最恨这篇了，小时候我背不下来，被罚抄了四十遍，你竟然能背下来，我最恨的就是你们这种学生了，什么都能背得下来。”

她笑了，但没接话，捡起一颗石子向黑漆漆的荷花中间扔，没有听到石头落入水中的声音，只看到她的动作，我以为她又在想自己和高家驷的事，就不说话地坐在她身边，也想点自己的心事。

“小诺，”她突然开口说话，说出来的内容却出乎我的意料，“有件事我得跟你说。”

“嗯？”

“彭飞和丁晓雯，他们是正经在谈恋爱，你别管彭飞怎么跟大家说，他们肯定已经上过床了。”

我没说话。

“傻姑娘，别再等了。”

“你看出来啦。”我说。

“傻子才看不出来，”她说，“你才是个傻子呢。”

“是啊。”

“我想彭飞也看得出来吧，”她说，“有一次我们俩和他一起吃饭，高家驷开过玩笑。彭飞说对你没那个意思。”

“哦。”

“他说大家最好不要再开玩笑了，免得让你听到误会。”

“大家开过我玩笑吗？”

她犹豫了一下。“你不在的时候和彭飞开过，”然后又补充了一句，“没恶意的。其实大家都觉得他和丁晓雯不合适。所以有时候多管闲事了一些，我们都希望你俩能好。”

我感觉到脸上一阵发烧，幸亏黑暗里看不见。

“其实人家根本没有在等他啊，我喜欢过他，那都是很久以前的事了。就那么几天，很快就过去了。”

“那就好。”夏念说。我以为她说完了，但是看来她觉得有必要一次把我打击彻底。“你知道丁晓雯怎么征服彭飞的吗？”

我迷惑地看着她。

“人家会哭，会缠人，会寻死觅活，”夏念说，“你又不会哭。还逞能，又傻又倔的。”

我没说话，站起来走到池塘边，弯腰去捡一块石头，捡起来之后，才发现这石头有点大，特别沉，我一只手几乎是抓不住它，于是我加上另一只手一起，使出吃奶的劲儿把它举过头顶，扔到水里去了，“扑通”一声巨响，把岸边的连体婴儿都吓分体了，我也吓了一跳。

“你没事吧。”夏念问。

“没事。”我笑笑说。

十

他们的确是做爱了。不过我们都没想到的是，夏念的话不久之后竟然得到了确凿的证实。一开始的时候，我想到丁晓雯的那一团黑气，还有那么一点期望着也许是夏念猜错了，可是后来这件事被白纸黑字贴到了公告栏上，这希望终于彻底被打碎了。星期一的早晨，我们到中文系去上大课，懒洋洋地还没等在座位上坐稳，消息就传来——周末晚上丁晓雯在彭飞宿舍留宿，给学校抓住了，现在正在等候处理，双方家长也在活动疏通。

虽然还有一线转机，但是我们心里都很清楚，他们完了，在我们这个道德高尚、作风正派的校园里，这是比打架斗殴更加严重的事。用我们校长的话来说，这里是培育祖国园丁的地方，祖国的花朵都要落在我们的手里，意味着整个国家的未来都将落在我们的手上，所以学校对大家的思想品德教育是从不松懈的。平日里喜欢隔三差五查一查，搜一搜，外加上还有个把优秀的未来园丁代表跟学校打个小报告，因此大家在这方面都很谨慎小心。恋爱中的园丁们如果想做爱，也只能自己想办法到外面去解决。谈恋爱之前，男生们研究过黄色小说，女生们学习过言情电视剧，可是这些教材就是没有一本正经地告诉过我们，这个约会的场所问题到底该怎么解决。等到真枪实弹地要谈恋爱之后，男生和女生之间这条不可逾越的鸿沟就摆在了女生宿舍楼和男生宿舍楼之间。要逾越它，也只能靠智谋和勇气了。

在外租房是不可能的，因为没钱，去宾馆开房间也是不可行的，因为既没结婚证也没钱。所以大家各出奇招，也有抱着侥幸心理，铤而走险的，因此每个学期有那么一两对倒霉蛋被学校抓到，重则直接开除滚蛋，轻则暂不滚蛋，留校察看。两个星期后的一个中午，我上完课回家吃饭，经过学校的公告栏前，看那我喜欢的人的名字。

校庆的日子刚过去不久，这张纸就贴在学校优秀教师表彰公告旁，眼睛的余光里都能看到几张熟悉的老师的笑脸。他的名字用黑色的墨汁写在白纸上，被阳光照得发亮，她的名字则在一旁闪闪地发着光，好像被烙在了白纸上，烙在阳光里，再也不可以被否认，被抹杀掉。我站在阳光下怔怔地看着两个并肩而站的名字，好像看到他们手牵手站在一起，正低头冷冷地望着我，午休时分的校园，热浪烘烤着柏油路，林荫道上行人稀少，只有蝉鸣响彻成片，我背着双肩书包，拎着饭盆，仰着头仔仔细细把纸上的内容读了几遍。我默默地走回家，心被嫉妒胀得发痛，我爱的人他完蛋了，他就要下地狱了，可是如果一定有谁要陪他下地狱，我多希望那个人可以是我。

被写在公告栏上的两个人从此都没有在我们教学楼里出现过。丁晓雯因为有个亲戚是学校的后勤，最后疏通关系，得到了“严重警告，记大过一次”的宽大处理。彭飞则因为带女生回寝室留宿，情节特别严重，直接被开除学籍。我不知道最后这件事是怎么演变成这样的一种结果的，学校在此之前和之后都有学生因为这种事被抓住，却谁都没有像他这样被施以如此严重的惩罚，连留校察看的机会都没有给他。大家都说他是太倒霉了，我却暗暗地认为这都是因为跟那团黑气浸淫太久，才被害成这样的。在出事之后，我没有再和他有过任何联络，史冯他们一直都陪在他身边，所以时不时会传递给我一些关于他的消息。他们所有的聚会都叫过我，但是我不想去，我只想在家打游戏，睡觉，看小说。快考试的时候我也去图书馆看看书，学习一下，我一个人去，一个人回，和所有人都渐行渐远，我是校园里飘荡的孤魂野鬼，没有人爱我，我亦决定不再爱任何人，还来不及死，那么就在人群中将自我放逐。暑假前的最后一个下午，我正在睡觉，床头的电话铃响，我接起来，是彭飞，我激灵一下子醒了过来，从床上坐了起来。

“干吗呢？”他问我。

“睡觉。”

“你怎么总是睡觉啊？”他说。

“是啊，”我说，“总是困。”

“我去你家看看你吧，好久没见到你了。”他说。

“行啊。”我有些困惑。很想问他“你怎么了”，但我怕他误以为我是不想让他来，就真的不来了，因此没有问出口。

十分钟不到，他来了。我趴在窗口，看到他骑着他那辆破旧的二八自行车进了部队大院，眼泪落了下来。好久不见，他瘦了好多啊，弓着背，弯着腰，貌似胡子也没刮，好像一个民工，一下子就变成老头儿了。可是，即使他变成了民工，我也能一眼认出他来。

“你可真够懒的啊，”他见到我第一句话就说，“现在才洗脸？”

我怎么能告诉他我洗脸是因为我满脸都是为他流下的泪水呢？我说：“你也很久没刮胡子了吧。”他笑了笑，还是那么好看。

我把他让进我的屋子，他在我每天想念他的桌子前坐下，那是一张旧式的有三个抽屉的桌子，我铺了张暗绿色的桌布在上面，没有大花或小花，没有斜纹或者横杠，只有绿色，我每天趴在它上面对着窗外发呆。我窗外的那棵大杨树，每到夏天，都会用郁郁葱葱的树冠遮盖住我整个的窗户。那棵杨树在我出生前就在这里了，小时候部队修防空洞，没有人舍得砍掉它，就把它砌在了防空洞的外墙里，我从小和小伙伴们爬到防空洞的墙头，靠在它的树干上吹牛，打闹，把吃过的玉米棒乱扔，被大人呵责后一哄而散。后来我长大了，它也变老了，我每天都会从窗里看到它，它也看着我，如果它有生命的话，我想告诉它，这个夏天的这个下午，坐在我窗前的这个男孩就是我喜欢的人。老树，老树，你看到他了吗？你喜欢他吗？我喜欢他，可是我永远都不能告诉他了。

老树无言，只有树上的鸟儿在叽叽喳喳地叫着。我们坐在窗前闲聊，谁也不提被处分的那档子事。聊着聊着，突然两个人莫名地同时停了下来，空气中有一瞬间的寂静。然后他说："我是一个不讨人喜欢的人。"

我愣了，不知道他何来此言。

"别这么说。"我说。

"其实就是这样的，"他淡淡地说，"我从小被放到别人家寄养，十二岁回家，家里有了弟弟，感觉自己始终像个陌生人。我也不知道这是为什么，总之就是很不讨人喜欢，生下来就是被嫌弃的，所以好不容易碰到一个人对我好，我就很想讨好她，回报她。"

"你是说丁晓雯吗？"

他点点头："她比我自信，也知道自己要什么。"

"嗯，"我想起那一团黑气，现在它变成了自信的黑气了，"那你现在……是爱她了？"

“也许吧，”他说，“她对我太好了。”

他又说：“是我连累了她，她给我的我得用一辈子来还。”

我默不作声。有把小刀子在一片片地割我的心，而我竟然还很享受这凌迟的过程，恨不得把自己的血肉一片片拿起来端详、把玩一下。唐立诺啊唐立诺，你是神经病吗？是受虐狂吗？我有一肚子的问题想问他，但是最后只问了一个：“你打算怎么办？”这个问题其实翻译一下应该是：“你会和丁晓雯分手吗？”然而他显然没听懂，只是摇了摇头，跟从前一样说出了许多模棱两可的选择性的答案，比如找工作，换个学校读书或者到外地去发展等等，唯独没有提他和丁晓雯会怎样。他的手抚摸着面前的玻璃杯，手指修长漂亮，我很想把玻璃杯抽走，把他的手掌摊开，把我自己的手放上面，再把手指扳回去，握好，然后郑重地告诉他，这是我的宝贝，给你了，别撒手。我当然没有。他又坐了一会儿，站起身来告别，我坚持下楼送他，一直送到了部队大院的门口。我依然不知道他为什么会来看我，也没问他，告别的时候，他伸出一只漂亮的手拍了拍我的头，手指轻触了我的头发，我又闻到了他的气息。“小丫头，你要好好的。”他说。我“嗯”了一声，他站在那里又看了我一眼，向我摆摆手。“回去吧。”他说，然后骑上车走了，夕阳的余晖照在他的背上。我看着他远去的身影，想起小时候看过的一个日本电影，在电影的最后，男主角问女主角，你难道看不见我的背上写了孤独的“孤”字吗？女主角说看到了，但是对不起，也只能这样了，我不能和你在一起。

过了一个星期，有消息传来，他通过劳务公司去了美国，在一艘豪华游轮上工作了，因为消息来得很突然，所以走得匆忙，班上的同学谁都没告诉，也没有人给他送行。我算了算他走的日子，是到我家去的第二天。听到这个消息的那天，我上完课就早早地回家，吃完饭，然后把自己关在屋子里哭了一晚上。后来他和丁晓雯一直在一起，没有分手，再见到他是在他们的婚礼上，再后来又过了几年，听说他们离婚了。

第二章

十一

我一直觉得这个世界上根本就不应该有时间这种东西，时间不过就是人们发明出来折磨人的一个测量单位罢了，人的生命其实是一个从生到死的过程，它不是跳房子，要一格格地跳过去，它只是完整的一格，就像一朵花的一生，什么时候花开，什么时候花谢，都是自然的事情。但是自从人类开始习惯把这个大格分成很多年月日，又分成小时、分钟和秒钟以后，人们就好像都被规定必须要按照这些格子一步步地生活了。在这个格子里你需要好好学习，不要谈恋爱，到了下一个格子，你又必须要赶紧谈恋爱了，不然就来不及了。

可是为什么是这样呢？为什么在这个格子就必须干这件事呢？从来没有人解释过，反正大家都是这么生活的，好像大家都觉得只有这样才能完整地走完这个大格子一样。于是这世界上就出现了三种人：第一种匆匆忙忙地赶上时间快车，一起到下一个格子去，做下一个格子里的规定动作。他们的人生按部就班，倒也谈不上痛苦。第二种人是不高兴按照规定的格子一步步地走下去，他们不肯完成规定动作，中途跳车，追逐自由，去寻找自己的新世界去了。第三种人就是我这样的人，因为大脑反应迟钝，做什么都比别人慢半拍，懒懒散散地生活惯了，根本没有培养按部就班的观念，于是有一天就突然发现火车已经把自己扔在了半路上，于是只好一个人慢慢往前走，走着走着，就想，反正也赶不上火车了，不如去别处走走吧，于是就满世界乱转，随便地四处看看，早早地偏离了人生的轨道，人们始终也没能在下一站的站台上见到她。

不过这样倒也没什么关系吧，反正大家总有一天都会在终点处相遇的，按部就班的人也好，造反跑掉的人也好，半路走丢了的人也罢，最后的命运无非一死，终点站也都是那一处，并没有什么区别，区别只是如何到达而已。

从前夏念总说我像一棵树，我就知道她是在那里乱讲呢，那只是一种感觉罢了，她自己都说不出个什么道理来。但是听得多了，也会往心里去，就问她，哪像啊?她说不知道，后来使劲地想了想说，也许就是心不在焉的那个劲儿。我就坐在那认真想了想我哪里有心不在焉了，我上课虽然也睡觉，但是也并不迟到，考试也会抓紧时间看书，我哪有心不在焉了?你为什么说我心不在焉啊?

“看上去挺麻利，其实什么都赶不上趟。”夏念说。于是我只好认了，因为这倒也是事实，别人学习的时候我在玩，别人谈恋爱的时候我还在玩，别人没找到对象开始相亲了，可我还在玩。玩什么呢？也没玩什么，不过是一些无聊的小把戏，我把它们统称为一种叫做“杀时间”的游戏。直到有一天，我抬头看看四周，才发现火车早已开走了，天地间只剩下了我一个。

一棵树怎么可能懂得要按照时间计划来完成规定的动作呢？对于它来说，生命是多么自然的事，时间只是生和死之间的距离，在生和死之间发生过什么，它都无所谓。它怎么可能知道要有这么多事情要完成，也不可能探头探脑地去问旁边的树，你们长到什么程度了？长到哪儿了？我是不是也应该像你们那么长才对呢？它不知道是什么将自己带到这个世界上来的，就像一颗种子，被风吹起或被鸟的羽毛携带到某个山谷里或者小溪旁，然后就落在那里，心不在焉地长在那里，死在那里了。

所以夏念才会说我像一棵树吧，但是她自己不是，她计划着未来，经常把她规划好的整整齐齐的未来讲给我听，什么时候结婚，什么时候生孩子。苏金金也不是，她说，现在到了该谈恋爱的时候了，于是她就去谈恋爱了，即使是没恋爱可谈，也会努力地去相亲，然后有一天，她来告诉我，她找到了一个人，他们要搭上那趟火车到下一站去了。她说这些的时候看着我有些抱歉，因为这里就只剩下我一个人了。

“那人是谁呀？我认识吗？”我问她。

“以后再告诉你吧。”

这人我肯定认识，我脑子里突然灵光一现，脱口而出：“是史冯吗？”

话一出口，我们两个人同时吓了一跳，苏金金的保密工作是做得很好的，在此之前我连她谈恋爱了都完全没有概念。但是这名字就是在瞬间出现在脑海里，就这么瞬间被说出口了，让我也感觉同样的神奇。苏金金瞪着眼睛看着我，像看着一只鬼一样。

“你怎么知道的？”她问。

“猜的。”我轻描淡写地说。

“怎么猜到的？”

“不知道啊。就是突然感觉到的。”

苏金金笑了，说有时候你的感觉真准得吓人。我看着她，突然感觉我们之间有一些东西要结束了，当然不会结束得这么快，不会是在今天或者明天，但是它已经开始结束了。“结束。”我想。这个词其实不是一个动作，而是一个过程，从前刚刚开始学英文，当一个人说他快死了，他总是会说 dying，表示自己现在正在死，后来我明白了，死也是一个过程，它结束于你最后死透彻之时，却从你出生的那一天开始。你活着的每一天都在 dying 啊 dying，不断地死去。你生来就无法阻止死，只能任由自己去死。直到结束真的结束了，死真的死了，dying 变成 dead 了，这事儿才总算是完了。

但是当时我是不会胡思乱想这些的，因此我没有把我的感觉当回事，也不相信它，也并没有告诉苏金金。我只是祝福了他们，然后就去找别的姑娘玩了。这个世界上虽然找不到爱我的男孩，但是总还有些孤独的姑娘，如果你不那么挑剔，自己也不是太令人讨厌，还是可以互相做伴的。所以我闲极无聊的时候，就和另外的一群姑娘混在一起，晚上的时候到宿舍去找她们，等着她们化好浓妆，穿上漂亮的长裙，然后跟着她们到体院的舞厅去坐一会儿。

姑娘们很是风光招摇，也许太风光招摇了，争风吃醋，打架斗殴的事时有发生。有一天，我正坐在墙边的角落发呆，跟我比较要好的那个姑娘突然从舞池里冲出来，一把把我拉起来说："快跑。"我稀里糊涂地跟着她就跑，另外两个同行的姑娘也跟在后面跑出来，我很不高兴就这么给拽了出来，因为下一个曲子是我喜欢听的，也搞不清楚她们是为什么和人争执起来，到底是男人和男人争女人，还是女人和女人争男人？无论如何，体院的小舞厅短时期内是不能再去了，可是姑娘们还没跳够呢，于是我们又去了社会上的舞厅，这一次浓妆艳抹成了主流，我这种学生妹反倒成了稀罕之物，来邀舞的男人围了两层，吓得我惊慌失措，随便挑了个看上去顺眼的男人就跳了起来。过了一会儿，才发现这男人原来很帅，比我长几岁。

"你怎么会到这种地方来？"他问我。

我老老实实地告诉他："同学拉我来的。"

"哪个学校的？"

"师大的。"

他点点头："以后别再来了。这地方不是你该来的。"

说完这句，他就不再说话，只是把我的手攥在他手心里，放在他胸前，不紧不慢地带着我跳舞，一曲终结，他把我送回原处，并不离开，就站在旁边等着下一个曲子再开始的时候，又走过来，于是我就躲开所有邀舞的男人，把手伸向他摊开的手掌，我们继续跳舞，一整夜地跳舞，有时候我抬头看看他，他就对我笑笑，但是不说什么话，我知道我也不需要说什么，长长地舒了口气。他与我保持着有几分亲近却不过分的距离，被别人冲撞的时候，会偶尔靠近彼此，我的头发碰到他的下巴，可以闻到他身上的气味，好闻得让人伤心。

“我送你吧。”最后一曲的时候，他说。

“我和同学一起走。”

“没关系，”他说，“我送你。”

我不知道要怎么拒绝，只好胆战心惊地让他护送，好在他和他的一个伙伴，只是远远地跟在我们后面，走过很背静的林荫道的时候，他们就故意放慢脚步，似乎是要让我们放心他们不会追上来非礼我们。开始的时候姑娘们还很担心，让我先不要回家，先跟她们回宿舍，快进校门的时候，姑娘们放心了下来，小声嘀咕了一路，此时终于又开始叽叽喳喳地吵闹起来了。我走在最后，放慢了脚步，回头看了他们一眼，他们站在路灯下，远远地离校门有一点距离，好像是从舞厅那种世界里出来的两只奇怪的动物，来到了另外一个世界的大门前，安静地打量着面前的这一切。他的伙伴推着一辆自行车，他叼着一根烟，双手插在兜里，懒洋洋地站不直，是社会青年那种痞里痞气的样子。看到我回头望他，就冲我笑笑，用正好可以被我听得到的声音说：

“记住啊，以后别再来了。”

他的伙伴听到这话就吃吃地笑了起来，好像这话很可笑似的。他伸手狠狠地照着他伙伴的后脑来了那么一下。我笑了，在那一瞬间，又差点哭了，恨不得跑上去拥抱这个陌生人。但我还是冲他挥挥手，转身追赶姑娘们去了。姑娘们都取笑我，打赌说他肯定会再来的。可是几天过去了，他并没有像姑娘们预测的那样来找我，我松了一口气，如果他真的再出现，我还得想办法把他甩掉，这很麻烦。还好，他只是单纯地想保护我，想送送我而已。想到这里，我又开始喜欢起他来，就像喜欢在杂志上看到的一张相片，我把它剪下来，放在我珍藏的盒子里，放在我的生活之外。我和相片中的人此生不会再有交集，他当然有他自己的故事，但是他此生中的此刻，是属于我的，那不回头望，不向前看的此时此刻，谁也偷不走，他是属于我的。

“你知道吗？他就是那个麦田里的守望者呀。”我把这个事讲给苏金金听。

“得了吧，”苏金金说，“不就是一个穷极无聊的小混混嘛。”

十二

夏念第一次自杀的那个下午我没有去上课，一个人跑到附近的电影研究所去看电影，那是我的新大陆，看电影的人总是很少，票价便宜还不清场。我还记得那天放映的是《辛德勒的名单》，整个大厅里只有四个人，我坐在黑暗的角落里哭得涕泪滂沱。第一遍放完之后，我觉得自己还没哭够，继续看了第二遍。走出电影研究所的时候，太阳已经西沉，身后的喇叭里播放的是电影里那首著名的小提琴曲，红色和黄色的落叶被雨水拍打在路面上。我想到犹太人的命运，为世界和平深感忧虑，走在路上，觉得自己的背上一定也写了孤独的“孤”字。

天气越来越冷，再也不能在图书馆台阶上坐着晒太阳发呆，掰着手指数现在有几个男生在追我，是不是应该挑哪个试一下。冬天马上要到了，我还没找到人给我暖手。那么好吧，没有人给暖手的姑娘只好把手揣进自己的口袋里，踏着湿漉漉的红色和黄色的树叶在悲伤的小提琴伴奏下滚回家去。一进家门，妈妈告诉我夏念自杀的消息，说是吞了安眠药，刘教授下班时候发现的，现在刚刚洗胃抢救过来，还在昏睡之中没有醒来。刘教授刚才打来电话找过我，想问问我知不知道这到底是怎么回事。

可是我也不知道是怎么回事呀。我脑子除了像被大锤子砸了一下外别的什么都不知道。最近我已经很少有机会和夏念说说话了，因为她越来越沉默，脸上的光彩已经暗淡了下来，笑容也不见了，我也问过她怎么了。她只是说一切都很好，然后开始给我讲高家驷是怎么爱她的她是怎么爱高家驷的，所以我想大概是我多虑了吧，后来就再也不问她了。我得承认我是有点烦了，虽然我终日忙着无所事事，并不等于我喜欢总是听她讲这些。我的鞋刚刚脱了一只又赶紧往脚上穿，妈妈提醒我说："会不会还是和高家驷有关啊？"我便又脱了鞋跑进屋打电话，刚拿起电话又放下，回去翻包里的电话号码本，翻到高家驷的号码拨了过去。是高家驷妈妈接的，她说高家驷已经去医院了，我放下电话又去门口穿鞋，抓起包跑出家门，外面又开始下雨了。"小诺，把雨伞带着。"妈妈喊着我追出来，把伞塞到我手里。

"到底怎么回事？"我在医院门口正好和高家驷迎面碰上，他没有带伞，浑身都淋透了，脸色惨白，神色慌张，上台阶的时候脚下发飘绊得一个趔趄，我伸手去扶他，他立刻紧紧地抓住了我的手，好像一个溺水的人抓住了救命稻草一样。这时我才发现他整个身子已经抖得像个筛子。

"到底怎么回事？"在寻找急诊室的间隙，我又问他。他像没听见一样，急急地往前冲着。

长长的走廊里弥漫着消毒水的气味，我们上错了楼梯，经过输液室的门口，一个年轻的农村妇女正坐在病床上，敞开胸怀给襁褓中的孩子喂奶，她的手上扎着吊针，脸庞黑红，她的乳房饱满，怀里婴儿的后脑勺有她一只乳房那么大个儿。“请问急诊室在哪？”我问，她抬起头来看我，神色迷茫，眼睛又大又空洞，黑得发亮。我退了出来，在大厅里拦住一个护士，她给我们指了方向。我们只好绕回原来的楼梯旁。

“我和夏念分手了。”高家驷突然说。我们此时已经来到急诊室门前，我怔在门口，为自己听到这答案却一点都不感到吃惊而吃惊。这时候门从里面被拉开，刘教授正好走了出来，也听到这句。我毕恭毕敬地跟她打招呼：“刘教授。”高家驷也叫她阿姨。他站在我身后，声音从我后脑勺的上方飘过。

接下来的事情，好像琼瑶电视剧里的戏码，女主角的母亲瞥了眼站在我身后的人，突然一下子把我扒拉到一边，一个箭步冲上前去，左右开弓地给了男主角两耳光，然后开始厉声呵斥起来。她的声音不高，但语气里有一种像刀子一样的凌厉，我们两个都被那清脆响亮的耳光给吓傻了。在后来的日子里，我偶尔回想起刘教授那一气呵成、行云流水的动作，都忍不住赞叹她的身手了得。刘教授是个高个子的女人，夏念那清澈透白的肌肤和好身材都是传自于她，但是她比夏念还要美，站在医院的走廊里，即便是厉声呵斥，也还是有所控制，不失一个美人的风度。

我站在高家驷身旁，垂着脑袋听她训斥，过了几秒钟才反应过来，做错事的又不是我，我干什么要这么战战兢兢地在这儿低头做认罪伏法状呢。于是抬头，这才发现身边已经三三两两地围了几个人。我又看了看高家驷，他低着头，脸上的五个指印清晰可见，紧紧闭着嘴巴一句话也不说，也许是因为挨了耳光，他的身体反倒不抖了，只是笔直地站着，高高的个子，一脸平静。像一个被判了死刑的人，等待着凌迟。

“刘教授，夏念怎么样了？”我问。

她这才沉默下来，把身子让开，把我放进去，却把高家驷给拦下了。我推开门走进病房，夏念躺在那里，看上去没有什么痛苦，只是平静地昏睡着的一具肉体。我拉开床边的椅子坐下，轻轻地拿起她的手和她握了握。“你好。”我轻轻地说。

她没有理睬我，她睡得正香，头发散乱，脸色苍白。我帮她稍微整理了一下头发，把她的手放回她的胸前，想到她还是要醒来的，我真替她感到难过，这真让人伤心啊不是吗？你打算去死，你梦见你死了，然后你醒来，发现这只是一个梦，自己还是要收拾起这具终究要老、要死的肉体，滚回到这个肮脏的世界里去。你不再是那个高昂着头走在众人之前的女孩，你不再是一个传说，不再是小说里的女主角，你为一个男人死过了，他现在正被你的妈妈挡在门外，即使他能够走进这个门也无济于事，他已经被那些我们所不了解的东西挡在你的世界之外了，或者也可以说，是他把你挡在他的世界之外了，他来看你，他希望你不要死，我相信他甚至想要冲进门来用力摇醒你，告诉你不要死不要死，但是，他这么做却只是为了他自己能够毫无愧疚地活下去。人人都要你活着，他们叫醒你，不让你睡觉，但是当你如人们所愿地醒过来了，却发现你的生活里只剩下枯萎了，无论你死，你活，你爱，你恨，你证明，你追求，你呼号，你愤怒，你们都已经无法在一起了。我没有办法帮助你，因为我和你一样的无助，我只能坐在这里，握着你的手，我只能坐在这里，知道你如我一般平凡，却依然爱你，我的朋友，我能为你做的，只能是坐在这里，陪着你，像你说的那样，像一棵树一样，静默无言地陪着你。

我从医院出来，高家驷在大门外等我，我们都饿了，在医院附近的一家小饭馆吃点东西，这是我俩唯一的一次单独在一起吃饭。“到底怎么回事？”我问他。他摇摇头，说他也不知道。这真让我气不打一处来，不是好好的又在一起了吗？不是说他爱她她也爱他吗？怎么又不行了呢？我问了他一连串的问题，他都只是摇摇头，等我实在是想不出还有什么问题可以问了，他才说：

“她不相信我爱她。”

“那就证明给她看。”我说。

“怎么证明？”他问。

“好好对待她。”

“没用，她不信。”

我说：“她信的，她真的信的，她每次都给我讲你很爱她。”

高家驷摇摇头：“不，她不信。她想信，但是她不信。”

然后他又说：“现在连我自己也不信了。”

“但是她爱你，”我说，“你还爱她吗？”

他沉默。

“不要这么轻易放弃，”我说，“她现在受不了刺激。”

他沉默了几秒钟，咕咚一口把杯子里剩下的酒干掉了，又往杯子里倒。

“嗯，”他说，“我明白。”

他不再说一句话，闷头继续喝酒，他的头顶后方有一台红色的黑白电视机，正在重播《西游记》，孙悟空揪着猪八戒的耳朵，两个人吵吵闹闹，正不知道要往何处去。店里零星的几个单身客人都百无聊赖地仰头盯着电视看。我也抬头瞟了一眼，立刻认出这一集是《盘丝洞》，这也是我最喜欢的一集，因为里面有七个蜘蛛精，每一个都很漂亮。我一直觉得在荒山野岭里做妖怪这么寂寞的事情，要七个一起做，才会比较开心一些，所以每次《西游记》重播遇到这一集，都会停下来看一看，像老友重逢一样。

“总之她就是圣女，她什么都对，她牺牲了，她宽容了我，她伟大，什么都是我不对，我就是个混账王八蛋我犯了错误我有罪我搞女人了我辜负了她。”

坐在我对面喝闷酒的男人喝着喝着突然开口说话了。我把视线从电视屏幕转移到他的脸上，看到他的脸上写满了“跟不知心的人也要说说知心话”的表情，我想这下糟了，我根本不想听，我想回家，想看七个蜘蛛精的故事，可是我也许有责任听，毕竟躺在医院里的那个刚刚自杀的姑娘是我的好朋友，她现在不坐在这里，我好像是有责任替她和他把事情说清楚。可是我什么都不知道呀，我又能说清楚什么呢？

“你要这么说就没劲了吧。”我有些不耐烦。

“那我怎么说才有劲啊？”他的声音突然提高了八度，我有些惊讶，原来他是个男高音，我从前竟然不知道。“所有认错的话，抱歉的话我都说过了，还要我怎样，折磨得我还不够？”

他喊着，旁边坐着的两位正在喝酒聊天的中年男人看了我们一眼，突然不聊天了，一起安静地扭着脖子看起电视来。

“你们就不能不提以前的事吗？”我说。

“是我提的吗？”

“据我所知她也没提吧。”

“她是不用提啊，我多看哪个女孩儿一眼，多跟谁说一句话她都能哭上个大半夜。她是不用提啊，每天把委屈、哀怨挂在脸上给我看，你想想我是什么心情。”

“她也需要时间嘛，再说你本来就是做错了。”

“我他妈的不是错这一件事，我是大错特错，一错再错，但是难道她就没有责任吗？”

我愣了一下：“什么责任？”

他说：“我作为一个男人，我有生理需求我他妈的有错吗？我要一辈子都跟她这么低声下气的吗？”

听他这话，我生起气来，一句话也不想跟他说，也不想看七个蜘蛛精的故事了，只想把面前的盘子直接扣他头上。

“我不是人，我是混蛋，她为什么要原谅我啊？她回头来找我干吗啊？她那么好，那么多人追她，她非要跟着我这个混蛋干吗？我有什么好啊？要是当初她不原谅我现在还不至于这样。”他声音大起来。

“你来什么劲啊？”我也忍不住吼起来，“她不原谅你你就舒服了？”

“操，也他妈的一样遭罪。”他说，“但也比这强。我现在宁愿当初她甩了我。”

“那你现在到底是想怎样啊？”

“别他妈的问我，我不知道。”

我说：“你不知道就不行！那边儿还一个躺在医院里不知死活呢，你还要分手，你想让她再死一次吗？”

高家驷抬起头，瞪着两只眼睛看着我，我也迎着他的目光。“啊——”他突然扯着脖子狂喊起来，所有人都惊得从椅子上跳了起来。小饭店本来也不大，他的声音有了振聋发聩的效果，撕心裂肺的痛苦从胸腔里蹦出，好像一只困兽发出最后的吼叫，十分凄惨。“都是我的错行了吧，我操他妈的，她要死我就陪她一起死好了。”说着他站了起来，举起手里的酒瓶砸到了桌子上，我吓得往后退了几步，啤酒沫溅到我的脸上。他反手拿着剩下的一截啤酒瓶往自己胸口上扎，坐在邻座的两个男人一下子冲了过来，一个抱住他，一个捏住他的手腕说“撒手，撒手”。他的手一松，啤酒瓶掉在地上，发出刺耳的声音，碎了。我直愣愣地站在那里，看着他们把他按在椅子上坐下。他哭闹了好一会儿，然后头一栽，咕咚一下趴在桌子上了。我身上被溅到的啤酒沫已经干了，孙悟空已经灭了妖精，和师父赶路去下一站了。一个中年男人对我说：“小妹妹，你赶紧打电话找他家里人吧，你可没法把他弄回去。”我看着这方脸黑皮肤的汉子，心里充满着感激，但是我翻了翻包，竟然把电话本忘在了家里，只好随手拨打记得的电话号码。过了一会儿，史冯来了，看了看我，什么也没说，把醉得不省人事的高家驷弄起来，架着他就往外走，我抱着乱七八糟的东西跟在后面。秋天的夜晚有点凉，刚刚又下了一场雨，湿乎乎的冷空气让人浑身打战。

“你可真行，干吗让他喝这么多酒，”我跟史冯讲了前因后果，他埋怨我说，“我今天要是不在家怎么办。”

“那我就跑，让他死在那儿。”我真诚地说。史冯笑了，高家驷也动了一动，我吓得后退了一步，怕他是因为听到我说的话要打我才醒过来的，但其实他只是因为想要呕吐，史冯找了棵大树把他扶过去，扔他自己到大树底下去吐了。

“闹成这样，看来是没希望了。”我们两个人站得远远的等着他呕吐完毕，史冯点上一根烟，慢悠悠地说。

我沉默不语，回想起高家驷刚才的叫声，那叫声真的也很可怜。

一阵风吹过，史冯说：“该不是又要下雨了吧。”随即我感到脸上凉了一下，但那不是雨，只是树上的水珠。它们从天上落下来，被树叶接住了，等着被蒸发或者被风吹掉。有那么一滴两滴，被吹在了我的额头上，脸上，鼻尖上，与我短暂地交汇，这就是它们的命运，它们比雨水更细腻温柔。我拿手指在脸上抹了一滴放在嘴里，啊，原来不是甜的，我小的时候总以为它们是甜的，我以为它们从天上降落到树上以后，如果没有在阳光下蒸发，就会在月光下偷偷地变甜。可是它们什么味道都没有。我拽了拽史冯的衣袖，指着高家驷和那棵树。

“你看，”我说，“他好像是在哭呢？”

十三

夏念第二天早上就出院了，过了两天，我想她大概好一些了，便去她家找她。她正在看一本书，看到我来了，就冲我笑笑，指指桌上削好的一盘苹果让我吃。我说你怎么这么快就出院了？她说我又没生病，再说医院床位也紧张，赖在医院里干什么，不就是喝个药吗，灌完肠睡一觉醒来就该回家了，不想回家，那得真死了才行。难不成要像电视剧里那样，给你安排一个单间，等着父母，朋友，负心汉纷纷登场演足戏码才让你回家吗？医生最瞧不起的就是我这种自杀的，烦都烦死了，要不是已经交了一天的住院费，都恨不得半夜醒了就把你轰走。我问她也是过十二点算一天的房钱吗？她说是啊，跟住酒店一样。

听她这么说，我吃了一块苹果，刚才进门时，刘教授叮嘱我要多鼓励她，可我实在是想不出到底说什么才能鼓励她。于是就又吃了一块苹果，然后又吃了第三块，我总觉得这些打气的话由我来说特别不真诚，因为我自己都没想好要不要死，要死的话什么时候去死比较合适。

我心里正琢磨着呢，她家养的那只大黄猫慢悠悠地进了屋，发现了我，就凑过来，喵喵地冲我叫了两声，一下子爬到了我的腿上，舒舒服服地蜷起身子打起盹来。我二话不说，把它抱起来放到地上去，它爬起来，大摇大摆地又凑过来，再一次爬到我腿上躺下。它一向知道我不喜欢它，但是也一向不在乎我的态度，坚持把我当成它的人肉垫子，我俩和往常一样无声地拉锯战了一会儿。夏念笑眯眯地在旁边看着，直到我又一次认输，终于由着它在我的腿上安了窝，胖胖的身体贴着我肚子，懒洋洋地打起盹来。

“还是不要这样吧，”我说，“你这样任性多不好啊，你爸你妈就你这么一个。”

她没说话。

“再说我也舍不得你。”我说。

“哦，”她说，“我尽量吧。”

“死一次能管一阵子，”她说，“不用担心，至少现在我不想死了。”

我想起刚才她说到“负心汉”，犹豫着到底要不要把高家驷喝醉的事情告诉他。

“你是不是有什么话要跟我说？”她盯着我的眼睛问我。

“我最近遇到了一个人。”我嘴里满是苹果，开始胡扯：我最近遇到了一个人，长得挺黑的，挺高的，挺帅的，其实我在冬天就遇到过他了，那时候我去英语角，他也在，穿着个大棉袄，磕磕巴巴地说英语，我们谁也没注意到谁，我对他有印象，但是那时候没意识到他长得帅，后来有一天我在图书馆，他过来和我打招呼，说见过我，我才知道他是体育系的。他长得真是挺帅的，我们一起出去过两次，我陪他买衣服，他挑衣服的眼光不错，然后我陪他到他原来租房子的地方去取东西，他原来的室友是个韩国人，看到我就问他这是不是他新女朋友，还跟他说你新女朋友很漂亮，他听了很高兴，说谢谢。苏金金见过他，说他是我的黑马王子。我说不对，白马王子是马白，不是人白，你因为人家长得黑就管人家叫黑马王子，他是人黑，又不是骑的马黑，他虽然不是王子，但也肯定不是一匹马，这么叫人家是不符合逻辑的。苏金金却吓唬我说，得了吧，女孩讲什么逻辑，女孩太讲逻辑了没人要你，于是把我吓得再也不敢讲逻辑了。

“挺好的，”夏念听着，淡淡地笑了，“后来呢？”

“后来？”我说，“后来我听说他有女朋友了，后来我还在外语楼前见到了他和他女友。”

“你喜欢他吗？”

“没感觉，”我撒谎，“他女朋友长得倒挺白的，也是个大高个儿，两个人走在一起，还真是黑白分明啊。”

“那确实比较麻烦。”

“是啊，他遇到我时若无其事的那种表情，让我觉得他太复杂了。”

“哦……”夏念若有所思。

“你没有在听是吗？”我问。大黄突然在我膝头动了动，眼睛睁了睁便又睡去了。

“他为什么没来看我？”夏念突然问我。

我一时语塞。

“他来过对吗？”她热切地看着我，“是不是我妈不让你告诉我？”

“来过，你那时候还没醒，刘教授没让他进来。”

虽然屋子里的光线越来越暗了，我们忘了开灯，我还是依然能看到她的脸被点亮了，听到她的呼吸急促了起来，她从床上站起来，在屋子里走来走去。

唉！她又开始走来走去了。我看着她，突然明白这不是这个爱情故事的大结局，人生不是电视剧，你只要看节目预告就知道它是二十集还是三十集，你可以在十五集的时候把男女主人公身上发生的事情看得很淡，因为这不是故事最后的大结局，你知道离大结局还有十五集，到时候编剧会想办法让那些失去的爱情起死回生，让坏人得到惩罚，让犯错的人内心悔改，作为一个观众，你还可以对它抱有期许，这个世界上总有人会给你一个交代，所以你现在什么都不用操心，剧情还没有结束，人生还充满希望。但是，生活却并不是这样，有些故事，你以为它是大结局的时候，它竟然又出续集，而且是续了又续，续起来没完，可是有的故事，却在你以为它一定会延续时就那样戛然而止了。三十集的电视剧演了一集就被腰斩，该结束的故事却拖拖拉拉演上一百二十几集都不见收尾。我此刻被女主角烦躁不安的情绪所感染，很想恶狠狠地把我膝头的大黄扔下地去，它到底知道不知道自己有多沉？知道不知道它搞得我一身猫毛很讨厌？

“嗯，”我犹豫了一下，还是决定把实话告诉她，“他那天从医院出来就喝醉了，我和史冯送他回去的。”

“啊。”她叫了一声。

“今天早上他打电话来，向我打听你的情况。”我说。

她颓然地跌坐到了床上哭了起来，我没有再继续说下去。

“都是我的错。”她说。

天啊我想，又来了，又来了，她又来了，她爱他他也爱她可是他到底爱不爱她？我觉得很累，于是点点头，假装我懂了，反正你也无法阻挡一个一心要忏悔的姑娘把你临时抓差来当神父就是了。可是我不是神父，我理解不了她说的那么多话，她一会儿说“都是我不好”，一会儿又说“我应该原谅他”，一会儿说“他为什么要这样对我”，一会儿又说“我不该那么对他”。总之是一会儿错，一会儿对，昨天要死，今天想活，我在她语无伦次颠三倒四的话语中挣扎着抓住点浮起的线头，终于拧在一起，大概是搞清楚了她的意思。

“你是说你错在没有原谅他？”我问。

“对，就是这个意思。你真是太聪明了小诺。”

“你不是已经原谅他了吗？”

“不不，我是说我要打心里原谅他，再也不和他纠结过去的事，再也不逼他自责、反省了。”

她热烈地望着我，她的表情吓了我一跳。让我不敢告诉她高家驷关于圣女的那段话。也不敢告诉她，他已经不想要她的原谅，他甚至讨厌她的原谅。她的原谅已经让他不堪重负，她如果继续再这样原谅他的话，他恐怕就要开始恨她了。我看着她，感觉她像一个身体里装满了不安和焦虑、膨胀到了极点的气球，只要轻轻一戳，就会顷刻崩溃，厉声尖叫起来。我想起高家驷撕心裂肺的咆哮，觉得也许夏念真的尖叫出来，反倒会好受点，我可以和她一起叫，这样心里也会痛快点儿。但是我们是可悲的、平庸的、连尖叫都没有力量的人类。我们都不会尖叫，只能伸手拉开小屋子里的台灯，对着未来一筹莫展，让痛苦揉搓我们的灵魂，不想忍受，却只能忍受。

“也许他是真的想分手呢。”我说。

“那就让我去死。”她说。一提到死，她的情绪立刻平静多了，脸上竟然升起了淡淡的笑容，看得我内心凛冽。我低头去看膝盖上的大黄，那一大团毛球热烘烘地在我的腿上一起一伏的，还发出呼噜声，完全不知道自己作为一只没皮没脸的猫是有多么幸福。

“我的腿都麻了。”我说。话音还没落，夏念的一双手说时迟那时快地抓过来，抱起大黄很干脆地扔到地上，我来不及阻止，大黄就一下子被摔出了它的美梦，叫了一声之后爬起来，昏头昏脑地看了看四周，冲着夏念叫了两声，摇摇尾巴转身走到窗台边，一跃蹿上了暖气片，蜷着身子又睡着了。

“有时候我可真嫉妒它啊。”夏念说。

“我也是。”我说。

十四

黑马王子叫杨赫，他在星期六的晚上打电话给我，说你把你上次说的那本书借给我看看好吗？我想了半天才想起自己到底跟他胡扯过什么。就问他你们体育系的学生真的会看这种东西吗？他说你别瞧不起体育系的行吗？我说好吧那你过来拿吧。但是我还是不相信他，怀疑他其实是想约我，于是我想还是应该打扮得漂亮一点去见他。说是打扮得漂亮一点，也不过是换了比自己平时更好一点的 T 恤，本来我是想穿我新买的那条裙子的，但是穿上了又脱下来，怕他真的只是来借书，这么盛装出场反倒会显得傻气，这样子一来二去，穿穿脱脱之间，竟过了约定的时间，想到他此时正在楼下等我，我的心乱作一团，再也不管那许多地三七二十一，套上平时的仔裤 T 恤，拿起书往楼下跑，边跑边问自己，唐立诺你是不是想太多？

他站在大门对面的街边等我，穿着牛仔裤的双腿笔直修长，见到我朝我抬了抬手，然后慢慢地走过来。他走起来的样子可真漂亮，除了在电影里，我还从来没有领略过像这样的纯粹的肉体散发出来的美，更没和这么好看的雄性动物真正待在一起过，一时竟然有些紧张。我这个人有个毛病，一紧张说话会结巴，所以我把书递给他，什么也没有说。他看也不看就塞到了口袋里，此时我已明白他并不是真的想看书，笑了起来。他问你笑什么？我摇摇头。他说一起走走吧。我点点头，跟在他身后往学校的方向走。

此时天色暗下来，已分辨不清人们的面孔，我的内心还是很紧张，所以宁可这样一前一后地跟他保持着距离，一个时髦的姑娘从我们面前走过，他的头跟着转了过去，目光紧随着她，在某一个瞬间，他忘记了身后还跟着个灰溜溜的姑娘，正安静地看着他和那姑娘，看着他漂亮的双腿，还有他结实的背，他倒也不回头来搭腔，只是泰然自若地走在我前面，任由我这样在他的身后跟着他，看着他。我觉得他一定知道自己的身体是多么好看吧，有这么漂亮的背部的男人我还没遇到过，真想摸一摸，于是我在路灯下伸出手，看着墙上自己手的影子伸出去，轻轻抚摸着他的背，随即又觉得好玩，开始又抓又打，心里乐不可支。

“你搞什么鬼呢？”他突然停住了脚步，转过头来问我。

“啊？”我嗖地一下收回手，立刻变磕巴，“我……我……没干吗呀。”

他很严肃地回头走到我身边，伸手捉过我的手，紧紧地攥在手心儿里说：“老实点儿，不要淘气。”我笑笑，被他拖着走了一会儿，手心儿出汗了，心跳得太厉害了，于是甩开他。他说你干吗？我说太热了。他又把我的手捉回去，过了一会儿我又甩开他，他说你又干吗，我说你走得太快我跟不上。他说你怎么走那么慢呢，我说因为我腿儿比你短。他笑了，我看着笑容在他脸上绽开，暗自估计了一下他的脸大概比我的脸要大上那么一圈。

皮肤长得黑的人在黑夜里竟然让人很难看清他们脸上的表情，这让我有些心里没底，他的动作太娴熟，太自然，这让我心里没底，他的态度太果断，太霸道，这也让我心里没底，他的手太有力，太性感，这更让我心里没底。可是我喜欢这种没底的感觉，就像那些只会发生在小说和电影里的桥段一样，我从来不敢想象它竟然真的发生在我的生活里。我们手牵着手走在校园的林荫道上，身体穿过从窗户中射出来的一束束光柱，脚踏着摇晃不停的树影，他手上的温度，正通过他牵着我的手向我发出信号，在我的全身扩散开来。那信号像一盏红色的灯，一闪一闪的，每闪一次，都在说，投降吧！投降吧！我的身体随着他走，随便他牵到任何地方去，我的灵魂却出了窍，拖拖拉拉地跟在身体的后面唠唠叨叨，身体在说，好的，好的，灵魂在说，不，不。

多么有趣呀，这是我人生的新体验，你甚至不算是认识一个男孩子，不知道他的家庭，爱好，他到底是个什么样的人，却已经开始希望投入他的怀抱，想象着和他亲吻，却并不渴望和他说话。你知道我是多么喜欢说话的一个人，我认为一个女人和一个男人会相爱，总应该先从说话开始。但话又说回来，我和彭飞说过的话够多了，他却并不爱我。我后来才明白，这都是我们女人一厢情愿的想法，男人们常常并不是这么想。他们约一个姑娘出来，把她给自己带的书随便放进口袋，牵着她的手在月光下走的时候，他们脑子里想的是别的一些什么，他们并不想和姑娘说话。他们只是希望把姑娘带到校园的角落里去，带到没有人的花架下，用双手紧紧箍在她的腰上，让她的乳房贴在自己的胸膛，扶起她的头，用嘴堵住她的嘴，舌头压在她的舌头上，他要压得她窒息，压得她浑身发烫，要压得她浑身瘫软，用力推也推不开自己。

“你哭了？”他问，一只手轻轻拍着我的背，哄小孩儿似的，“别哭啊，别哭。”我没说话，我不是哭了，我是在忙着喘气呢，我是晕了傻了热了懵了焦躁了窒息了生气了开心了总之不是哭了。但是很奇怪，被他的手在后背轻轻这么一拍，我的眼泪还真的在眼眶里打转，啪哒掉了下来，一下子把他给吓到了。“不是吧。”他说，“我只是想亲亲你。”

我这个时候已经恢复神智了，很想跟他说我们再来一次吧，可是我真不好意思，于是只好和他聊起天来，权作是幕间休息。

“你多高？”他问。

“怎么了？”

“亲起来脖子有点累。”他笑。

我有些生气，反问他：“你女朋友呢？”

“在家呢。”

“你们……没发生什么事儿吧。”

“没什么事儿啊。”他说。

听到他这样坦然的回答，我反倒不知道该说什么了，他好像也并不想让我说什么，低下头又开始吻我，这一次他换了一种方式，变得温柔了，我的身体的每一个细胞都在清清楚楚地告诉我，我有多么喜欢他，但是我的心被浇了盆冰水，怎么也点不着了。

很多年后我看到一本书，里面有一个腼腆的男孩，他是一个good kisser，于是他们班上所有的女孩儿都跑来找他打kiss，其他的男生知道后，都很吃惊，我看了那个故事就想起他来，男生们总是不知道kiss对女生其实很重要，他们成天讨论的都是干这个啊做那个的，从来都不晓得自己的kiss的技巧真的很糟糕。他是个特例，不仅仅是good kisser，而且是我遇见的super kisser，那时候大家都小小年纪，他不过比我大一岁，竟然能kiss得这么好，可见这事也是有天分之说。只是一个男人会不会成了good kisser，就懒得再和姑娘多说一句话了呢？他可以用kiss回答所有的问题。你为什么要来找我？Kiss

一下。你喜欢我吗？ Kiss 一下。你女朋友怎么办？那就再 kiss 一下。“你到底是什么意思？”我问他。他笑而不语，只是吻我，不肯让他吻，一定要答案，就会说：“就想来找你呗。”“当然喜欢啊。”“什么怎么办？”“没什么意思啊。”秋风吹得树叶哗哗响着，我们身后数学系的大门打开，几个上完自习的学生说说笑笑地走出来，和我们隔着一道矮树墙，声音渐渐远去了。他的嘴唇柔软性感，他的气味好闻，我喜欢他的吻，喜欢他的身体隔着毛衣碰触着我的乳房，却不喜欢他的人，清清楚楚，冷冷静静，毫不怀疑地不喜欢他的人。于是我再也没有什么问题要问他，他却问起我来。

“你平时在家都干什么呢？”他握着我的手问道。

“看书看电影，”我说，“偶尔也学习。”

“那多没意思。”

“那什么有意思？”

“你就不能玩点成年人该玩的吗？”

“玩什么？”我问他。

他用我看不懂的表情看着我，也看到我满脸看不懂的表情。

“成年人该玩什么啊？”我很认真地又问了一遍。

他笑了，说：“你可真是个小孩儿。”

我更困惑了，我看的书和电影都不是小孩看的，于是内心很不服气，我才不是小孩子！

“那天和你在一起的是你男朋友吗？”他又问。

“不是，”我说，“是来我们班听课的一个同学的哥们儿。”

“他在追你啊？”

“不算吧。”我说。

但是既然他提起了林铎，我竟然开始思念起这个人来。思念那个下雨的傍晚，和他一起在空无一人的校园里散步，他把伞让给我，自己在外面淋成了落汤鸡；我想起我在楼梯上扭了脚，他立刻扶我坐下帮我揉脚；想起他请我去他家吃饭，看电影，聊天，从头到尾却没有拉过我的手；想起我们一起穿过学校足球场的草坪，我告诉他我身上被蚊子咬了 28 个包，他拍拍我的头说，可真是个傻姑娘。但是他没有说过他喜欢我，他没有吻过我，后来也再没来找过我，没有像小说里的男主角一样地用狂风骤雨般的热情将我包围。他只是那样突然地来到我身边，又突然地转身走开了。留下我对他的想念和满心的疑惑。可是，如果他真的喜欢我并且告诉我他喜欢我，我今天就会在这里和另外一个男孩接吻了吗？不，我想我会毫不犹豫地拒绝他。因为没有这样的一个夜晚，没有令人浑身发烫的热吻和冰冷的心，我可能永远都不会知道，我是多么想念他。

十五

那天之后没多久，树上的叶子都落光了。第一场雪还没有下，北风在城市里肆虐呼号着从楼宇间挤过，穿过空空的枝丫，白天飞沙走石，乱象丛生。夜深人静的时候，黑黢黢的窗外传来瘆人的风声，好像谁在天上开了一个洞，放了些妖孽下凡。有时候在远方的某处，不知谁家的窗户没有关好，在风中摇摆着砸着窗棂，紧接着是玻璃破碎的声音，有时候还会在狂风里听到自行车哗啦一声被吹倒在地的声音，一两声狗叫声，夜行的货车驶过的声音，这样的声音是我们这些北方的孩子早已习惯的，从小就不知道害怕，反倒让躲在温暖的被窝里睡觉变成了一件更幸福的事，安然于梦中，忘记了未来和过去，忘记了你爱过的人从不曾爱过你。等到第二天早上醒来，走出门去，狂风已经平息，四周只剩一片灰色萧索，挂在秃枝上的破塑料袋迎风招展，穿着厚重冬衣的行人正在匆匆赶路去上早班，街上一条狗也没有，地上的自行车早已被人骑走，没有一点迹象可以表明昨天夜里曾经发生过什么，抬头四望，每一扇窗户都完整无缺，没有一扇是破碎的。可是我坚信昨夜的声音绝不是我的幻觉，而且我有很多次听到，甚至有一次，我还听到了风中有争吵的声音和女人的哭声传来。但是第二天太阳一出来，夜晚所发生过的一切，全都无踪无迹了。

什么都没有了，哪怕是暗恋都没有了，自从彭飞走后，哪怕是苦苦喜欢一个人的滋味都没有了。那滋味虽然是痛的，令人伤心的，但也是深刻的，结实的，扎根在心里的，可是现在，不管是和这个人激荡身体的热吻，还是和那个人的相互依偎雨夜漫步，虽然是迷醉的，甜美的，却是浅的，薄的，像石子打在水面上，一蹿，两蹿不见了，只留下一圈圈的涟漪波荡几下，然后消失，好像从来不曾发生一样。我在学校的放映厅见到杨赫，他高大白皙的女朋友坐在他的身边，他装作不认识我，我也识趣地没有跟他打招呼。我在走廊里遇到林铧，他看了我一眼，便目不斜视地从我身边走过去，好像我是一团气体，于是我跑去照镜子，看看自己的肉身是否还健在，是不是已经变成了隐形人。我问苏金金，到底发生了什么事，你看得见我吗看得见我吗？苏金金说她也搞不懂，也许是不喜欢你，也许是太喜欢你。夏念则说，男人心哪，可真是海底针。

爱情如果能像阅读一本书那样开始就好了，你打开书，跳过懒得看的序言，直接进入主题就可以。然而生活却往往不是这样，我们不是读者，而是写书的人，有时候你同时写了好几个故事的开头，却每一个都无法进行下去，人生太多未完待续的故事不了了之，只是被挂晒在北风里，日光下，仿佛是对我青春的嘲笑。有一个作家因此把他写过的十一个故事的开头攒成了一本书，我从前听到这个觉得它是个笑话，而且我当时也的确是笑了，可是后来才明白，原来有些人的日子真的是会过成这样，真的就他妈的是这样，有的人就是永远不知道应该什么时候开头，怎样开头，开个什么样的头。

和我这样总是兜兜转转无法开始的人不同，这个世界上有一些人却是反反复复不知道怎么结束。那次的自杀未遂事件之后，高家驷再也没向夏念提分手这件事，两个人和好了，隔了一段时间，又一起若无其事地出现在众人面前，大家也都很配合地玩起了“假装什么也没发生过”的游戏。但是有一些微妙变化，我们也都看在眼里，心照不宣，比如夏念经常旷课，下课的时候也不常见到高家驷的摩托车来接，有时候还是会在中午打饭的时候看到两个人，各自拿着饭盆一前一后地排着队，偶尔交换一两句话，只是熟悉，却不是亲密的样子，平静如老夫老妻一般。我偶尔也会和他俩一起吃饭，高家驷再也不和我拌嘴了，总是沉默地坐在旁边，并不参与我和夏念讨论的任何话题，如果你问他点什么，他的回答大多只在两个字以内，你要他递什么，他便安静地递过来，除此之外，他把自己自动升华成了空气，整顿饭都抬着头盯着饭店里的电视看，什么京剧、韩剧都兴致勃勃地看，有一次看到兴头上还笑出声来，我和夏念停下来，看看他，又互相看了一眼，在我们对视的一刹那间，我仿佛看到夏念眼睛里有一丝凛冽，那凛冽的神情我是看过的，不由得心惊肉跳。

“我们这个周末开车去平寺玩，你也去吧。”夏念说。

“这种天气去平寺？”我难以置信地看着她。

“待得憋闷，想出去走走。”

“那儿也是飞沙走石。有什么可玩的啊。”

“他爸爸的老部下在那边新开了个洗浴中心，让我们去玩。”

我哦了一声，反正也无所谓，除了要早起，其他的我都交给他们随便安排。北方的冬天特别冷，我们这个城市的洗浴中心特别多，冬天的时候，大家都喜欢去洗浴中心蒸桑拿，从门票几十元到几百元的洗浴中心都是 24 小时通宵服务，很多洗浴中心装修得金碧辉煌，跟宫殿一样，我从没去过那样的地方。不过无论是普通的还是金碧辉煌的洗浴中心，都有年轻的姑娘洗完澡却并不离开，穿着浴袍坐在那里慢慢地化上浓妆，然后蹬上她们的高跟拖鞋去后面的休息大厅了。我开始的时候不懂什么，后来才知道她们都是做小姐的，街拐角的那家洗浴中心里有一个小姐长着一张粉嘟嘟的圆脸，十七八岁的样子，偶尔看到我看她时，还会冲我笑笑。入冬过后很久没看到那姑娘，有一次听打扫浴室的大姐和搓澡的大姐聊天，说她被一个大款相中，包养了，拿钱供她上学，以后不用再来了。

“这姑娘命真好，你看她那新包、新鞋，呼机也配上了，等上完学，以后年纪大了可以找个人嫁了。”看浴室的大姐说。我回来跟我妈说这个事，我妈让我以后不要再去那里洗澡了，说那里脏，我问我妈，为什么脏，她又不肯告诉我。我就不理她，该去还是接着去，但是有一天我在去洗澡的路上，突然想起这件事来，顿时觉得人生观有些混乱了，甚至有些伤心。不是为了那个姑娘伤心，而是为了我自己伤心，为了我们这些“好姑娘”伤心。因为苏金金说那些小姐每天都可以赚到好多钱，可是我昨天晚上还跟我妈因为二十块钱零用钱的问题在吵架，而且像我们这样的姑娘，即使是念完书，工作了，一个月也不过是几百块钱的工资。我从前觉得自己一定要做一个好姑娘，因为我觉得那些坏女孩的下场一定很糟糕，可是现在我知道这一切并不是这样的，如果是这样，那我们为什么要做一个好姑娘啊？

我问苏金金，她也不知道答案，我们两个在那里讨论来讨论去也讨论不出个所以然，最后她干脆说，那些女人是不会有男人真正爱她们的。我点点头，心想一定是这样的。这个世界对我们一定是公平的，所以我还是应该继续做我的好姑娘。我和夏念去那种金碧辉煌的洗浴中心，我们在洗浴中心的自助餐厅吃从广州空运过来的海鲜，有螃蟹和虾还有我不认识的东西，我们俩吃得好开心。我长这么大都没吃过这么好吃的螃蟹，但旁边一个明显是小姐的姑娘反倒是爱吃不吃的，我于是悄悄地问夏念，她们也可以随便吃这里的自助餐啊，夏念点点头。“她们赚钱特别多。”她说。据高家驷说，前几天城里的一个小姐一晚上就得了一万多的小费。我很吃惊，有些心理不平衡，但我想，没关系，苏金金说得对，那些女人就算是出卖肉体，赚得再多，也不会有男人真正地爱她们。她们的人生注定是很悲哀的。再多的钱也不能买回贞洁。

高家驷在一旁听了我的话，突然用鼻子哼了一声，说：“你们凭什么瞧不起小姐，小姐也是人，我觉得她们又懂事儿，又仗义，不会瞎折腾，比好多假正经的女人强多了。”

我下意识地看了看夏念，她坐在那里脸色青一阵红一阵的，过了好半天才说：“你现在特恨我是吧？”她镇定下来，竟然还对高家驷笑了笑：“我是不会分手的。”

高家驷瞄了她一眼，面无表情地站起身来。

“你去哪？”夏念问。

“拿吃的。”他头也不回地说。

“你不觉得这不公平吗？”我还在纠结着刚才高家驷说的话。怎么也想不明白，我们把最宝贵的贞操留给了我们最爱的男人，但是他们却说，你还不如一个小姐。

“什么叫公平？”夏念淡淡地说。

回城的路上，天空下起了今年的第一场雪，开始时是零星的雪花，过了一会儿变成了鹅毛大雪，再往前走，雪里开始夹杂冰雹，把车窗子敲得噼里啪啦作响。我们的车速很慢，出发时太阳西垂，待磨磨蹭蹭地上了高速公路，四周已是漆黑一片，司机师傅关了车里的灯，暖风却开得十足，我坐在副驾驶的位置上，一会儿睡着，一会儿醒来，迷迷糊糊中睁开眼，只见眼前狂风卷着雪从黑暗中猛扑出来，扑到眼前的车窗上。路牌和树木突然出现在眼前，又转瞬消失在身后。

前方的车灯在黑暗里一闪一灭仿佛鬼火。回头看，夏念和高家驷正相互依偎着熟睡，对面有车慢慢开过来，灯光映在他们的脸上。我们在暴风雪中缓缓前行，仿佛诺亚方舟缓缓地穿过整个地狱，寻找那一处应许之地，也许明天不再到来，也许思念的人永远不能相见，也许……也许……我在半梦半醒之间想起了很多人，很多的光、声音和面孔划过我的脑海，但是睁开眼，眼前却只是一望无际的黑暗。就像我的未来，我的人生，虽然是这么短暂，却让人一眼看不到头，看不到希望，我想起我遇见的那些女孩，她们真的注定会过得比我悲哀吗？难道我循规蹈矩地生活，只做安全的、该做的事，就会有人爱我了吗？我不知道，但是在某一次醒来的一瞬间，我突然想，也许我该做点什么，改变这一切。

我们在半夜十二点才终于进了城，暴风雪已经停了，整个城市都被埋在深深的积雪中，街上连一个脚印都没有。我趴在车窗向外看，无法相信这是我今天早上离开的那座肮脏的城市，这分明是一个已经沉睡了一百年的城市，静谧得仿佛仙境，在路灯下闪闪发着光。我回到家，给苏金金打了一个电话，她还没有睡。

“我想让你帮忙告诉他我喜欢他。”我说。

苏金金沉默了良久，然后说：“真没想到，你竟然认真了。”

我说：“嗯。”

她说：“你可要想好了，那可是个穷小子。”

我说：“我不管了，我太想谈恋爱了。”

十六

我推开门，撩开厚重的棉门帘，林铎正站在雪地里等我，雪是新下的雪，空气干净冷冽，我一眼看到他身上的那件军大衣，内心有说不出的沮丧。作为部队大院里长大的孩子，我特别不喜欢军大衣，也不喜欢任何不是军人却穿着军大衣的人。在我上初中的时候，班上的很多男孩子在冬天都穿军大衣，但毕竟当时大家都没有更多的选择。现在已经好几年过去了，当年的男孩子们早已不再穿这个东西。这个城市现在只有卖菜的小商贩或者装修的工人才整个冬天都穿着一件军大衣。在这个夜晚之前，我从未想过要和一个穿军大衣的男孩子约会，不由得想起苏金金说的话，有些怀疑这个决定是不是做得太冲动，可是这只是刹那之间的念头，当我看到他那明亮的眸子，站在邻居窗户映照出的灯光里朝我笑的样子，转眼间这些都被忘记了。

我们一起去市中心的文化宫看录像，文化宫门前的小广场上，昨夜刚刚下的大雪已经被扫成一个个雪堆，有一堆还被堆成了个雪人的轮廓，不知道被谁插了一根枯树枝在上面。这是这个城市冬天常见到的东西，我在这里生活了二十多年，从未见过像连环画或者动画片里那样漂亮的雪人，人们对这些没什么兴趣，偶尔路边有几个雪人模样的东西，也都是这样拙劣而丑陋的作品。刚堆出来的雪人当然是簇新雪白的，再过几日，它的身上会浮上粉尘、煤渣，在寒风下结出一层脏兮兮的易碎的硬壳，过路的行人常常会随手从它肚子里掏一块白雪出来团雪团，小孩子走过，会一脚踏上去，一只脚印踏破外面肮脏的硬壳，露出它雪白的五脏六腑。因为春天还没有来，所以它不会融化，只会变得越来越面目模糊，最后变成一堆脏乎乎的存在，没有人记得它当初的轮廓。或者等到下一场雪到来，再把它覆盖掉。

狭窄的放映厅里十分温暖，银幕循例放的是香港烂片，一屋子的情侣各自抱在一起接吻的接吻，互摸的互摸，互相隔得不远，却是和平共处，谁也不妨碍谁，好像商量好一样拿这一屋子人当空气。只有我和林铎在盯着银幕看，我不停地跟他聊关于这部电影方面的事，导演如何，演员如何，他安静地听着，身子裹在他那廉价的军大衣里，实在是太热了就脱下来，露出里面手工编织的粗线大毛衣。我看了一眼他的毛衣又继续说，他没接话，只是伸出手来握住了我的手，把我要说出的下一个字儿一下子给弄丢了，我的脑子瞬间空白，怔在那里好几秒。他笑了，说你被猫咬舌头了？我摇摇头，还是紧张得说不出话来，他于是握着我的手，没有放开，我们两个人手拉着手一起默默地盯着屏幕看了一会儿，然后他转过头来吻了我。我说你的嘴可真小啊。

“谁的嘴大啊？”他问。

我说没谁，他也没追问，我们身后的门帘被掀开，又一对情侣跺着脚走进来。有人抽烟，有人接吻，有人在吃东西，狭窄而温暖的放映厅里，竟然让人感觉如此舒适和美好，这一切全是因为有他在身边，他不是一个 good kisser，他的吻亦不是最好的，但他的吻是我的，不是别人的，所以他的吻是更好的，比什么都好。

夏念知道我们在约会，拍着我脑门取笑我：“追求你的人那么多，怎么挑来挑去偏挑到这个。当初是谁说的？这么脾气暴躁，又臭又硬的人，哪个姑娘能喜欢他？可见这话不能乱说啊，谁说谁中招。”

苏金金也纳闷：“喜欢你的人，高的矮的，胖的瘦的，帅的不帅的都占全了，真没想到，最后竟然是这个，你倒给我解释解释这到底怎么回事。”

我还真是认真地想了想，可是我也说不清楚，也许这就是命吧。过去我觉得爱情就是你遇到一个人，你们相爱了，一切美好的故事便开始了，现在才知道，你爱的那个人，他刚好也正爱着你，这种事真是需要点运气，相当是一个奇迹了。夏念从来不会觉得这是个问题，因为她和高家驷从十六岁开始谈恋爱，一切开始得不费吹灰之力，她并不知道一个等待爱情的姑娘等得有多辛苦，也不知道并不是每个人都像她这样幸运。对于像我这样的姑娘来说，这爱情是多么来之不易，要先遇到那个苦苦深爱而不能得的人，才会知道珍惜被爱的幸福，要先遇到那个游戏感情的人，才会知道真诚的可贵。

我的确也曾尝试过其他的选择，但每一次都头破血流地被撞回来，只好去奔向另一扇门。结果呢，绕来绕去，就绕到了这里，找来找去，遇见了这个人，我曾经经历过的每一步，遇到的每一个人，都是为了让我遇到这个人。事情也并不像苏金金和夏念看到的那样，我并没有“高的矮的，胖的瘦的，帅的不帅的”的选择，我只有林铎，他是我唯一的选择。亦或者说，并不是我选择了林铎，而是生活替我选择了他。我想如果我错过这一次，也许这辈子我就再也不会有恋爱可以谈了，我好害怕我到死的时候都没有真正地爱过一次啊。

于是我就这样接受了命运的安排。无论如何，这也算是一种开始吧，我以为我走不远，我随时可以回头，所以我想我总该试试，但是等我知道我走得太远的时候，才惊觉地发现，爱已太深，我已不能回头了。

“你知道我为什么会喜欢你吗？”林铎问我，我摇头，他说有一次在同学家打牌，我光着脚坐在床上，他突然很想摸我的脚，然后就觉得整个人都很想要了。

我万分惊讶地看着他，我记得那一天，我们几个人在同学家里打扑克，我坐在床上，有一局，他是我的敌人，整个过程中都在莫名其妙地说一些话来激怒我，最后我真的被激怒了，不分青红皂白地跟他死扛。大家伙儿都笑我来着，还说就是玩玩嘛小唐你干吗这么当真。啊，是从那一次就开始的吗？那已经是很久以前了，我低头看看自己的脚，没什么特别啊，我感慨，男孩子们的理由可真是简单啊。

我们在刮风的日子从市中心往我家走，在下雪的日子从我家往市中心走，因为没有钱，我们不能去温暖的咖啡馆，电影票对他来说也是不菲的消费，我们不想打车，因为那使得在一起的路程太短了，再说这钱也是可以省的，于是我们整个冬天都在外面散步，在校园里，在枯萎了的花丛前，在冰冻的湖边，凡是走路能去的地方，我们都去过了。我们站在光秃秃的大杨树下拥抱着取暖。我不住地咳嗽，总也好不了，他就敞开军大衣裹住我，但是还是不行，还是冷，还是会咳，咳得五脏六腑都要从胸膛里蹦出来了一样。我从小气管不好，每年冬天都有可能咳嗽，所以我本该特别小心地待在屋子里，才可以熬过这样的寒冬。但是这一年不行，这一年我恋爱了呀，我在这个世界上有了很重要的事情要做，于是每在家里待三天，就又不顾一切地往外跑，跑到雪地里去，去见他，去吻他的嘴，去牵着他的手，让他带我走，我们的脚踩在雪上，发出咯吱咯吱的声音。

文化广场的雪人早就面目模糊了，但是爱情还在，在晴天红日下，那不是一场幻觉。送我回家时，他掏出一个信封给我。我上了楼，在灯下打开，那是他在很久很久以前写的一个故事，故事的女主角是我，写的是一个男孩如何爱上一个女孩，他爱她但是他不知道怎么向她表白，于是他决定放弃，他只写下了这个故事。我一边咳嗽一边看完，忍不住给苏金金打电话，一句一句地给她念完这个故事。电话里良久没有声音传来，过了一会儿，她说："写得真好。"

我说："就算明天我病死了，也值了。"

不能见面的时候，我们每天都通三个以上的电话，晚上睡觉前必须要说晚安。

"我爱你。"他说。

"我比你爱我更爱你。"我说，引发一阵狂咳，咳得差点喘不上来气。

"快点好吧。"他心疼。

然而我再也没好过，那个冬天以后，这咳嗽就彻彻底底地落下病来，伴随了我整个的一生。

十七

上中学的时候，我有一块口红形状的橡皮擦。那橡皮擦造型很逼真，拧开盖子，旋转底部，里面的绿色橡皮条就会徐徐地升起来，我曾经用它戏弄过好多同学，苏金金也被我戏弄过，她拿着橡皮在嘴上蹭了半天才反应过来是个假的，所有同学都笑做一团。她也笑，并不恼，她的脾气是出了名的好，学校的老师都很喜欢她，让她当了班里的团支书和学生会主席。

老师们当然也很喜欢我，但是我太不听话了，整天梳着个小辫儿，穿着奇装异服在校园里晃悠，仗着自己不好好学习成绩也很好，便上课聊天，看课外书，逃课去看电影，下课就聚众在班里唱流行歌曲，常常被同学包围得里三层外三层，所以我的仕途最多也就做到一个小小的文艺委员而已。

我们班主任语文老师是一个大龄未婚女青年，脾气不大好，但是人很好，常年对我恨铁不成钢，上课时常常就站在我身旁讲，只要我一打瞌睡就伸手揪我辫子。她曾送给苏金金四个字的评语，说她是“逆来顺受”，这四个字概括了所有人对苏金金的共识。我也常常觉得苏金金太软弱，有一次在班上布置任务，却差点被男生气哭，眼泪还没掉下来，就被我冲上前，拽出了屋子，拉到小树林，给她讲笑话，哄她开心，告诉她不要哭。然后等她破涕为笑了，两个人再手牵手地回教室去一起面对那帮子臭男生。

我们一起逃课去看电影，在电影院碰到混在那一片的小流氓对我们堵截，带头的那个拿出一把三角刀架在我的脖子上，黑黑的电影院里，我的脖子一阵阵发凉，我不耐烦地把刀推开。苏金金吓傻了，说你怎么那么胆大？我说他们不会乱来的。她说你怎么知道。我说我从小学五年级开始就被这种社会上的小青年围追堵截，我当然心里有数了。于是苏金金比从前更爱我了，她说她整天穿着背带裤也是因为我。“可是我从来不穿背带裤啊。”我很纳闷地问她。

“我是说你的风格很可爱，男生都喜欢你，我也想像你那样。”她说，一边用双手把滑落到额前的头发唰的一下分到两边去。我给她这个标志性的动作起了个名字叫做“小鹰展翅”。有时候揶揄她，她不说话，只是笑，她笑起来总是一种呵呵呵的发声方式，三个拍子为一组的固定节奏，从来不多一声也不少一声。我开玩笑地模仿她，她笑得更厉害了，“呵呵呵”变成了“哈哈哈”，但也还是一声不多一声不少的三声的节奏，笑声在刚刚下过雪的校园小路上回荡着。她的嗓门有点儿粗，不太像少女的声音。除了这种笑声，她的那个嗓音还可以在惊恐的情况下发出一种很神奇的叫声，不是女人常发出的那种尖锐刺耳的声音，而是一种说不出来的音频震动方式，听上去十分恐怖和惨烈，能把人的心都叫得急速冰冻起来，浑身像过电一样从头麻到脚。真不知道她那么瘦小的身体，是怎么发出这种声音的，而且她现在动不动就要叫，走路脚底打滑要叫，叫得半条街的人都惊恐地回头看我们，以为我在谋杀她。有一次她在路上骑车，对面过来一个同样骑着自行车的男人，两个人险些相撞，她尖叫起来，那男人被吓得从自行车上掉了下来，气急败坏地瞪着她，冲她直嚷，你叫什么叫什么？我怎么你了？

“史冯有领教过你那叫声吗？”我问她。

“他特别害怕，总说我求求你别叫了。”苏金金笑着说，一边伸出手欣赏自己刚刚涂完的手指甲，“这指甲油真好看，Dior的啊，我上次涂完整天都一直伸着手给我同学看来着。”

我看着她，她现在早已不穿可爱的背带裤了，进了大学后不久，她重新找到了自己的形象定位——要做书卷气的淑女。她总是把自己那头黝黑发亮的头发分成林青霞式的中分，兜里时常揣着一把小梳子，四下没人的时候便拿出来梳两下。有时候，她也会穿着她四姐的连衣裙和丝袜，蹬上高跟鞋来找我。一次和她一起去跳舞，她穿了一双直到大腿根的黑色长靴，但是那靴子太大了，于是每走两步，她就要停下来，用双手往上提一提靴子，请她跳舞的男孩只好扎手扎脚地站在她身边等她。她三姐和三姐夫是开五金店的，买卖做得不错，衣服当然也比我们这些穷学生的好，但是我却觉得这些漂亮的衣服太成熟、太世俗了，而且也不适合她的肤色，当然这些我没跟她说过。

“那送给你吧。”我看她那样喜欢那瓶指甲油，对她说。

“真的吗？”她高兴得不得了。

我点点头：“反正我也不涂指甲油。”

她欢喜地把指甲油收进包里，然后去史冯家找他约会去了。说好了约会之后她会直接回家，今晚不在我家住了，没想到出门还不到两个小时，她就跑了回来，一脸沮丧，好像就要哭了。

“怎么了？”我问。

苏金金抱着我哭起来。原来是史冯的妈妈，她本来就不大赞成两人之间的交往，这一次苏金金去史冯家，她更是直接对苏金金下逐客令，说你回去吧，以后不要再来找我家史冯了，你和我家史冯不合适。苏金金只好站起身说阿姨那我先走了。史冯要出门追她，却被母亲堵在门口，母子二人发生了激烈的争吵。在愤怒之下，史冯猛地推门，一不小心把玻璃给弄碎了，手臂划了一道很长的口子。

“去医院了吗？”我问。她点点头。她在史冯家楼下的咖啡馆里等他，他缝了针就过来找她。两个人匆匆说了几句，他便回家了，因为他母亲正在家里歇斯底里地大哭。他的胳膊上还缠着绷带，她的心里又是心疼又是委屈，可是她连跟他哭一哭都没有机会。所以她想她不能回家，只有跑到我这里来了，要把眼泪流干净了再回家，免得让家里人知道这样的情况会更伤心。

“天啊，这到底是为什么呀。”我说。

“她妈妈是瞧不起我家，嫌我配不上他们家，”苏金金说，“我们家是小商贩，他爸爸是电视台的一个制片主任。”

“史冯告诉你的？”

“他没这么说，”苏金金说，“我猜的。”

我说：“也许不是吧，可能他妈妈只是有恋子情结，有次我给史冯打电话，也是他妈接的，先把我盘问了一通，然后告诉我以后不要再给她家史冯打电话了。”

“小诺，你说我该怎么办呢？”她问我。

可是这次我也说不出个所以然来了。到底是因为这场感情门不当户不对呢，还是因为这位妈妈心理有问题？无论什么原因，造成的结果都是一样的，并没有哪一种原因更好之说。我只知道苏金金一直以来都是一个懂礼貌，十分讨长辈喜欢的乖顺的姑娘，史冯的妈妈为什么会不喜欢她？为什么她平白无故地会遭遇到如此歧视？我和她一样不能理解。

相比之下，我最近拜见林铎父母要顺利得多。他的父母人很和善，对我也很好，但是我第一次见到他们的一刹那，还是像看到林铎的军大衣，心里一时有些难以接受。她的母亲有眼疾，视力极差，他的父亲有脑血栓后遗症，脚是跛的。我端着老人给我倒的热茶，坐在椅子上环顾四周，第一次明白了什么叫做家徒四壁。刚刚搬进新房的动迁户，雪白的墙上没有任何装饰。寥寥的几件必备的便宜家具，簇新的电视机、洗衣机、冰箱和热水器，这些都是林铎刚刚攒了一点儿钱买的。林铎曾经坦白地告诉过我，在这之前，他们家从来没用过这些东西，他为此花光了自己所有的积蓄。当然这也是这个家的所有积蓄，因为父母早已经双双退休，工厂那点微薄的工资能否按时发放都是一个问题。

我此时此刻才明白林铎拍着我的头，语重心长地对我说“以后赡养老人就要靠咱们两个了”的意思，可是当时我只想着和他黏腻，完全不懂得那意味着什么。直到真正面对着这一家人的时候，才知道我们的未来并非我想象中的样子。

现实是如此的现实，我还没有做好心理准备承受，它就这么来了。我还是个小姑娘，我只想谈个单纯的恋爱而已，可是现在这件事变成了一件很大的事，我的人生突然平白地多出了两个陌生的老人要我养。林铎认为理所当然的事情，却把我给吓坏了，我忧心忡忡地坐在那间朝北的屋子里，尽量装作可以轻松地应付和接受这一切，他们也觉得一切都很好。我看着林铎高兴的样子，生怕被他看出来一点点心事，会让他的自尊心受不了。想到苏金金提醒过我，他可是个穷小子，我得承认自己对贫穷这件事其实根本没什么概念。我过高地估计了自己的承受能力。

“我真羡慕你，”苏金金叹了口气说，“你怎么总是那么顺利呢。”

“我也有我的烦恼呀。”我说。

“你家里从没有嫌过他家穷吗？”

“没有，”我摇摇头，“我妈说只要人品好，身体好就行。我妈见过林铎，很喜欢他，说这孩子人品不错。”

“唉，”苏金金眼泪又在眼眶里打转，“林铎的运气怎么那么好。”

“不过他姑姑倒是有些挑剔我个子矮。他告诉我的。”

“这人有没有道理？”苏金金撇了撇嘴，“你们家还没嫌他家穷，他家倒挑剔起你来了，这种话他是怎么好意思说出口的。”

我没说话，我爱林铎，林铎也爱我。苏金金爱史冯，史冯也爱她。爱情好简单，而生活却是这样复杂，这样让人心生畏惧。可是我一想到林铎对我笑起来的样子，他看着我的样子，被他拥在怀里的感觉，我又觉得我什么都不怕了。为了他，我什么都愿意做。我想苏金金和史冯也一定是这样的。我们总会想出办法解决所有问题的。

于是我对苏金金说：“别怕，只要史冯是爱你的，就什么都不用怕，谁也拆不开你们。”

苏金金擦干了眼泪，狐疑了一下，对我点了点头。

十八

夏念已经好几天没来上课了，我去她家找她，敲了半天门，没有人应，只听到屋子里的猫在叫，冬天的楼道里，地上还残留着进进出出的脚印，落日的光线从二楼的窗户照进来，一辆破旧的自行车停在楼梯旁，上面积满灰尘。我折返身往家走，刚刚撩起棉门帘，和刘教授撞了个正着，她以为我是刚刚从她家里出来，听说家里没人很惊讶。

“我走的时候她还在家啊。”刘教授自言自语地说，“肯定还在家。”

她几步跨上台阶，走到门前掏钥匙开门，虽然步伐还是不急不缓，但是她把钥匙往锁孔里插的时候手是抖的，屋子里的猫听到钥匙的声音蹿到了门口，隔着门叫得更欢了，搞得我也有些心慌。门打开，屋子里昏暗一片，刘教授连厅里的灯都没开，就冲进夏念的屋子，按亮了灯，我跟在后面，那只猫也跟在我们旁边凑热闹地叫。

夏念靠着墙坐在床上，只是坐着，什么也没干，许是这样在黑暗里坐了久了，突然点亮的灯光太刺眼，就把手抬起来遮挡眼睛。“把灯关上。”她说，声音里都是哀求。听着真让人心碎。

“你在家为什么不开灯？”刘教授并没有把灯关上，反倒是又问，“小诺来了你为什么不给开门？”

我们俩都没说话。刘教授，啊不，她刚刚升职为经济系的系主任，现在应该是刘主任，她站在灯光下，还是那副威严的样子，头抬得高高的，腰板挺得直直的，好像坐在对面床上的不是她的女儿，而是她的学生。我一向不知道该拿什么样的态度面对她，这世界上有些女人就是这样，她们年轻的时候是公主，老了就是太后，无论你拿什么态度面对她，只要你被她看一眼，会立刻感觉自己矮了几寸，转变成很低很低的姿态，需抬头仰望才能与她对话。所以平时不是夏念三番两次地叫我，我才不上她家来，来了也是和她打声招呼就溜进夏念的屋子不出来。她偶尔也会留我吃饭，但那饭吃的也都是陪王伴驾的饭。我和夏念都一语不发，闷头吃饭，她一会儿问我一句，一会儿问夏念一句，问什么我俩就老老实实地答什么。如果不看长相，你只有在她不经意责备夏念的口气里，才能分得清谁是她的女儿。

“你其实挺像你妈的女儿的。”有一次我甚至说出这样奇怪的废话来。但是夏念竟然没觉得奇怪，只是点点头，说：“所以我没什么朋友。”

“除我之外没有别的朋友吗？”我问。

“没有吧。”她想了想，然后又肯定地说，“没有。”

“哦。”我说。

“小时候有。”她说，“但是她们都怕我妈。”

“哦。”我说。

“连高家驷也怕我妈。”

我想象了一下高家驷那大个子在刘教授面前的样子，觉得挺有趣的。

“你不怕我妈？”

我想了想说：“怕。”

“那你为什么还肯和我做朋友？”

“一个人害怕太孤单了，我想陪陪你，也许这样你就不那么怕了。”

“奇怪，我的朋友我妈都看不上，但是她好像挺喜欢你。”

“也许她也挺害怕的吧。”

“怕什么？”她问。

“不知道。”我老实说，“我有时候觉得她也挺怕你的。”

“怕我死吗？”她说，“她才不怕我死呢。她恨不得没生我。”

“不想生你，也不等于想你死呀。”

“那倒也是。也许她自己都不知道她想我消失掉。”夏念说，“再说死了也很麻烦。”

我一时语塞，她又说：“所以我一直都很自觉地不给她添麻烦，不让她没面子。”

“可这事儿又不怪我们，又不是我们要求他们生我们的，这么添麻烦的事儿，又不是我们干的。”

“他们才不管呢。他们老觉得自己有理。”

“一辈子那么长，逃又逃不掉，所以父母和孩子之间难免会互相厌恶吧。”

“是啊。”她说，“但是厌恶成这个样子可怎么办呢？”

我突然觉得难过起来，抓住她的手使劲地摇了摇，摇得她转头看着我，然后很认真地对她说：“你不是一个麻烦。”

她看着我，眼泪开始在眼眶里打转。我赶紧又说：

“其实我喜欢你还有一个主要原因，我觉得你长得特别好看。人家说经常和长得好看的人在一起，自己也能变得好看一点儿。”

她扑哧一声笑了，说：“你不知道自己长得多好看。”

她笑得才好看呢，可是我突然意识到我竟然从来没看到过她开怀大笑的样子，她的笑容总是淡淡的，哪怕是在特别开心的时候，也不会像我和苏金金那样放肆。就算是这样淡淡的笑容，在她的脸上也并不是常见的，更多的时候，她脸上是平静的有点忧伤的表情，和那笑容一样，也是淡淡的。有一次我问她，你到底是为了什么而发愁呢？她说不知道啊，也许是为了爱情吧。可是那时候每个人都能看出来，高家驷正爱她爱得发疯，他们的爱情一点问题也没有，而她依然无法变得快乐起来。

“我不知道怎么逗她开心，”有一次高家驷跟我抱怨，“她什么都听我的，可是她不开心。”可是夏念却说，和高家驷在一起的时候是她最开心的时候，和我在一起也开心，真的吗？我想这也许更糟糕，因为我们真的没有一个人能看得出来她是开心的，我毕竟只是朋友，又每天迷迷糊糊，不大往心里去，高家驷却每天都心里没底，惴惴不安。我给她起了个外号叫愁容姑娘。在这个国家里，有一个家喻户晓的愁容姑娘叫林黛玉，我一直怀疑她是否真的像传说中那样美丽，我看过很多面带愁容的人，他们的内心不愉快，所以他们的样子也并不好看。但夏念却是个例外，后来我明白了，这不仅仅是因为她天生美貌的缘故，还因为她年轻。年轻的姑娘，即便是愁容满面也是让人怜惜的，林黛玉幸亏死得早，不然活到四十岁会被人叫做怨妇。

“你为什么不喂猫？”刘教授继续声色俱厉地问自己的女儿，好像喂猫是世界上一等一的大事一样。但我知道她不是因为喂猫的事情而生气，她只是单纯地在生夏念的气，她的那只大黄猫也蹲在她的脚下，喵呜喵呜地叫得很委屈。夏念瞪着她妈妈，她妈妈也在瞪着她，两个人好像在进行瞪眼比赛一样，时间不过是几十秒钟，却好像凝固了一个世纪，我正鼓足勇气想打断这场竞争，夏念先认输了，她低下了眼帘，却没有动。“你到底去不去喂猫？”刘教授追问的声音比刚才还严厉，夏念便站起身来，穿上鞋走出去。我也想跟着出去，却被刘教授叫住：“小诺，在我家吃饭吧。”我犹豫了一下，答应了，我说过我要陪夏念，应该也包括吃她家那难吃的饭菜，豆腐干，干豆腐，素鸡豆腐，炒鸡蛋，炒青菜，刘教授是事业女性，会做的菜只有这几种，每次只是随意搭配一下端上来，从不更换的下饭菜则是她亘古不变的数落。她倒是不数落我的，偶尔会夸我两句，其余的只是一味地数落夏念。夏念也不言语，只顾往嘴里扒饭。

后来有一次，只有我们两个人在她家吃饭，我一看夏念端上桌来的饭菜是炒青菜、素鸡豆腐、五香豆腐干和白水煮的面条。我说你难道不会做点别的吗？你知道这面条是要有浇头的吗？她淡淡地道："我吃什么都行。"可是我不行呀，我妈是那种能把豆包都捏出花儿来蒸的美厨，这把我的嘴喂得非常之刁钻，苏金金到我家吃饭，总是赞不绝口。你妈虐待我你也虐待我？我叨叨咕咕地说个不停，夏念毫无反应，只是闷头吃饭，我开玩笑说你怎么越来越像你妈，你怕不怕你以后也成了像她一样的人。她抬起头来看了看我，认真地想了想说，那她宁愿去死。我吓了一跳，也抬头看她，她的脸上没什么表情。

又过了几天，我和高家驷在她家玩，午饭的时候，她一个人跑到厨房里忙活了半天，竟然端出了一盘可乐鸡翅来，把我吓得目瞪口呆。她笑笑问说好吃吗？我看着她平素里高贵淡然的脸上竟然有讨好的表情，心里一酸，说还不错，其实那鸡翅糖和盐都放多了，混合出一股苦味来。高家驷也说不错，但脸上的敷衍和不耐烦又分明是要故意让你看出来，三个人对这故意都是心知肚明，谁也不挑破了说。那时候他们的关系已经几近崩溃的边缘，有一次我和苏金金在商店里乱转的时候遇到高家驷和美术系的一个姑娘，我回来没敢告诉夏念，最后连刘教授也知道了，可是谁也不敢告诉她，这动不动要寻死的人，好像一个火药筒子，谁都害怕自己一不小心点着了那个导火索。

"夏念。"有一次我实在没忍住，对她说，"我求你了，你和高家驷分手吧。这样子下去有什么意思？"

她拼命摇头，什么也没说。但即使是摇头也是没有用的，死也是没有用的，这一段感情，我们眼睁睁地看着它玩完。到了最后的决裂，高家驷塞给她一封信，说里面什么都说明白了，然后就避而不见，甚至连她的电话都不接，只是给我打电话，拖着个纸箱子来找我，里面都是他收拾好的要还给夏念的东西，这远远没有他送给夏念的东西多，但是他就不打算把自己的东西往回拿了。我没伸手接，两个人在我家门前的雪地里僵持不下，他把纸箱子搁到地上，我的脚边。空气里是清冷的味道，我低头看了看，风刮起纸箱子的一边，呼啦啦地扇着，里面的东西若隐若现。

“再喝药怎么办？”我问。

“替我跟她说对不起。”他说。

“你不如直接拿把刀杀了她算了。”

他沉默。

“我不送，要送你自己送去。”

一阵风吹过，带来阵阵雪花，刮着我们的脸，他把围巾拉起来挡住脸，我匆匆下楼来，根本都没带围巾，只好把羽绒服的领子立起来，用缩在袖子里的手按着领口。

“我把这东西放这了，”他说，“你要不乐意送，我就当是扔了。”

他说完转身就走，和他一起来的那个美术系的姑娘站在不远处等着他，穿着瘦瘦的牛仔裤，脚上蹬着一双棕色长靴，不停地跺着脚取暖，等高家驷走近了，便用关切的眼神看着他，他嘀咕了一句什么，伸出手来拉着姑娘的手走开了。我怔怔地看着两个人的背影，男孩玉树临风，女孩亭亭玉立，男孩一手扶着女孩的腰，以防她摔倒，两个人亲亲热热地消失在我的视线里。我知道这一次是真的没希望再看到他和夏念复合了，忍不住揪心。不知道的人，若只看这幸福的一对，谁会想到那幸福的背后，将有人死于心碎呢。

我回过头去蹲在雪地里的纸箱子前，一筹莫展地翻看里面的东西，都是一些书、碟、本子，女孩子才会选的一些小礼物卡片之类的东西，本来也不值什么钱，此时还要被收集起来还回去，无非是用来表明归还者的决心，是一把刀子，用来在被抛弃的那个人心上，再狠狠地、彻底地捅上两刀，务必要对方这一次死透彻了，再也没力气挣扎着活过来，冤魂不散地追撵自己而已。纸箱子里还有一扎信，用一根红丝带绑着，我拿起来掂了掂，没拆，也没了主意。高家驷是吃准了我不可能把东西扔在这里。

“怎么办？怎么办？”我抱着这个烫手的山芋，给苏金金打电话，给林铎打电话，给史冯打电话，“给不给？怎么给？”

苏金金说给吧，长痛不如短痛。林铎说别给了，万一刺激了她你付不起这个责任。史冯说不好说，要不先等两天。于是我也犹豫了，权衡来权衡去，一下子两个星期飞快地过去了，这箱子还在我床底下放着，拿不定主意到底给不给。每天我都仔细观察着夏念，看着她和我们一起上课，吃饭，说笑，偶尔在校园里遇到高家驷和那个女生，也好像不认识一样，一脸平静地走了过去，我没看到她哭过，对于他的名字，她也从来不提，这反倒让我心里愈发没底了，总觉得也许她还对他抱有幻想？或者她打算再次自杀？或许我该把那东西还给她？或许真的是两个人折腾了太久，她已经累了，坦然接受现实了？反正好像怎么做都不对。

星期一的早晨，我还在睡梦中，电话铃声大作，我在响第一声的时候，眼睛都没来得及完全睁开，就一骨碌爬起来冲了出去，后来想起这个细节来，觉得莫不是自己在冥冥之中一直在等这个电话？

“喂。”电话那边传来史冯的声音。我打了个冷战，一下子清醒了。

“怎么了？”我问。

“夏念放了把火，把高家驷他们家给烧了。”

黎明清灰色的光线刚渗过窗帘漫入屋子，远处传来踢踢踏踏的马蹄声，是早起的农民去赶早市从我的窗子下路过。我放下电话在椅子上坐了一会儿，听着暖气管子里的水哗啦啦地响起来，看到阳光渐渐地亮起来，突然觉得脚冷得不行，于是站起身来，走到床前躺下，在被子里缩成一团，继续睡过去了。

十九

两个星期后的一天凌晨，平四安定医院的车来把夏念给接走了。自从纵火事件发生后，我就再也没见到过夏念，每次打电话都是刘教授接，只说夏念是去亲戚家住几天，再问别的，就什么也不肯说了。史冯从学生会老师那里打听到一点消息，在那段时间里，刘教授一趟趟地往高家跑，最后除了赔钱外，高家给了她两条路，一是送夏念去警察局，一是送去精神病院。夏念说，我没病，我宁可去坐牢。可刘教授还是选择了后者。对外人都只说是继续留在亲戚家了，其实第二天班上的同学已经都知道了这件事，因为我们班的朱莉娜就住在夏念家楼上，那天她正好一大早从床上爬起来到火车站去接亲戚，下楼的时候，碰到那些人用担架抬着夏念从夏念家摸出来，她就吓傻了。

"几个穿白大褂戴口罩的男人抬着她，她身上穿着电影里看到的那种专门给精神病穿的束身衣。"她跟同学们描述，还把双手交叉在胸前示意给大家看，"嘴也堵着。看上去真惨，搞得我心里都好难受。"

一起吃饭的女生一片惊叹，然后七嘴八舌地议论起来，我什么也没说，只是坐在那里认真地深呼吸，因为我胸口突然被塞进来的一块大石头压得透不过气来，感觉马上就要窒息。她们的声音渐渐地从我的耳边荡开，荡到了很远很远的地方去，我怕那些声音再回来，扭头望向窗外，在洒满阳光的院子里，一个年轻妈妈正领着她三四岁的女儿玩，小姑娘穿着厚厚的羽绒服，像一个圆滚滚的小肉球，试图占领一个脏兮兮的小雪堆，却在临近的时候被自己绊了一下，一个猛子扎进了雪堆，两只小脚在空中直蹬。

我扑哧一声笑了出来，身边的声音一下安静了，我回过头，满桌子的同学都在看我。我从她们的眼里看到了责备的神情，心里觉得很奇怪，这些从不关心夏念的人，却因为听到了夏念的故事，就觉得有权利责备我没有表现出适当的关心。“不，我什么都不知道。”“不，我也很久没见到她了。”我想我也许应该参加她们的热烈讨论，这样回答她们的问题，在她们的眼中才算是夏念最好的朋友。但是我拒绝这样做，我只是笑笑，什么也没说，对于“她犯病前你一点都没察觉吗？”这种问题，对于“挺漂亮的姑娘怎么会有精神病呢”这样的评判，对于“刘教授还以为别人都不知道呢”这样的嘲讽，我都坚决地一个字也不回答，但只要谁一张嘴开始谈论她，我就把目光投过去，默默地盯着她看。饭桌上的气氛，很快因为我固执的态度和阴沉的表情而尴尬起来，直到最想聊这件事的人都噤若寒蝉。

“爱情到底是什么呢？”我问林铎，林铎说你别胡思乱想。

“多好的一对啊，怎么会变成今天这样了呢？我们会不会以后也这样。”我还有问题。可是林铎说，我们和他们不一样。

“如果你以后不爱我了怎么办？”

“我不会不爱你的。”

“如果不爱了呢？”

“傻丫头，不会的。”他笑，摸摸我的头，我最喜欢他摸我的头，这让我心里踏实。

“如果真的不爱了呢？”

他叹了口气，吻了我。

“如果……”他刚一抬起头，我抓住机会又问，纯粹是为了好玩。他也笑了起来，下定决心这次一定要堵住我的嘴，于是干脆把舌头也狠狠地管制了，觉得不够，箍住我的腰的手臂也加了力道，我被这霸道击溃了，忘了问题，也不再作乱，乖乖就范。

“我们不会分开的，知道吗？”他放开我的时候认真地说，我点点头。

“你就是我身上的一根肋骨，知道吗？”他说。

我很疑惑地看着他。

“连《圣经》都这么说。女人是男人身上的一根肋骨，人少了自己一根肋骨能活吗？所以我不会离开你，你也哪儿都不许去。”

我不喜欢这种说法，我们又不是基督徒，但是管他呢，只要两个人不分开，肋骨啊什么的都只不过是一个比喻。我爱他，我想和他在一起，这就足够了。我们已经吵过很多次架，都是很激烈的争吵，每一次的结果都是他扬长而去，拒绝接我电话，我回到家便彻夜痛哭，无法入睡，吵架的理由总是我从前无法想象的，让我难以启齿，也无法告诉其他人，甚至连苏金金也不能说。比如有一次是因为外面在下雨，我出门不肯多穿一件夹克。有一次是因为我出门穿了件无袖背心。有一次是因为我们一起走在商场里，我觉得很热，把两件套的外套给脱掉了，乌云便悄悄地聚集起来了，但是我却毫无察觉，高高兴兴地跟他说话，遇到的是他的一张冷脸。直到最后，暴风骤雨终于爆发。

“听话，把夹克穿上，冻感冒了怎么办？这是为你好。”他开始的时候总是会尽量地有所克制。到最后却变成怒吼：“以后不许再去跳舞！”“我最讨厌女人在公开场合脱衣服，你到底有没有家教？”

有一次，他生气的原因是：“你说我长得像王力宏，你竟然把我比戏子！”

我震惊得一句话也说不出来。这爱情的戏码和我想象得太不一样，连吵架都可以这么有创意，好像生生地给了我一个大耳光。在我真正开始谈恋爱之前，我也曾自诩为一个聪明的姑娘，读过当下每一本找得到的言情小说，熟知恋人们各种争吵的桥段，也曾冷眼旁观过别人的爱情，甚至还帮人出谋划策，但是真到了自己恋爱起来，才知道生活是如此千变万化，不可理喻，人和人之间竟然可以有如此不同，爱人的想象力是这样无穷，即使你明明知道这是个误会，觉得这些误会实在是荒唐，但你却一筹莫展，毫无办法。你试图解释，可是解释什么呢？是该解释说他其实长得不像王力宏？还是该解释我并不是要把他比戏子？无论如何，最后总是一场争吵，我因为百口莫辩而哭泣，他为自己脾气不好而道歉，请求我不要再做这样或那样让他不高兴的事，温柔地抚慰，拥吻，和好。

“分手吧。”我说，“我真的受不了了。”

“我爱你，对不起。”他把我搂在怀里，用手轻轻拍着我的背，充满歉意地抚摸着我的头。这让我哭得更厉害了。

“给我点时间好吗，我们需要互相磨合，我们会好的。都是我脾气不好，以后我会好好沟通的。”

“我们真的会好吗？”我问。

“会的，会的。”他说。

我看着他，他脸上坚定的表情，是诚实的不说谎的表情，是要定我的表情，是从小到大，我一直渴望看到的，永不抛弃、永不背叛的表情。这世界的一切都在变，让我常常感到自己仿佛风中飞絮，水中漂萍，我在茫茫人海里寻寻觅觅，经过那些暗恋、暧昧的情感，就是想找到这样的一张单纯的脸，一颗明明白白的心，一个我知道我爱他，他也同样爱我的人。如今我找到了，是他让我觉得我在这个世界上，是和什么人的人生紧紧相连的，是有根的，是被需要的，不再是个多余的人，不再是一个和这个世界毫无关系的人，他让我在这虚无的空境之中，找到一点点重力，将自己踏实地落下，是他紧紧地抓住我的手，让我不至于随风而逝，抚平我内心的恐惧和不安，不让我变成海中的泡沫。

也许这就是爱情吧，如果我不相信他，我还能相信什么呢？你选择不信之后，还有什么可信呢？比起相依为命地活下去，那些让我们争吵的荒唐小事，真的只是小事而已。世界每天都在瞬息万变，无情地将我们抛弃，它抛弃了我们，也抛弃了我们的父母，每个人都在自顾不暇，朋友们各自寻找出路，各自保全，如果你不相信爱情可以战胜这一切，你还能相信什么呢？这个世界上，这个人对我来说，是唯一的一个愿意把自己的未来和我的未来相连的人，我紧紧抱住他，一言不发。像一个一无所有的流浪儿，紧紧抱住自己唯一的一点拥有的东西，爱情就是我的救命稻草，也许明天这也会失去，但是今天，我只想与我的爱人拥抱。

那么问题呢？问题怎么办？我不知道，说出分手的那一刻，我意识到他真的可能会同意，就被自己的提议吓坏了，直到听到他坚定的拒绝，才松了一口气，这是我第一次，也是唯一的一次和他提出分手，高高的月亮挂在天外，隔着窗，可以听见寒风的呼啸，恋人们吵得累了，哭得累了，互诉衷肠得也累了，便相互依偎着坐在黑暗中，安静地看着窗外，让那月亮清冷的光照在我们的身上。现在是冬夜，所有的问题，都等到日出后再解决吧，等到春天来的时候再解决吧。等到春天的时候，也许你会发现，问题本来就不存在，生活无比美好，一切的痛苦，只是庸人自扰而已。

“我爱你。”我对他说。

“我爱你。”他说，“比你爱我更爱你。”

二十

大年初三的早晨一如往年的冷清，我被一阵鞭炮吵醒，静静地在床上躺了一会儿，等那震耳欲聋的声音停止，一贯如此。我是从什么时候开始讨厌春节的，已经不记得了。大概是从父母都在单位失势以后，从前这个门庭若市的家，一下子变得门可罗雀开始的，来登门拜年的人越来越少，开始的时候还有人会打电话来，后来连电话也很少了。成人世界那层虚伪势利的皮就这样被赤裸裸地揭了下来，但日子总还是要过下去，家里的大人们还是要撑着这喜庆的场面，所以每个人都有责任假装快乐，却越发地让我觉得这人生的可怜和可耻。好在家人倒也渐渐习惯，久而久之便放弃了这种自欺欺人的娱乐，反倒不觉得凄凉，每到这个时候，该吃饭吃饭，该睡觉睡觉，日子一如平常一样，并没有太大的不同。以至于慢慢因为放假的缘故，又让我把喜欢这节日的感觉找回来了一点点，喜欢上了这样的时候，没有车水马龙，不需要工作，没有人来人往，没有拜年电话的打扰。不像在林铎家，热热闹闹的一大家子人坐在一起，虽然还轮不到我忙前忙后地做饭，但依然有长辈需要去请安，弟弟妹妹需要去照顾，众人面前要表演贤良淑德，应酬每一个无聊的话题，对不感兴趣的询问报以感兴趣的微笑，讲述自己八字没一撇的关于未来的计划，并有责任倾听他人的苦恼，洗耳恭听长辈的教训，把自己的脑子当成一个容器，塞进人们喋喋不休的废话。

他们并不是不善良的人，他们都很好，只是与我无关。这个世界上的事情就是这样的奇怪，你本来只是爱上了一双会说话的眼睛，希望得到一个拥抱，一个亲吻，而生活却像变戏法一样，呼啦啦地给你变出这么多人来，变出了一整个世界，据说这里的每一个人都是我的“亲人”，我都和对方从此有了相互的义务和责任，于是我发现自己在深冬的某个下午，坐在一群热闹喧哗的陌生人中间，面对着一桌子的饭菜，内心里充满疑惑，脑子发蒙。

“他们以后就是你的亲人了。”回家的路上，林铎拍拍我的头说。我一脸茫然地看着他，有点不知所措。他一定是看到我眼里的恐惧，笑了，说：“傻丫头，别害怕，你慢慢会习惯的，他们都是好人。”

我只好点点头，看着他的眼睛，一下子就忘记了他身后的那个令我惊慌的世界。在冬天的夜晚，我们打不到车，慢慢地往家走，头上是星星，脚下是雪，嘴里吐出白色的热气，清冽的冷风吹着脸，吹到身体里，把一切刀子一样地刻在脑子里，刻在心里，所以我几乎可以确信，我的脑子是清楚的，心也是清楚的，这才是一个真实的世界，比下午那个乱糟糟的热闹的世界更真实，更可靠，这世界只有我和他。

我现在比从前更喜欢早晨独自醒来，不被打扰地享受满屋子的阳光和安静了。对于这一点，苏金金也是羡慕不已，她家里有六个孩子，她排行老六，在这样举国欢庆的日子里，如果哥哥姐姐们都从外地赶回家，她们家的三居室里就会满满当当地安营扎寨十好几口子人，饶是从小在这热闹中长大的她也觉得受不了，于是大年初四跑到我家里来躲清静。我们待在房间里，肩并肩地坐在床上，一边看着电视，一边聊着各自的男朋友。我用遥控器一圈一圈地在电视上转换频道，到处是锣鼓喧天，人们在扯着脖子大喊大笑，互相拜年，夸张地表现喜气洋洋的情绪。我的手一抖，电视突然转到一个台，竟然正在播放一个科普节目。苏金金说看这个吧，至少不吵。我把遥控器往床上一扔，又继续和她聊起天来，说着说着，我们两个都停了下来，被电视上正在播放的节目吸引，真的开始盯着荧光屏看了起来。

那是电视台自制的一部关于女性更年期的科教片。一个五十多岁，面色暗沉，长相平庸，表情阴郁的女人出现在画面里，画外音是一个冷漠的男人声音，当他说"更年期妇女会出现情绪不够稳定，易激动，易怒，记忆力减弱"的时候，电视上的女人表现出很烦躁的样子，在屋子里走来走去，在四处找东西，干事情干一半便扔到一旁。当画外音说"性欲减退，阴毛及腋毛脱落，阴道分泌物减少，性交时出现疼痛感，继而导致了性生活次数的减少或厌恶性生活的情绪的产生"时，女人正对着镜子梳头发，她伸手在头发上一抓，紧接着的下一个镜头，是她手中一大把脱发的特写。

过了一会儿，她的丈夫和儿子出现了，女人和他们吵架，晚上翻来覆去睡不着觉，再后来，是女人去医院的一些场景，画外音男人的嘴也没闲着，一直在解说："更年期为常见肿瘤的高发年龄，常见的有子宫肌瘤、宫颈癌、卵巢肿瘤等。如能早些发现，早治疗，可提高治疗效果及患者生存率。"电视上出现了丈夫和儿子极力表现关怀和爱护的样子，整个片子结束时，女人坐在轮椅上，由丈夫推着，缓缓地向落日的黄昏走去，他们的儿子陪伴在他们身边。字幕从屏幕底端缓缓滚动出来。

窗外又是一阵鞭炮声响起，屋子里已经很暗了，我拉开床边的小灯，在昏黄的灯光下，和苏金金两个人面面相觑。

"太可怕了。"她说。

"是啊。"我说，我很纳闷怎么会在这样的日子里看到这样奇怪的节目，伸手抄起遥控器转台看看，一年一度的春节联欢晚会正在重播，好像吃剩下的年夜饭，每年都会重新热好几遍，被端上桌好几遍。

“我以前从来不知道更年期是怎么回事。”

“你几岁来的大姨妈？”

“十四。”我说，“你呢？”

“十三。”她说，然后我在心里开始默默地算，还有几年，我会像电视里的女人那样衰老和可怕，还有几年，我再也不能过性生活，虽然我现在还从没有和男人上过床，但是似乎我必须得搞清楚这一点，还有几年，再也没有男人会爱我，会想爱我，天啊，我一想到再也没有男人会爱我了，就觉得不寒而栗。苏金金也不说话，我知道她心里也正在数呢。伸手拍了拍她的肩膀说：“及时行乐吧。”

“是啊。”她说。我以为她还会再说点什么，她没有，我很想问问她和史冯那个了吗？但是我也没有。此时我的脑子里装的都是林铎，很庆幸自己不是和他一起看电视，很庆幸他还不知道这个秘密，万一他知道了，看到电视里的女人，会不会也害怕我以后的样子，从此不爱我了呢。等到那天，我真的变成这样老了，他可以去找更年轻、更漂亮的女人，可是这也不能怪他吧，电视里的那个女人，她是多么可怕丑陋啊，谁会爱她，如果我是男人，我也不想多看她一眼。

“有一天我老了怎么办啊？”我见到他，搂着他问他，把头深埋在他的胸膛，不让他看见我的害怕，“你会不会不爱我了？”

“等你老了的时候，我也老了啊。”他笑。

“可是那不一样啊。”我说。

“怎么不一样。”

“我是女人啊。女人不像男人那样禁得起老。”我说。

“傻丫头。”他拍拍我的头，“我决心和你一起，是因为我要找个能和我一起踏踏实实过日子，生儿育女，赡养老人的女人来做老婆，漂亮又不能当饭吃。”

“那你意思是我不漂亮了？”我有些不高兴。

“哪里漂亮啊，跟小肥猪似的。”他笑。

“我根本一点也不肥！”我叫起来，看到他笑得很开心，越发觉得此人可恶。

“唐立诺同学，你要学会面对现实。”他一本正经地忍住笑说。

这次我真的生气了，甩开他的手，转身就跑，被他一把拽了回来，拉到怀里，一边紧紧抱住，一边笑：“行了行了，你一点儿也不肥。”

“那我漂亮吗？”

“漂亮。”

“世界上最漂亮的！”

“我说‘是’你能信吗？”他笑，“这不是逼我说瞎话嘛。”

我也笑，他说的每句话我都信，他不会花言巧语，但是我知道，他的承诺，像沉甸甸的金子一样，那是我的宝藏，放在了我的心里，稳稳当当地让我的心、我的人生都有了分量，我心里最初的恐惧已经被驱散，但是新的恐惧又涌上心头，想到他家徒四壁的屋子，想到他那张行军床，想到他的父母，这未来的生活让我心生惧怕，可是他不爱我我也怕，他要定我了我也怕，那我这是到底要怎样呢？我也不知道，我就是怕，没办法地怕，而且现在的这种怕，却不能告诉他，因为那会伤他的心。我只好把头埋在他的衣服里，使劲嗅嗅这儿，嗅嗅那儿，让他身上的气味包围我，那是我上瘾的毒，忘忧的药。

“你是属小狗的呀？”他想把我的脑袋扒拉开，我不干，我使劲抱着他，使劲使劲地抱他，想到我们也许终究不能在一起，便恨不得此刻能用这拥抱，把心里的忧愁挤碎，把对未来的不安都驱除掉。他叹了口气，说："傻丫头，放心吧，我不会离开你的。我还等着你以身相许呢，我这么有耐心，是因为我们有长长的一辈子在一起啊。"

我不肯抬头。

"嘿！你在那儿嘟嘟囔囔什么呢你？"他问我。

"可是我还是想让你说我最漂亮。"我的脸还埋在他的胸前，呼吸着他的气息。

他笑起来："漂亮漂亮！我的宝贝丫头全世界最漂亮。行了吧？"

我这才满意地抬起脸看他，他的眼睛弯弯的，月光映在他的眼里，映出一颗孩子的心，我想起那电视上的老女人，她已经那么老了，她的头发一把一把地掉，她整夜地难以入睡，脸色暗沉，她的人生最大的错误，就是没有在自己年轻的时候就死掉，但是这也是很多人都会犯的错误。我的男孩，我想把我的青春和血肉，把我美好的身体和我的心都给你，却并不是因为我会和你一辈子在一起，而是因为也许明天我们会分离。我想把它们都给你，是因为我没有太多的时间绽放，我每一天都在死去，都在枯萎，如果我还想把它们给什么人的话，那个人就是你，只能是你。

"想什么呢？"林铎帮我把帽子戴好，手套给我带上，棉衣的拉链也帮我拉好，又整理了一下我的围巾，说，"送你回家吧。"

我点点头。

"不许胡思乱想了。"

我点点头。

二一

三月底的某一天，我去平四精神病院看望夏念。林铎本想陪我一起去，临时有事走不开，只好把我送到长途客运站，他一路上帮我拎着要带给夏念的水果和零食，在上车之后帮我找地方放好。留了他在平四的同学的电话给我做应急，又跑到车站里面帮我打好热水，还嘱咐我路上要小心，怕我丢三落四，连自己都给搞丢了，找不到回来的路，其实这里到平四也不过一个半小时的车程，当天来回，晚上还能跟他讲个电话。我笑他婆婆妈妈，但是他还是不放心，站在车窗外一直不肯走。我用手在车窗玻璃上画圈，擦掉一大片凝结的雾气往外看，鼻子触在玻璃上凉凉的，我看到我的男孩穿着一件瓦蓝色的棒针手编大毛衣，站在灰色的城市里，两手揣在口袋里，努力表现出很酷很有腔调的样子，显得有点傻，他孤单的样子显得和周围的世界很不协调，发现我在看着他，对我笑笑，和我挥手，我的心头一酸，想到他在这个世界上，也只有我了，一时心疼起来，明知是自作多情，还是忍不住眼泪在眼眶里转，赶忙挥挥手，示意他回去，他点点头，仍然没有动，直到车子开了，才真的转身走了。

早上九点钟的光景，马上要下雪了，整个城市昏黄成一片，仿佛电影棚里被人布置出来的布景，有种不真实感。车子在城里绕来绕去终于上了高速公路，旁边的田野里，冰雪已经开始消融，东一块、西一块地露出黑黝黝的土地，有牧童和老牛在上面悠闲地走，也有拖拉机在远方的乡间小路驶过，白色的气体有节奏地从车头上的小烟囱里一团一团地抖出来，在冬天的寂静里，好像是配了字幕的默片。

“突突突……”我听到这声音，才发现自己这是在给拖拉机配音呢，忍不住笑起来。车厢里很暖和，天空已经开始飘起雪花，到了平四市里的时候，雪大了起来，等出租车把我载到医院大门口停下来的时候，大片的雪花已经像鹅毛一样，成片成片地往下铺了。在北方长大的孩子都会知道这将是这个冬天最后一场雪，每年这一场雪下完，再忍过漫天风沙的几个星期，丁香花就要开了，春天就会来了。这场雪不似冬天那般的冷冽，雪花温软湿润地降落到地上，飘到人们的发际间、脸上，带着春天的气息。让每个人都不由自主地高兴起来。让最苦闷的人，脸上也能泛起一丝难得的微笑。仿佛希望是埋在地底下的种子，只要寒冬退去，就会自动从泥土里发出芽来，长成参天大树一样。

“这个节目完了吗？”我蹑手蹑脚地在小礼堂的后面找到位置坐下之后，掏出用白纸打出的节目单，指着其中一处问旁边的一个胖胖的、五十岁左右的女人。女人瞟了一眼，摇摇头。这是医院为了向领导汇报成绩而组织病人和医护人员共同参加的小联欢，也请了部分病人家属来观摩，刘教授因为太忙不能来，终于容许我替她来看看夏念。我进场的时候，一个四十多岁的男人正在拉小提琴，接着又是一个女人上台来表演舞剧《红色娘子军》里的片段，虽说那女人年龄已经很大了，人也不美，但是一起范儿，就知道曾是受过专业训练的。

“你是来看谁呀。”刚才我询问过的那位胖女人凑过来，压着嗓子问我。

“同学，”我说，“您呢？”

“我爱人。”她说，“看，他上来了。”

从舞台的一侧上来了四个男人，一个胖子，一个小个子，一个长了一双金鱼一样的鼓眼睛，还有一个瘦高个头，高个子的双手时不时地在眼前挥舞，好像是在赶蚊子，走在第二名的小个子手里拿着一面锣和一把敲锣的锤，他们表演的是三句半。可是小个子的男人一上来就站错了位置，敲锣的本来应该站在最后，他却跑到了第二个，一个穿粉外套的护士站在一旁直冲他比手势，但是他已经完全紧张得不能自已，瞪着眼睛看着台下的观众，根本没看见护士的手势，护士于是走上前，想把他拉到最后一个，却怎么也拉不动他，两个人在台上较起劲来。

大家看着都笑了。我旁边的胖女人指着那个金鱼眼的男人跟我说："那个就是我老公。"她说话的语气好像母亲在观看儿子在学校的演出一样。虽然他老公根本连话都说不清，脸上也是一副痴呆的表情，但是她还是使劲地鼓掌，我也跟着鼓掌，眼睛四下里张望，想在病人就座的席位里找到夏念。但还没等我找到，耳边就震耳欲聋的"当"的一声，把我吓了一跳，原来是到小个子念台词了，他使出了吃奶的劲来敲了一下锣，然后把台词儿给忘记了，呆若木鸡地看着大家。大家也都跟着安静了下来，一屋子的人静静地看着他，等他开口说话，这让他更紧张了，于是又敲了一下，但还是没想起台词来，于是他又敲了第三下，第四下，可是怎么也想不起来，他恼羞成怒地一下下拼命敲起来，越敲越急，因为声音太大太急促，震得我不由自主地用手捂住了耳朵。

"我就说不要他！"

胖女人的老公突然像小孩子一样发作了，怒吼了一声，嗓门洪亮，振聋发聩，高个子的男人冲过去试图从小个子手里把锣抢下来，胖子发现自己终于可以上演自己的节目，高兴地扯起嗓子，荒腔走板地唱起歌来，观众席里的其他病人已经开始按捺不住，叫的叫，笑的笑，跺脚的跺脚，唱歌的唱歌，还有上来帮助抢锣的，本来不大的屋子，瞬间进入极度狂欢之中，穿着病号服的病人和医生们乱作一团，坐在前排的领导和屋子一角的病人家属们目瞪口呆地看着这一切，过了半天，才有人跳起来上前去帮助医生和护士维持秩序。

这时候我看到了夏念，她被安置在靠窗的位置，安静地坐在一群乱叫乱跳的疯人中间，眼睛望着窗外，对周围的一切置若罔闻。我看到没有人注意我，便站起身，慢慢地走过去，穿过满屋子的疯狂和混乱，走到她的身旁，顺着她眼望的方向，看向她所看之处。那是一朵玫瑰绢花发卡，不知道为什么会挂在了柏树枝上，还没有来得及褪去鲜艳的红色，被压在积雪下，在墨绿色的松柏枝上，挣扎着绽放出最后一抹鲜活的颜色，嘈杂的声音飘远了，曾经一起看着一棵树发呆的日子又在眼前，我看着她的侧影，她的额头不再像往昔那样光洁饱满，她转过头看看我，认出了我，对我笑了笑，然后她站起来走到我的面前，张开手臂，轻柔地把我抱住了，好久都没有放开。“嘿！”她轻轻说。我也伸出双臂去抱住她，她的身体已经瘦得只剩下一半，我鼻子一酸，落下泪来。

“你还好吗？”我问她

“不太好。”她说。

“你妈妈说……”

“我知道。”她打断我，“她很忙。”

我默不作声，不知道该说些什么，这是夏念入院以来，我第一次来看她，我憋了一肚子的话想跟她说，然而当我们偷偷地从屋子里跑出来在楼梯上坐下的时候，我却把要说的话都忘记了。阳光照在楼梯上，照在我们的脚面，抬头望，高高的天花板，高高的吊灯，我的朋友穿着精神病院的病号服坐在我的身旁，我身处她的世界，突然觉得有些恍惚，会不会我来自的那个世界，才是一场无法醒来的梦，而她存在的这个世界，才是真正的现实。我那所有从我的世界带来的信息，都不过是一些梦话，说不说，其实都已经无所谓了。

“他们给我吃药。”夏念说，“可是我没吃，我偷偷都吐了。”

我看着她，一时不知道这是错还是对，后面的走廊里，骚乱的声音不断传来，病人们在大喊大叫，唱歌，哭泣，还有医生的呵斥。

“但是我不能再不吃了，我这么瘦，而且越来越瘦。”她说。

“怎么？”我不明白。

“吃这种药都会虚胖，现在我太瘦了，迟早会被他们发现我没吃药。”

我没说话，我不想哭。

“我没病。”她说。

“我知道。”我说。

“但是我得出去。”她说。

“我知道。”我说。

“没有人能帮我。”她说。

“我知道。”我说。她问我和林铎相处得怎么样了，我说了一些甜蜜的事，也讲了那些争吵和烦恼，以及我心中的犹疑，她静静地听我说完。

“你和林铎做过了吗？”她说。

“啊？”我被这突如其来的问题吓了一跳，“没有啊。”

“如果你不确定嫁给他，就别做。”

“为什么？”

“女孩子啊，做了就分不开了。”她说。

我笑笑，什么也没说，不相信她的话，又问她：“医生有没有说你什么时候可以回家啊？”

这次轮到她笑笑，什么也不说了。楼下的大门被人吃力地推开，紧接着是跺脚的声音，有人正一边把身上的积雪拍掉一边走上来，我们两个于是谁都不说话，凝神等着那个人出现在楼梯的拐角。

“张大夫。”走上来的清瘦男人看到我们的时候，夏念叫了一声。男人有些吃惊，紧接着神色又舒缓下来，冲着我们笑了笑：“你朋友啊？”

“我同学。”夏念说。张大夫一边走上楼梯，一边正要说点什么，我们身后的门突然被撞开，一个人冲了出来，一边唱着歌，一边敲着锣，看到我们，兴高采烈地跑过来，把锣敲得震天响，后面跟着冲出的是几个穿白大褂的医生和护士。我一看，这病人我认得，是刚才坐在我身边的那位大姐的丈夫，果然，那位大姐也跟在后面。

“村里有个姑娘叫小芳，长得好看又善良，一双美丽的大眼睛，辫子粗又长……”男人一边笑，一边敲，一边荒腔走板地使劲地唱着，他一点也不笨，知道后面有人追他，就绕着二楼空地上一张乒乓球案子跑，后面跟着白衣天使们，好像是他拖着的白色的大尾巴，跟着他绕了三圈，才有人反应过来从另一面去堵截他，终于把他给治服了。我和夏念都在一旁笑起来，这么说他终于抢到锣了，我真为他感到高兴。

“你也回去。”一个女大夫看到我们的样子，声色俱厉地对夏念说，“今天不准探视了。”

“哦。”夏念顺从地点点头，转过头来拉着我的手。

“再来看我呀。”她说，我点点头，那个张大夫正站在一旁等着她，他把其他的医务人员先打发走了，留下来陪她同我告别。

“你们还可以再多待一会儿。”他说。

“不用了。”她说，连头都没有回，然后伸出手，把什么东西塞进了我的口袋里。又抬手轻轻地拍了拍我的脸，扭头走了。

我看着两个背影向走廊尽头的窗户发出来的光亮走去，她在前，他在后，好像狱卒押解着犯人回牢房，地上是潮湿的脚印，也直指着光亮的地方，渐渐消失了。我把手伸进兜里，掏出夏念塞给我的东西看，是那树枝上褪了色的带着玫瑰花蕾的艳俗发卡。它被雪水打湿的痕迹还没有风干，我拿到鼻子前闻了闻，是雪的味道。上面还沾着灰尘，已经十分残败破旧。我把头上我自己的发卡拆下来，叼在嘴上，一只手抓着辫子，一只手拢了拢头发，把那只旧发卡带了上去。

我亲爱的朋友，我们会再见面的。

我向她消失的地方看了最后一眼，把发卡揣进兜里，然后转身离开了。

二二

这个世界上每天都在发生一些事情，可是你并不知道它将影响你的一生。我所说的“影响”，并不是那种你上午和男朋友吵了架，下午心不在焉地把钱包丢了这一类的影响。我所说的那种“不知道”，也不是因为发生在遥远的非洲而信息滞后，或者人为地掩盖真相而导致的“不知道”。恰恰相反，这些改变了我们很多人一生的事，就发生在我们身上，在我们的生活里，从来未加掩盖，却没有人真正洞察它的面目，大家看新闻，读报纸，都以为自己知道得很清楚了，可是你错了，你其实并不了解你的周围，事情正怎样地悄悄起着变化，也许要等到十年、二十年之后，你才恍然大悟，你今天之所以在某个城市，和某个人睡在一起，和某些人一起工作，都是因为二十几年前发生的某件你根本没往心里去的事。

这就像是某一天下午，我走在街上，阳光下一切如常，街上行人匆匆，急着赶去上班，上学，到幼儿园里去接孩子，我却站在十字路口，神情恍惚，恍如做梦，我要迟到了，但是我却毫不在乎，我突然听到一声轰隆隆的声音，那声音仿佛是从地球的深处传来的。只有那么短短的几秒钟，它划过我的耳际，甚至没有轻微地摇动一下我的身体或者触摸一下我的脚心就消失了。我茫然地抬头看着身边的人，希望从他们的脸上找到一丝蛛丝马迹，哪怕一丝丝的惊恐的表情，以证明这声音是真实的，并不是我的一场幻觉。此时红灯亮了，人们一如往常冲到对面去，完全没有人表现出任何异常。我只好也低头走开，以免被人当做疯子，但我的内心总是在想，那声音是真的。

一件事情和另一件事情之间总是有千丝万缕的联系，我总是在十年以后才感受到十年前所做的一个小小的决定对我的一生的影响，有时候我会感觉到我的生活被什么人做了手脚，并且我不是唯一一个被动了手脚的人，但我不能确切地说出那是什么。从地心传来的轰隆隆的声音，当它传到你的耳朵里时，常常是走过了十年那么远的路程，如果此时你偏巧正在赶路，正在打电话讨好客户，或者怎么也拦不到一辆出租车。那么这声音即使被听到，也会完全被你忽视掉了。你可能再也没有机会听到它。而那个阳光灿烂的下午，我正好什么也没做，我刚刚从夏念的葬礼上回来，正要到马路对面去，我想到马路对面和马路的这一面其实也没多大区别，觉得过马路这件事其实根本没那么重要，于是我听到那声音了。然后我又很快把它忘记了，等我确定我当时的确是听到那声音时，那已经又是很多年以后的事情了。我和一个姑娘坐在遥远异乡的一家小火锅店里，一边把牛肉啊羊肉啊青菜啊统统地扔到翻滚着红油的汤锅里去，一边谈论着我们的过往，说到最后，我随口说我们是这个国家最后一代有集体贞操观的女孩儿。她听完先是一愣，然后一拍桌子说你说得太对了，我跟我老公第一次的时候都 28 了，可是我真后悔没跟我第一个男友在一起过，那是我这辈子最爱的人。

我这才知道当年我曾经听到的那个声音是真的存在的，如果时间是一个隧道的话，所有的事情应该是发生自更久远的某一天，到底是哪一天呢？我想了想，并不是很确定，但也许就像那首人尽皆知的歌曲里唱的那样，一个老人在什么地方画了一个圈的那一天。在那天以前，大人们是记得我们这些女孩的，他们给我们讲女人的贞洁很重要，给我们讲失贞女人的悲惨故事，当着我们的面指责那些不三不四的女人。我们都被吓坏了，心里暗暗地下定决心，说什么也要把自己的处子之身留给自己的丈夫，这样才能保证今后婚姻的幸福，才能不被男人抛弃和鄙视。可是不知道从什么时候开始，这一切突然都变了，改革的春风不知怎么就吹拂大地了，大人们个个都忙着去赚钱，只要能赚到钱，什么事情都可以做，那些贞洁烈女的故事渐渐没人再提起了。

我们带着我们的贞操长大了，却发现它已经不是稀罕的珍宝。它成了因循守旧的枷锁，虽然也没有什么人公开把它砸个稀巴烂，但是你却发现，那些从前被鄙视的不贞洁的姑娘也并没有因为她们的堕落而受到什么惩罚，有些人甚至反倒成了特立独行，有魅力的偶像，她们成了美好的，懂得爱的，可以为爱情奋不顾身的尤物。而我们反倒变成了过时的，守旧的，被人嘲笑的可怜虫。连刚刚成长起来的小姑娘都可以理直气壮地一边享受着性爱，一边鄙视着我们白白荒废的青春。这一切真让人困惑啊！我怎么也想不明白，为什么开始是对的，后来却成了错的？那些“坏女孩”，她们什么都有，享受爱情，享受自由，而我们，我们这些所谓的好女孩，我们顺从，听话，谨小慎微，因为大人曾经告诉我们只有这样才安全，才能生存，可是等我们真的按照大人的话去做了，才发现好孩子根本没有糖果，这世界越来越糟糕，根本没有人能保护我们，记得我们。难道我们做错了吗？夏念做错了吗？还是我做错了？

没有人提过这个问题，我也没有，我已经被搞得晕头转向了，在一头雾水中摸索着人生的道路，来不及怀疑，也不好意思开口询问，姑娘和姑娘之间是不谈论这件事的，这也是我们从小受到的教育之一。我还记得当年的那条新闻，只记得在那之后，爸爸的老同事下海了，哥哥的朋友去了深圳，大人们都在忙着改变，只有我还每天按部就班，拎着饭盒换乘两趟公车去上学，我从没想过它会改变一个少女的贞操观，让她在十年后，做出要不要和一个男孩子做爱，是要和这个男孩子在一起，还是和那个男孩子在一起的选择。这个世界上每天都在发生一些事情，可是你并不知道它将怎样地影响你的一生。真相如潜藏在地下的暗流，直到很多年又很多年后的某一天，当年的少女才终于知道，那轻轻划过她耳际的声音到底是什么。那是很多年前，她丧失了自己的声音。

我当然没有把这些话都说给和我一起吃火锅的姑娘听，因为这实在是太复杂了，既说不清，说清了也没什么用，所以我们继续胡乱吃肉，聊些明星八卦和打折信息，然后结账，在小饭店的门口挥手告别了。我揣着我一脑子的胡思乱想，踏着沉沉夜色回家去，马路上人来人往，车去车回，我脑子里的东西沉甸甸的，压着我走不动，也走不掉了，于是找了个写字楼的台阶坐下来。我想我准是疯了，我应该想一点儿正常的东西，比方说“拴住男人的胃，就是拴住男人的心”之类，而不是什么“我们是这个国家里最后一代有贞操观的女孩儿”这类口气大得吓死人的疯话。谁会听啊？谁想听啊？谁稀罕听啊？这个国家这个时代这个城市每天都有人在冷漠中死去。我们的灵魂是如此的卑微，我们受过的痛苦不值一提，我们打小是一群窝囊废。我抬头看着天空，在这个巨大的城市，天空终年漂浮着粉尘，看不到故乡的星星。我在这么多年之后突然明白自己作为一个窝囊废走过的窝囊的人生，想起自己曾经用这么窝囊的方式荒废了自己的青春，内心感到有点沮丧。可是即便是如此窝囊的青春，也曾有过绽放的时刻，那是多年以前的一个阳光灿烂的春日，有一个姑娘和一个年轻人，他们躺在姑娘房间里的那张大床上，阳光透过窗帘照进来，暖暖地照着他们年轻的身体，金灿灿的，仿佛燃烧的梦境。

他问，是这里吗?

她摇摇头。

又问，是这里吗?

她还是摇摇头。

这是一个紧张的时刻，可是她却一点也不紧张，她为她的不紧张而感到羞愧，但是她想到如果这个问题再问第三遍，这事情可就成了一个笑话了，于是她只好叹口气，指引了他一下，她自己的秘密花园，她比他更熟悉，这桥段完全不像她想象的那样，他本应该驾轻就熟，用他的力量霸道地破门而入，娴熟而毫不犹豫地占有她，她将无条件地投降，臣服，奉献她的一切，而如今，她倒是更像自己灵魂和肉体的叛徒，引领着入侵者穿越迷雾般的小径，来到她的花园深处，而他羞羞怯怯，安安静静地躺在那里，紧张地抱住她，动都不敢动一下，汗水滴滴答答地顺着他的脸颊和下巴往下淌，淌在她的脖子上，乳房上，她看到他的样子，想笑，但还是忍住了，她一紧张就想笑，但她知道现在不合适。于是他笨拙地动了几下，一切结束了。

就这样了吗？就这样了，原来一切也不过如此啊。她默默地想，准备了二十多年的重大时刻，最后却和平常日子里每一个庸俗的瞬间一样，潦草而粗糙地结束了，她感到有点失落，为什么没有疼得撕心裂肺呢？为什么没有流血呢？她不知道。所以她不能怪他，毕竟连她自己的身体都是那么不配合，欠缺仪式感。

“我真的是第一次。”她对他说，内心觉得很抱歉，这并不是她撒了谎，只是她知道他也等了很多年，她不知道他是否也嫌这太潦草。

“我知道。我看过书，不是每个女孩都流血的。”他认真的表情像个爱学习的好孩子，她很惊讶地看着他。然后他又一脸严肃地说：“对不起，没表现好。”

她突然觉得他样子很可笑，于是笑了。

“我一定会对你负责的。”他对她说。

她笑笑，她当然相信他会对她负责，她相信他说的每一句话，但是她觉得这并不重要了，他负责也好，不负责也好，她都是爱他的，她是他的爱，不是他的责任。

“我只希望你记得我爱你。”她说。

第三章

二三

大学最后一年的春天，刮过几场大风之后，同学都纷纷出动去联系工作了，宿舍里整日空空荡荡的，吃饭时也难得碰到几个人，那些想回老家或者到大城市去的家伙更是难得现踪影，偶尔会打个电话来询问学校的情况，或者某天突然形迹可疑地出现在校园里，带着异乡的风尘仆仆，人还没有彻底离开，已经像一个过客。

天气彻底暖和了，树枝上绽放着新芽，校园里到处是新鲜的面孔，路上走着很多新鲜的姑娘，扭动着新鲜的腰肢和屁股，晃动着新鲜的乳房和大腿，脸上绽放着新鲜的笑容。宿舍里也有人稍微齐全的时候，但是姑娘们已经不再描眉画眼地结队去跳舞，这好像是在一瞬间发生的事，大家不约而同地对往日热衷的事情丧失了兴趣，舞厅也被占领了，我们的影子正在春天的阳光下，像水汽一样渐渐蒸发，这里已经不属于我们，比起那些成天叽叽喳喳的姑娘，我们都想要抓紧这最后的时间好好待在一起，可是真的在一起时，又好像只是继续消磨这无聊的生命而已。每个人都相信自己有更重要的事要做，摆出一副神秘兮兮的成年人的样子。听到走廊里大一新生兴奋地杀奔舞厅去的声音，即使是平素最彼此看不惯的两个人，也会抬起眼来，互相交换一下眼神，那眼神里是对走廊上新人们的鄙夷、不屑，还有一些做作的忧伤，这些我们玩剩下的游戏，都让给你们了，我们玩剩下的世界也让给你们了。

我们老了，所以我们必须离开这里，到比我们更老的世界里去，去寻找比我们更老的人，这样我们就可以继续年轻了，继续觉得岁月悠长，我们或者可以永无止境地闲坐下去，把事情放到明天再做，或者朝气蓬勃，让自己很忙，改变整个世界，总之我们有办法让自己相信自己真的可以永生，青春将会永驻，直到有一天，我们白发苍苍，再也找不到比我们更老的人了，我们终于成了这世界上最老的一帮家伙，于是我们发起小孩子脾气来，举止行为也像个小孩，因为我们想强迫别人承认我们是小孩，这样我们就不用那么怕老了。于是我们跟最年轻的人撒娇，他们在这件事上不会像那些只比我们小十岁的老家伙们一样脆弱，他们比所有人都年轻，所以他们愿意比我们老，愿意哄小孩一样哄着我们。即便他们识破了我们的诡计，那么也没关系，他们一定愿意原谅我们的任性，因为我们找不到比我们更老的人了，他们会以为我们是痴呆的，疯癫的，因此原谅了我们。

然而这诡计现在却是不可行的，你既不够老，又不够年轻，你风华正茂的人生，看上去美好得足以令全世界都嫉妒你，所以你不得不强打着精神去奋斗，拿着简历出门去找工作。好在这个城市的春天，总会刮几场飞沙走石的大风，让你终于可以有个理由心安理得地待在家里，每当这样的时候，我就很高兴地给林铎打电话，一早上就打，不一会儿，他就会坐着破旧的 25 路公共汽车穿过整个城市来看我。然后我们就这样耗上一整天，哪儿也不去，就这么在屋子里待着，做爱，看电视，做爱，吵吵闹闹，在洒满阳光的屋子里，在窗外疯狂地拍打着窗棂的狂风呼啸中相拥着说话和亲吻。他早我两年毕业，现在公司效益不好，马上快要下岗了，这挺可怕，可是我们不怕，最好的事情已经在我们的生命中发生，我们无所畏惧，我们只想在这万物苏醒的春天里，无所事事，终日待在一起。

有时候我们也会讨论一下未来，我现在也不会每天想着自杀了，因为我发现自己突然成了一个重要的人，我也算是个有未来的人了，于是我改变了计划，我想我们未来可以有一间小屋子，每天像现在这样待在一起，做做爱，做做饭，做做一切俗不可耐的平凡事。这丑陋的世界和丑陋的城市不像从前那样令人难以忍受了，因为我知道，哪怕我的生命只是对这个世界上最微不足道的一个人来说是重要的，我也应该好好活下去，不可任性地去死。

“你说我们要有多少钱才能结婚呢？”我们在做爱之后闲聊，他把我搂在怀里问我。

“起码得有个两万块吧。”我认真地想了想，小心翼翼地说。

“这么多啊。”他有些沮丧，“一万块行不行？”

“两万块总该有吧，这还没算婚礼呢。”我说。

“我不想办婚礼，结婚是两个人的事。”

“那结婚照呢？总得有个婚纱照吧。”

“你怎么那么虚荣呢？几张照片要花那么多钱。又不能当饭吃。”

“这怎么是虚荣呢。女孩子谁不希望穿婚纱？”

“可是你知道咱们的条件，为什么要把钱花在这种没用的地方上？”

“那么这个钱我来付好了。”

“我知道你家里有钱。”他冷了下来。

“我不是那个意思。”

“总之要照你自己去照。我不照。”

“可这是我一辈子的大事啊。”

“也是我一辈子的大事，但非要照相才叫一辈子的大事，这不是虚荣是什么？”

“不办婚礼我都同意了，我只是希望能照个婚纱照。”

“你如果嫌我穷，就去找别人。”

“你说什么呀。”我说，“我不是那个意思。”

“别说了，我不想再说了。”

他松开抱着我的手臂，把身子转过去，我怕他着凉，帮他拉好被子盖上，他没有动，他的身体迅速降了温，成为了冰冷的石像。我沉默了一会儿，推了推他，他没有动。

“我真的不是那个意思。”我看他没有反应，知道他在生气，“我是爱你的。”

“你别跟我说这个。”他的声音冷冷地从他身体的另一边传来，好像隔着一座山，“我看不出来。”

“可是你去问问别的姑娘，谁会不希望有个像样的婚礼，最起码得照个婚纱照呢？”

“我找你是因为你和别的姑娘不一样，你如果和她们一样虚荣我就不找你了。”

“这怎么是虚荣？”圈子又兜了回来，但我坚信我是对的。

“我这辈子也发不了财，我就这样了，你自己想好吧，现在后悔还来得及。”

“真的不是钱的问题，这个钱我出好吗？”

然而无论我再说什么，他都不再搭腔了，时间一分一秒地过去，我的心越来越沉，终于小声哭了起来。他没有转身，亦没有反应，听着我哭了一会儿，突然从床上坐起来，一言不发，开始穿衣服。我愣怔了一秒钟，对他说：“别走。”但是他继续穿好衣服，走到门口穿鞋，我满脸泪水地冲出去，站在门口看着他继续哭，却说不出话来，隔壁的房间已经听到动静，母亲大概是要出来看发生了什么，房门已经开了一半，他站起来，一把把我拉进了屋。

“你到底要干吗？”他冷冷地问，“你别哭了行吗，让我先回家。”

但是我哭得更厉害了，我不知道说什么，我不能让他走，也没办法把他留下，如果我继续说，就是争吵，不说出来，就是满腹委屈。我们现在连工作都没有，我根本不想结婚，这些本不该现在讨论，重要的不是婚礼，重要的是他不能这样对我，他这样对我，今后我们要怎么在一起？这就是我们的未来吗？我从前以为两个人彼此相爱就足够了，爱你的人自然而然是全世界最懂你的人，他就是这世界上的另一个你自己，你终于可以不再孤单了，可是现在我却开始怀疑，爱到底有什么用呢？我不爱的人从未让我如此绝望，因为我对他们不曾抱着被懂得的期望。而今，我和我爱的人之间隔着高山，隔着高墙，各自被困在各自的牢笼里，前一秒他还在我的身体里，我们融化在一起，我们的身体和身体，心和心都仿佛是打散了的碎末，纠结在一起，毫无间隙，分不出彼此。而此时此刻，即使我撕开我的胸膛，把我的一颗心掏出来给他看，都没有办法让他看清楚，这颗心，这个灵魂是爱他的。

没有办法没有办法没有办法没有办法没有办法没有办法没有办法没有办法没有办法没有办法没有办法没有办法没有办法没有办法没有办法。即使是那么那么爱着他，也还是没有办法没有办法没有办法的事啊。难道一个人来到这个世界上，好不容易找到一个人爱了，就是为了明白爱情是没用的吗？你依旧是彻底的孤独，你不可期望任何人。这是多么令人绝望的真相，我想解决这个问题，但是我没有能力，我想抛掉这个问题，但是它困在我的脑子里，于是我开始用头撞墙。我想把脑壳撞碎了，把那些折磨着我的坏东西从我的脑子里掏出来狠狠地扔到墙上去，扔到窗外面去，让它不要来烦我，以便让我也能像白痴一样活着，既不需要爱，也不需要人懂。

“嗨！嗨……别这样。”他吓坏了，冲上来抱住我，紧紧地把我的头搂在他怀里，“我错了，我错了，都是我不好。”

我慢慢平静下来，内心的委屈终于得到了安抚，但是这解决不了任何问题，婚礼不重要，婚纱其实也不重要，我们彼此不能理解，我们终究是要分开的，没有办法在一起的，可是如果我与他分开，我就会死的。想到这，我哭得更厉害了，于是他开始吻我，用双手抚摸我的脸、头发、乳房，亲吻我的额头和泪水，异常温柔。

“我要你。”他对我说，果断而霸道地开始去除我刚刚穿好的衣服。我叹了口气，闭上眼，听凭他的摆布，我的身体在发抖，欲望随着血液充斥了身体的每个细胞，冲上了大脑，挤掉了那些折磨人的念头。要我吧，请快来要我，请你来爱我，占据我的身体我的心，和我再次融化在一起，让我不再孤独，如果话语不能表达我的心，我就用我的身体告诉你我是多么爱你。我喘息着，感觉到他的手在我的身体上游走，在某一瞬间，仅仅是那么 0.01 秒钟，夏念在我的脑海里一闪而过，我想起了那个褪了色的带着玫瑰花瓣的发卡，还想起她说的那句话：“女孩子啊，做了就分不开了。”

她的话是对的，真他妈的对。

二四

苏金金到我家来找我，一开门把我吓了一跳，只有两个星期没见，她整个人瘦了一圈，但比从前更漂亮也更时髦了，穿着她姐姐的职业洋装，蹬着高跟鞋，一副精神抖擞的职业女性的样子。去年暑假的时候，她去一个歌舞餐厅里打工，说是可以挣点零花钱，也拉着我同去，我便去了。老板是个四十多岁的女人，一头乌黑的卷发和一双涂抹着深色眼影的大眼睛，鼻梁很高，仿佛是有些外国血统，在昏黄的灯光下，显得冷艳动人却又忧心忡忡。苏金金对她说这是我同学，她也想来打工，那女人淡淡地看了我一眼，目光在我脚下的高跟鞋上停留了两秒钟，然后很无所谓地说那就先试试吧。

我们被领到后面，一个穿白衬衫的男孩给我们一人发了一块抹布，然后把我们领到一群和我们年龄相仿的女孩子们那里去和她们一起擦窗户。歌舞厅玻璃好像怎么擦都擦不干净，即使是在白天，所有的窗帘都被拉开，屋子里也还是灰蒙蒙的，墙上镶嵌着一些蓝色和绿色的马赛克玻璃，因为时间久了，有些已经快要从墙上剥落，在透进屋子里的光线下裂着缝隙。我出家门前还特意精心打扮了一番，本以为只是一个面试，现在却要穿着细高跟鞋和长到脚踝的长裙，拿着抹布爬上爬下地擦玻璃。其他的那些女孩并不和我们说话，有几个女孩和一个男孩嘻嘻哈哈地在一旁调笑着，一看就是那种中学还没念完就辍学混社会的学生。

干完了活，我和苏金金一起去坐公车，我已经站不住了，午后的阳光刺眼，我感觉自己仿佛刚从一个山洞里钻出来一样，我们不属于这里，我们应该是属于白天的，我们应该是属于春天的，属于夏天的，于是我说我不干了金金你也别干了吧这只是份临时工只能干一两个月而且只有几百块钱。但是苏金金很坚决地说要继续做下去，她说她还是想先挣点钱。我看着她，没再说什么，她家里不如我家富裕，不过我的母亲是个对钱控制很严格的人，我和她一样没钱，都穿着姐姐们剩下来的衣服，站在这油漆剥落的破站牌下等公车，但是我认为这并不是我们把自己交出去受人羞辱的理由。

“羞辱”，是的，就是这个词儿，这个下午在那个死气沉沉的发散着糜烂未消的酒气的屋子里，这是最能描绘我的感受的一个词儿，可是我始终没有对苏金金说出这个词，我不知道她怎么可能对此毫无知觉，或者是明明有，却并不在意，几百块钱真的那么重要吗？我看着她主意已定的表情，突然觉得如果我说出这个词儿，好像也是对她的羞辱。于是我转移了话题，和她聊了点别的，然后她的车先来了，我们在车站告别。两个月后，她赚到了她人生的第一份辛苦钱，她立刻拿着这钱去买了一件贵得要死的大衣和一双很漂亮的靴子，然后整个冬天都穿着它们，她还特地买了一种廉价的润肤露来护理靴子。而我呢，我还穿着姐姐的衣服，在她打工赚钱的时候，每天背着书包去图书馆看书，说来可笑，我都快毕业了，却突然变得用功起来，也许我也想改变我的生活，用不被人羞辱的方式，但是我不知道这样是否还来得及。

“你干脆把它供起来好了。”我看到她往靴子上抹润肤露就笑话她，她一本正经地给我解释为什么给靴子擦润肤露能够让靴子的寿命延长一些，我没有新靴子，我的靴子也是姐姐穿过的，如果仔细看，皮子上都有细小的裂缝，不需要再保养。我觉得还可以，作为一个学生，穿着去找工作，如果没有人仔细打量，倒也不至于太寒酸。

“你猜我考试的时候碰到谁了。”苏金金问我。

“谁？”

“你的黑马王子呀。”她笑。

“杨赫？”我很吃惊。史冯的爸爸是电视台的一个主任，在他的安排下，苏金金正在参加省电视台的内招考试，虽然史冯的妈妈还是坚决反对他们的事，但是史冯的爸爸倒还是很愿意帮这个忙。可是杨赫只是一个县级城市来的学生，他有什么背景可以参加考试呢？

“你们说话了？”

“他问我怎么来考试了。”她说，“我说这问题我该问他才对。”

“他怎么知道的？”

“听别人说的就来试试。”她撇撇嘴，“不过考了也是白考，电视台里连个扫地的都是关系户。他一个县城来的，凭什么进去。”

“那你考得怎么样啊？”

“考试当然没问题，史冯昨晚来家找我。他爸爸把考卷都要出来提前给我了。”

“那恭喜啦。”

“恭喜什么呀，即便是考上了，现在也是没编制，他爸只是个主任，可没本事把我直接调进去。”

“也还不错了。你看我现在还在找工作呢，多少人连你这样的机会都没有。”

“我能跟你比吗？我当然要和人家好的比了。”她说。

听到最后一句话，我看了看她，她的表情很自然，我也没再说什么。在找工作这个事情上，我的确是无依无靠，家人亲戚，没有谁可以指望。林铎更是自顾不暇，于是在我们不做爱，没有甜腻的心情可以耗在一起的日子里，我便骑着我那翠绿的破自行车到处去面试，那辆自行车出乎意料的沉重，健壮的小伙子都要使足了劲才能把它扛起来，我这辈子从来没有见过这么沉的自行车，骑着它的时候要用上全身的力气，并且无论配什么衣服，穿什么颜色的裙子坐在上面都显得有些土里土气，但是我只有这一辆自行车，面试的地方却在四面八方。

有一次我面试的地方是一个香港的物业公司，在城市边缘一个新开业的楼盘里，园区内还在施工，建筑工人们三三两两地经过，迎面刮来的大风把地上的尘土和工地上空飘散的粉末一起都吹到了我脸上，我在风里兜了好半天，终于在一个单元楼里找到了那间还散发着白浆味的办公室，两个保洁大姐正一人手里一块抹布和一个水桶，跟一个戴眼镜的小伙子吵架，我站在一旁听了一会儿就转身走开，找了个没人的地方，掏出手绢擦了擦脸，以免被人误会我是来应聘保洁的。

面试我的是一个戴着变色眼镜的中年男人，长得很像小时候和爸爸常来常往的一个叔叔，那个叔叔也总爱戴着一副茶色眼镜，阴天的时候才看得到眼睛，晴朗的时候看不到眼睛，他穿着灰色的西装，和一个漂亮的阿姨住在我们家附近的宾馆里，一住就是大半年。有一次他和我谈起关于女人漂亮的问题，我问他叔叔你觉得女孩漂亮是脸蛋重要还是身材重要？叔叔说，当然是身材重要，我立刻想起那位阿姨的一对结实傲人的乳房，后来我才知道，那阿姨不是他的老婆，过了一段日子，不知道大人们之间发生了什么，那位叔叔和阿姨没有再来我家了。

“你最近在读什么书？”中年男人问我，他的眼镜片已经变成深色，我隐约感觉他的一双眼睛正在眼镜片后观察我，但是我无所畏惧。

“《复活》。”我说。

“哦，聂赫留朵夫。”他笑笑，“看完有什么感想。”

“挺喜欢的。”我说。

“为什么喜欢？”

“挺有意思的。”我没承认我其实只是觉得聂赫留朵夫诱奸玛丝洛娃那一段挺有意思才去看的，而且看完了有点失望。

“好。”中年男人好像听到了什么了不起的答案，非常欣慰地说，“现在像你这样的年轻人真是少了，你被录取了，明天来上班吧。”

二五

夏念回来了，她胖了很多，皮肤比从前更白了，见到我就把袖子挽起来，让我掐她的胳膊。我伸出手指轻轻地掐了一下，雪白的胳膊上出现一个坑，久久没有消失。她说这是因为吃药的缘故，都是虚胖，她现在感觉自己好像是一个充了气的白胖子气球，飘在这个世界的上空，飘浮在这艳阳高照的夏天里，蓝天下。我们在公园里散步，坐在林荫道尽头的长椅上歇息，小孩子们在我们面前跑来跑去，我听了她关于气球的话，仔细地想了想，觉得还真有点像，只是她其实一直都像一个飘着的气球，从前是一个瘦气球，现在是一个胖气球，但是无论是胖还是瘦，她总是这样轻飘飘的，好像随时要飘离这个世界的样子，不像我，如果是发胖了，就会像一个实心儿的秤砣。只是现在她虽然身体白胖得如此扎眼，整整比从前大出来了两圈，可是她的整个人却缩小了，小到一粒尘埃那么大，小到人们经过她的身边，却再也看不见她。

“我怀孕了。”她看着远方的落日说。

我吃惊地看着她，轻飘飘的气球一下子落在了地上，再也飞不走了，因为她吃进去了个秤砣，那秤砣就是她肚子里的孩子，实心儿的，被地球的引力牢牢地控制着，让它的母体再也不能向上升上去，只能向下继续坠落，到地上，到深渊里。可是她怎么会吃进去个秤砣呢？这一年来她唯一能吃的就是治精神病的药才对，治精神病的最多会把一个姑娘治疗成一个胖子或者一个精神病，治精神病的药又不会导致一个姑娘怀孕，我百思不得其解，于是问，那男的是谁啊？

她没有回答我，过了好半天，才缓缓地说：“你就别问了。”

“唉，你怎么搞的呀。”说轻说重都不合适，我真想不出还能用什么词儿来责备她。

“我知道我知道。”她说，“我现在该怎么办呀？”

怎么办？怎么办？意外怀孕怎么办？很多年后，我后来的朋友们胡闹，他们用“意外怀孕怎么办”来百搭各种诗词，有的说一行白鹭上青天啊，意外怀孕怎么办？有的说一枝红杏出墙来啊，意外怀孕怎么办？我看着他们嬉闹，于是想起了那天，想起了夏念，如果她还在的话，我好想跟她说我觉得一行白鹭上青天这个听起来意境还挺美好的，你记不记得那天咱们俩坐在林荫道尽头的长椅上，太阳快要落山了，长长的树影渐渐爬上我们的脚面，不远处的湖泊里有白色的和灰色的水鸟，天是透明的，云是白的，你是痛苦的，但是活着的。我是幸福的，但是卑微的，我的幸福都是拿我的做低伏小换来的，我也是活着的。你跟我说你怀孕了，问我怎么办，你问我能不能借点钱给你，你始终不告诉我那个男人是谁，我觉得我不知道也好，我只是看着远方的水鸟，想到这一天就要结束了，天就要黑了，它们要去睡觉了，如果我们也能像水鸟一样多好，只是浮在水面，飞在天上，饿了捉鱼来吃，天黑了就睡觉，那该有多好。但是我飞不起来了，我现在也吃了秤砣，爱情就是我的秤砣，我得踏踏实实地生活了，生活是粗大的绳索，把我困住了，你也飞不起来了，你也吃了秤砣，你要把那秤砣拿掉，可我知道，即使没有了那秤砣，你也再飞不起来了。

“我知道我知道。”夏念说，她的声音里有些难过，后来我们在妇产医院的走廊里等候时，她又说“我知道我知道”。可是我都已经忘记了我当时跟她说的是什么了，只记得她的回答，从那以后，她就经常说“我知道我知道”了。这是一个万能的回答，哪怕是对方并不是在提问，而是随便的一句什么，都可以用来回答，比方我说夏念你可不能再这么糟蹋自己了，她就说，我知道我知道。

“你知道什么呀你！”我很生气，“知道怎么还出这种事。”

她咬着嘴唇，脸色惨白，没有说话，我有些后悔，伸出手去握了握她的手，她的手是冰凉的，手心里全是汗。这是我们第二次来妇产医院，第一次医生说可以药流，不会痛，于是夏念吃了药，回家吃了两天药，第三天去医院吃最后一服药，她一个人住了一天医院，把孩子流了下来。刘教授每天忙进忙出，虽然是同一屋檐下，母女俩却很少见面，也很少说话，所以无需故意遮掩，这件事也没有被她发现。夏念给我打电话，说她已经流了，上厕所的时候，把孩子流在了尿盆里，都是血块，她端着带血块的尿盆让护士看，护士看了一眼，说可能是双胞胎，然后让她自己端着去冲到马桶里。“一下子就不见了。”夏念说，她的声音是那样平静。“其实还是痛的，不过也还可以忍受。”她描述道。

我陪她到医院复查，做完 B 超，医生说没有流干净，必须再刮一次宫，我俩面面相觑，然后回到妇产医院的走廊里去坐着，我上上下下地去办手续，交钱，途中有几次经过妇产科走廊的大门，就顺势探头去看一下她的状态，她静静地坐在那里，像一座雕像一样一动不动，每次看她都是同一个姿势，她怎么不哭呢？我想。我倒是真想哭了。妇产科的尽头是两间手术室，左边的那家正在生孩子，右边的正在做人流，我回到夏念身边时，两边屋子里的女人都在叫，叫声从手术室的门缝钻出来，在散发着消毒水和丁香花气味儿的走廊里飘荡，坐在我们旁边的一个女孩吓哭了，她身边是一个嘴唇上刚刚长出一圈绒毛的小男生，小男生安慰着小女生，可是我看他自己也快要哭了。一个浓妆艳抹的女郎跷着二郎腿坐在我们对面，她一直一个人，抖着穿红色高跟鞋的一只脚，嚼着口香糖，双眼看着窗外那棵丁香树，丁香树上只有丁香，不过我想她的心里有很多的心事。

“柳树叶的声音是沙沙的。”坐在我身边的夏念突然说。

“啊？”

“风吹过的时候，柳树叶子的声音是沙沙的。”她又重复道，“杨树是哗啦哗啦的，特别吵闹。”

我无语地看着她，对面那位妖冶的女郎用余光瞟了我们这边一眼。

“我在平四的时候，经常坐着发呆，你们肯定都没有认真听过，其实每一种树都有自己不同的声音。当风吹过一棵树的时候，它就会唱起歌来。”她说。

“然后呢？”我问，对面的女郎也把头转向我们，一脸茫然地看了看夏念。

“有时候风太大，下暴雨的时候，树发出的声音也是很吓人的。我躺在床上睡不着，听着它们发疯地尖叫，但是绝对不是这种完全没有羞耻的——”她正说着，手术室那边又传来一声凄厉的叫声。声音不高，却好像有一种穿透力，让人浑身起鸡皮疙瘩，让我想起苏金金的叫声，浑身一激灵，目光正好和对面的妖冶女郎相遇，她困惑地看看夏念，又看看我，我耸了耸肩，表示“我也不知道她在说什么”。她看懂了，冲我笑了笑，笑的时候鼻子皱皱的，我也笑了笑，可夏念没笑，她说：“我绝不会叫的！”我和那女郎都愣怔了一下，然后不约而同地恍然大悟，点了点头。

夏念果然没叫，从走进门到被搀扶着慢慢踱出手术室，她没有发出一点声音，如果不是看到她苍白的脸色和额头上豆大的汗珠，我会以为什么事都没发生过。因为她不叫，所以只剩下对面那间手术室里那个女郎自己一个人在寂寞地尖叫，没有人配合她，也没有人和她抢戏，整个走廊都只听到她一个人的声音，我从没想过一个人的声音会和一个人的形象有这么大的差距，一个看上去气息恹恹、骨瘦如柴的女人，竟然有那样豪迈而底气十足的粗嗓门。这完全吓坏了还没有进手术室的那对小男生和小女生，小女生嘤嘤地哭得更厉害了，现在连小男生也忍不住哭了，但是我却乐了，不知怎么，我竟然从她那杀猪般撕心裂肺的号叫里听出了一点痛快淋漓的意思。但是夏念这边的悄无声息，却仿佛有种死一般的力量，震慑住了所有人，以至于连搀扶着她出门的小护士对她说话也客客气气的。

“回去多休息，好好补一补身体。”小护士说。

“谢谢大夫。”夏念笑了笑，一边慢慢地在长椅上坐下。一直等护士彻底地消失不见了，她的头越来越低，最后终于低垂到了膝盖上，她用手捂着脸，一阵风从窗户吹了进来，带来了丁香花的气息，坐在我们旁边的那个女孩已经进去了，男孩远远地躲到角落里去了。我不知道此时该说些什么，于是伸出手，拍了拍她弓着的背。我以为她在哭，但是当我的手接触到她的背的那一刻，我知道她没有，她的声音从她的指缝间传出来。“我知道我知道。”她的声音很平静。

二六

当我还是个小孩子的时候，我对距离的判断都是用时间来衡量的，距离近的地方就是我摆动着自己的小腿儿能走到地方，距离远的地方就是我坐上大汽车，在车里晃啊晃，迷迷糊糊睡着了，醒过来还没有到的那个地方。在这一点上，我从来没学会过使用成年人的表达方式，比如我家住在东边，可我上班的地方在城市西郊，当有人问我工作的地方有多远时，我没有告诉对方有几公里，而是告诉对方骑自行车要三十分钟。这对于我来说是件很辛苦的事，因为我通常只在学校和家两点之间做直线运动，这个距离步行只要十分钟，有时候我也和朋友去别的地方，但是都是以这两个点为圆心，以十分钟自行车程为直径，画一个圆圈的范围之内。后来我长大了，这个圆圈的半径越来越长，圆圈画得越来越大，有一天，我到了一个巨大无比的城市，到处是有着玻璃幕墙的高楼和宽阔的马路，出门动辄要坐上一个小时的地铁，大家还总是说这不算太远，我想我人生的圆圈可算是越画越大了，然而这却不是因为我长大了，而是因为我变得更渺小了。人长大了，会对自己的渺小习以为常了，然后我们去更远的地方，看更多的世界，画更大的圆，感到自己越来越渺小，小到尘埃里，最后连圆心都找不到了，因为童年过去了，童话里的那个世界已经不在了，巨龙还来不及被斩杀，王子还来不及赶到，我们已经卑微地长大了。

我还是学不会准确地描述出我的家离我上班的地方有多远，但是我会装成一个大人，蹬上我的破自行车冲出我的世界，去向那个大人的世界。遇到大风我就拼命蹬，遇到上坡也拼命蹬，遇到令人心惊胆战的十字路口，我就小心翼翼地从车上蹦下来推着车走过去，那些汽车不会在意我的笨拙，它们鸣着喇叭呼啸着从我身边驶过，展示着这个世界飞奔向前的速度，那里是另一个世界，我还不能达到，但是我已经到达我能画出的最大的圆周边，我把我的破自行车停在住宅楼门口，从车筐里拿起妈妈帮我装好的饭盒，进去和那个戴眼镜的小伙子一起上班，他正在和两个拎着抹布和水桶的清洁女工吵架，不是上次我看到的那两个，是另外两个，但是他们吵架的内容却是一样的，哪里擦得不够干净，为什么要扣工钱，我一边整理文件，一边听着南方口音和北方口音纠结着争吵着还要互相停下来重复对方没听懂的话。那小伙子气势上显然不是对手，但他的耐性和不屈不挠让他取得了最后的胜利。我还是头一次看到一个人的工作主要就是吵架的，而我这一天的工作是整理文件，打扫一下总经理办公室，然后看人吵架。每吵完一场架，那个戴眼镜的小伙子就很无奈地和我抱怨几句，说自己其实也讨厌这样婆婆妈妈的事，他并不是天生应该干这种工作的，我朝他笑笑，屋子里的墙壁还散发着石灰的味道，空旷的楼道里不断传来电锯声、敲敲打打的声音和工人们的吵闹声，窗外的灌木正吐着新芽，大风吹过时无声地在阳光下摇摆个不停。这新生活比我的旧生活更糟糕，我真想站起来，转身离开这间屋子回家去，但是我没有，我吃掉妈妈给我装好的午饭，又在这间屋子里和这些跟我毫无干系的陌生人待了一下午，墙上的钟指向五点半，我才骑上车从这个城市的西边回到东边去。这世界上很多人都是这样过的，开始时不甘心，慢慢都会习惯，觉得自然，也许我只是需要点时间，让自己也和这令人讨厌的世界融为一体，不然你想怎么办？

“晚上张总请办公室的人一起去唱歌。”刚进家门，姚经理的电话追过来，“他请你也去，我们一会儿开车去接你。”

“张总？”我困惑不解。

“他说下午你们见过。”

“啊？”我这才想起下午那个到办公室转悠了一圈的中年男人，瘦瘦的，长着一张猴子脸，他看姚经理不在，便在我身边站了一会儿和眼镜男说话，然后走开了。他走了之后，眼镜男告诉我说那是我们香港来的大老板。

“大家都去吗？”我有些不知所措，毕竟我才上了一天班，不知道这种场合该不该拒绝。

“刘会计也去。”姚经理说。我记得刘会计，是那位留着齐耳短发，眼睛像铜铃一样大，看上去很朴实可靠的大姐。

“好吧。”我说。我放下电话后赶紧去吃晚饭，脱掉上班时的裙子，换上牛仔裤和白衬衫，外面下起了蒙蒙细雨，这是北方少有的黄昏，没有落日余晖的光线，一切都笼罩在暧昧阴柔的深灰色里，我的心中莫名地忐忑不安。以至于那辆丰田轿货两用车停到身边的时候，我都没有看见。

“不是说刘会计也来吗？”看到车厢里的五个中年男人一个也不认识，我便问驾驶席上的姚经理。他鼻梁上的变色眼镜已经完全透明，但是我依然看不清他的眼睛。

“这是总公司的刘会计。”姚经理指了坐在后面的一个男人对我说，那男人冲我点了点头，这下我可有点糊涂了。“上车吧。”姚经理说，大家都在看着我，我也只好打开车门，和三个男人挤在了后车座。车上没开空调，窗户是半开着的，轻薄的雨丝从窗口溜进来，刘会计的大腿抵在我的大腿外侧，他的体温传了过来，令我觉得说不出的厌恶和痛恨。现在我已经恢复了思考能力，我可以确信确定以及肯定，姚经理是故意在电话中轻描淡写，故意让我误会。这是成人世界给我的第一个小圈套，是大灰狼给小红帽的圈套，是皇后给白雪公主的圈套，是后娘给灰姑娘的圈套，不，你甚至不能这么说，当你长大之后，你会发现原来在童话的世界里，即使连圈套都是这样的单纯，连大灰狼、恶皇后和后娘也是这么的可爱，他们是些坏家伙，但是他们不脏，也不令人恶心。故事中美丽单纯善良的女主人公，甚至可以在对世事一无所知中幸福地死去。而在现实的世界，那些成年人却可以毫不掩饰地把肮脏龌龊的毒苹果塞到你的手里，然后看着你对你说：“你给我吃下去。”而你呢？你想要一份工作，想要一个未来，或者你不懂得是否该拒绝，要怎么拒绝，于是你只有忍着恶心上那辆车，把那苹果吃下去，并且知道，不会有什么骑白马的王子来搭救。

我在第二天凌晨一点才回家。他们把我带到了我们这个城市里最豪华的夜总会，进了一个包房后，我被安排在那个长着猴子脸的男人身旁，其他人叫来了几个小姐。

“我不会喝酒。”我对给我倒酒的张总说，我在陪唱歌、陪跳舞这件事上表现得比较积极配合，但是坚决拒绝喝酒。

“这个姑娘很有前途呀。”猴子脸在我唱完一首歌，又搂着我跳完一支曲子后大肆地表扬了我，转身对经理说，“你可得好好培养，这可是个人才呀。”

“小唐你这酒量可得练一练。”经理也笑眯眯地对我说，“你太有潜力了。”

我点点头，一有机会就一首接一首地唱歌，唱得口干舌燥，猴子脸请我跳舞我就跳，跳得我脚痛，但是如果这样他已经很满意的话，至少我可以不用“练一练”喝酒。包房里灯光昏黄一片，那一晚除了猴子脸，没有别的男人来请我跳舞，他们都搂着各自的小姐跳，我想我成了猴子脸的专属，但是所有人的焦点都在我身上，连小姐们都不高兴了：这群人不大方，点的东西不多，又众星捧月似的捧着自己带来的学生妹一样的姑娘，于是她们也懒得调情搞气氛，只是闷闷地在那里唱歌喝酒。我仔细看了看她们，都是和我年纪相仿的姑娘，脸上化着精致的浓妆，穿的裙子也都是统一的，让人分不清她们谁是谁。刘会计想劝说一个姑娘和他一起唱一首歌，那姑娘闹气脾气来：“我不会唱。你们自己不是带小姐了吗？你跟她唱好了。”她故意把“小姐”两个字说得很响，我抬头看她，她也正在看我，我们的目光相遇，她狠狠地翻了我一眼，眼睛望向了别处。

外面一整夜都在下雨，我们离开的凌晨，街道上所有楼房都黑着灯，只有昏黄的路灯在雨中矗立着，雨丝在光线下细密交织，我们家住的大院也在寂静无声的漆黑中。我下了车，为自己终于安全了而大大松了口气，大家和谐地道别，好像认识了很久的老朋友一样，回到家，家人都已经睡了，没有人给我等门，也没有人担心我被狼吃掉，就好像我不曾存在一样，谁也不知道我曾在那个现实的世界里，经历过怎样的险境，终于平安归来。我脱掉所有的衣服，光着身子钻进被窝里，听着外面的雨声，想着外面的黑暗和屋子里的黑暗，这屋子里的黑暗让我觉得温暖。即便是被整个世界遗忘的孩子，只要头顶有一片瓦，身上裹着一床被，也有幸福的片刻，在入梦的刹那间，忘记那成人的世界，回到白雪公主的城堡，重燃火柴，照亮那没有痛苦，没有孤独的永无止境之地，那里什么都没有，连爱情也没有，连亲情也没有，因为极度的平静与幸福根本不需要爱，也不需要恨，不需要这所有的一切……

“你昨天到底干什么去了？几点回来的？”第二天一早，林铎来敲门，把我从梦里揪了出来，兴师问罪。

“那你为什么要上车？为什么跟这帮人去？”他的脸成了铁青色。

“什么叫没办法拒绝，你就是想去玩。”他的声音又尖又涩。

“你立刻给我辞职。周一就去。”他在屋子里走来走去，暴跳如雷。

清晨的阳光洒在我的被子上，洒在地板上，洒在他的身上，他修长的腿上，他的身体多么美，特别是在这样的一个早上，我看着他，感觉自己多爱他，我爱他爱得可以承认一切莫须有的罪名，只要可以不争吵，但是我知道这一天不可能安然度过，也许明天，也许后天，也许整整一个星期，他都不会放过我，他要惩罚我，他最喜欢惩罚了，惩罚我的不忠不义不屑……管它是什么，他要惩罚我，他总是有办法惩罚我。他言辞尖利，把我说得哭起来，我的白马王子，你终于骑白马来看我了，用你手中的剑，刺穿了我的身体，刺进了我的心脏，又一次。然后再吻醒我，抚摸我，与我做爱，带我飞，带我去你的城堡，再杀死我，又一次，又一次，一次又一次。

“我这辈子肯定是赚不了很多钱了，但是哪怕我只有一块饼，也会分给你一半。我会养你，别担心。”看到我哭得厉害，他终于也冷静下来。

“那得给我大的那半儿。”我抽泣着说。

他笑了：“乖，咱不干了，不受这份儿气，你还有我呢，我会养你的。”

我点点头，骑上我的车，穿过这个城市所有的大风去辞职，顺便把我的东西取回来。在门口遇到了姚经理，他正在看一群工人翻修花坛，听我说不干了，也没有挽留我，只是表现出很惋惜的样子，说：“太可惜了，本来还想好好培养你呢。”

我看了看他，他的镜片在阳光下变成了深褐，他的眼睛已经完全看不到，我不想再说一句话，转身走掉了。

二七

我跟林铎说夏念需要做手术可是她没钱，我也没钱，林铎二话没说去银行取了钱给我，我点了点，还多出二百块，我不解地看着林铎，他说剩下的钱你拿去买点东西给她补补吧，我便感激地扑上去搂着他的脖子一通猛亲，亲得他最后直喊受不了，说再这样他可上不了班了，我黏在他身上说那别上班了嘛，他说你别胡闹，然后把我从他身上扒皮一样扒下来溜去上班了。我躺在床上偷笑了一会儿，你在一个男人身上点了火，就会收获满满一下午的思念，这是爱情的游戏，让生活有滋味。

进入四月，天气突然热了起来，每年这个时候，人们的穿衣指数都是乱七八糟的，坐在街角的麦当劳里，前一个进来的人还是穿着羽绒服的大叔，后一个进来的可能是一个露着胸脯和大腿的姑娘。我总是在春天快要过去了，才对春天有所知觉，等想起来该换春装的时候，满街的年轻人都已经换上夏装了，我穿着厚厚的衣服去找苏金金，浑身燥热地在她家楼下等，过了一会儿，她蹦蹦跳跳地下楼来，穿着丝袜，露着大腿，亲亲热热地挽起我的手，陪我去菜市场买菜。

“呵，我可嫉妒死啦。”我想买只乌鸡给夏念煲汤补补，她酸溜溜地对我说，“怎么没见你对我这么好呀。”

“你也去做手术呀。”我说。

“你怎么不盼我点好啊。”苏金金笑。菜市场里人声鼎沸，鲜肉区的水泥地滑腻腻的，泛着各种混合的腥味，昏黄的灯光下，案板上是各种各样动物的肉，后来夏念开始吃素了，总把那些叫做动物的尸体。她开始吃素没有经过任何人的诱导和劝解，只是有一次她去菜市场买肉，一转身看到笼子里有一只准备现杀的活鸡，那只鸡也正从笼子的缝隙中瞪着眼看着她，她和那只鸡对视了一会儿，出来就吐了。从此以后她就宣布她再也不吃肉了，而且每次看到别人吃肉的时候她都会告诉人家你这是在吃动物的尸体。她这样太招人烦了，久而久之，大家也不怎么跟她一起吃饭了，只有我还会跟她一起，想吃素的时候就跟她吃素，想吃肉的时候就吃肉。“你今天吃尸体吗？”她总拿着菜单问我。“吃啊。”我总是说。或者说：“不啊，我今天跟你吃素。”

奇怪的是，我在第一次听她宣布吃素，说我们都是在吃动物的尸体这样的话的时候，我想到的是那个丁香花飘香的下午，从她的身体里剥离出去的孩子，那也是尸体吧，或者说，因为它们还没长成，所以不能管它们叫做尸体？我想象着医生让夏念双腿分开躺在手术台上，用扩宫器把她的阴道打开，把刀伸进她的身体内，一点点地刮着她的子宫壁，把那对双胞胎从它们的母体里活生生地剥离下来。难道它们没有出生，从未成为一个完整的生命，所以它们就不叫尸体？也不能说，夏念曾经杀死过自己的孩子对吗？

“你真残忍。”有一次夏念又跟我说到“动物尸体”的时候，我对她说了我一直想的这件事。她朝我直瞪眼，我不理她，只顾切自己盘子里的牛排，她看着那牛肉，突然站了起来，走到洗手间去呕吐，回来之后在我面前坐下说：“你真残忍。”我想了想残忍这个词儿，点点头。“是啊。”我说，“可我活得还行。”

“你呢？”我问她。她翻了我一眼，不置可否。

那以后她再也不提动物尸体这样的话了。有时候她甚至可以陪我踏进菜市场的鲜肉部，我和肉铺掌柜热火朝天地砍价，她就在一旁安静待着，好像一切尸体或者生命都与她无关，她不过是来参观坟墓的。苏金金可是大不同了，有苏金金在身边的鲜肉部，案板上摆着的都是冒着热气的鲜活血肉，是生命本身，是较着劲儿活下去的好兴致。

不过这些都是后来才发生的事，此时当我和苏金金站在一大排光溜溜的鸡的尸体之前一筹莫展的时刻，夏念还没有吃素，刚刚打掉了个孩子，确切地说，可能是一对双胞胎，所以我想她也许需要吃一点动物尸体熬制出来的汤汤水水，来滋补一下她那副还没有成为尸体的皮肉。

“这哪只好啊。你会挑吗？”苏金金问我，案板上的乌鸡只有两三只，恶心兮兮地横躺着，我俩对着这三只黑不溜秋的东西研究了好半天，我学着妈妈的样子淡定地翻来覆去地扒拉着那三只黑色的尸体，最后挑了一个最小的。小的也许便宜点，我想，大的鸡就是老的鸡，老的鸡一定是不干净的，就像人一样，活了一辈子，吃了不少乌七八糟的东西，思想也是乌七八糟的，人吃了老的鸡也会变得乌七八糟，虽然人已经够乌七八糟了。

“不对，”苏金金坚决否定我说，“如果是像史冯那样生下来就是九斤多的巨婴呢？你怎么知道鸡就不会有大个子小个子之分。也许你挑的最小的鸡却是最老的鸡呢。”

卖肉的老板用惊奇的目光看着我俩，然后咧着嘴乐了，说，小妹妹，这只鸡就很好。我心里有些不高兴，苏金金不应该在老板面前揭穿我不懂鸡的真相，她最近总是有点儿故意和我作对，也许是因为史冯的妈妈不断地对他们和史冯爸爸施加压力，她找工作的事情也泡汤了的缘故，她再也不能去和她认为的那些好的比了，只能和我比了。

可是和我比有什么意思呢，我是个穷光蛋，买只鸡还要挑最小的，我的男朋友也是一个穷光蛋，他一个月只能挣五百块钱，还要拿钱出来给我去帮朋友。他工资只开五百块钱是因为单位太穷了，现在只能给他开这么点钱，他们曾经很有钱，但是他一去这个单位没多久，这里很快变成了一个很穷的地方，最后一点财产也被人瓜分干净了，没多久就会穷得连个穷光蛋都养不起了。我曾经去过一次他工作的地方，在要坐很久很久的车才能到的远郊，在一幢空旷的大楼里，我们走过长长的走廊，窗外是光秃秃的旷野和呼啸的北风，几个人还象征性地在值班，他的同事正点着一个小电炉，用茶缸煮方便面当午饭，剥下廉价香肠的塑料肠衣，拿着水果刀往咕嘟咕嘟冒着热气的茶缸里把它切成小块。因为刚刚做了爸爸，他的同事成了比他还穷的穷光蛋，一边用筷子翻动着茶缸里的方便面，一边一筹莫展地对我们说：“有时候孩子一哭，我就想把他从楼上的窗户扔出去。”

现在苏金金只能和这样的我比了，她美好的爱情和事业都有落空的危险，而至少我和林铎的穷爱情还在，我想她会不会是因为这个有点不高兴。但是爱情是多么重要的事，如果一个姑娘真的快要把爱情弄丢了，那么她有些焦躁也是可以理解的吧。于是我熬好鸡汤，在装去给夏念前先端一碗给她喝。

“比你妈手艺可差远了。”她说，“比我可强多了。”

我很得意，这可是我第一次给人熬鸡汤，竟然能这样像模像样，我觉得我必须逼着林铎也喝一碗，他勉为其难地喝掉了，样子好像我是在逼着他下奶一样，喝完之后，在我一再追问之下，还肯定了我的手艺。

“怎么没见你对我这么好啊？”他的问题和苏金金如出一辙。

一个人对另外一个人好，为什么要被问“为什么”呢？但是连夏念也这样问我的时候，就连我自己都觉得这是个问题了。

“为什么对我这么好呀？”她说，她暂时不想喝汤，只是看着那碗汤发怔。

“我也不知道啊，就那样吧，没什么。”我正在和她家的猫玩得起劲。

“没什么是什么呀。”

我想起早上看书看来的酸词儿，用这儿挺合适，于是背给她听：“因为这个世界上每个孤单的孩子，都应该至少有一个人爱她。等你找到那个爱你的人，就不用我来爱啦。”

她沉默了好一会儿，然后坐起来，伸手端起汤碗喝了起来，她喝得很慢，我抬起头想问问她味道如何，发现她在哭，眼泪大滴大滴地往碗里掉，我想她也许是不希望我看到她哭，就假装没看见，继续和猫玩，心里想着那又涩又咸的、落在鸡汤里的泪水。

妈说得对，做汤不能放太多盐。

二八

家人托亲戚帮我在一家国有资产的产权交易公司找到了一份工

作，这次的老板是一个白白胖胖的中年男，他的身材巍峨，皮肤吹弹可破，这种身形的人，通常都会给人乐观开朗的印象，不过他最近刚刚失婚，每日喝酒，终日一脸愁容。我在他的办公室坐了不到一分钟，什么问题也没有被问到，也来不及问任何问题，他就直接叫人给我安排办公室和办公桌，然后继续把自己埋在他那张老板椅里，不停地给人打电话。他的办公室很大，身后有两扇落地窗，可是却总给我一种阴沉沉的印象，连公司所在的那整整一层楼都是阴沉沉的。

我心里很明白这是一份被安置的工作。所谓被安置，就是你的存在是一个麻烦，所以必须想办法给你找个地方待着，于是帮你找工作的人不得不接受委托，而负责接受你的人也不得不敷衍你所委托的人，你就被安置在了某处。这安置与你的未来前途爱好发展什么的皆无关，没人会替你操心这些，你如果服从安置，你的家人，中间人都松了一口气，以后可以继续当你不存在，然后各自忙他们的去，你如果不服从安置，就会给大家都增添不小的麻烦，所有人都要重新想去处安置你。于是当家人告诉我有个地方我可以去，我就去了，为什么不？反正我的一生总好像是屋子里多出来的一样东西，扔了可惜，留着又得想办法找地方放。所以一直都是这样被安置来安置去的。我的父母很幸运，一辈子都有组织负责安置，所以他们并不懂得如何安置他们的孩子，这让他们觉得很厌烦，也常常让我为我自己的存在而感到很抱歉，不过好在也没缺衣少食，也有书念，每天也会背着个书包到什么地方去，也没有未婚先孕，没自杀，没有和人私奔，就这么普普通通地长大了。我已经习惯了不存在，在家里不存在，在学校不存在，在哪里都不存在，这样也挺好不是吗？现在只不过多了一个不存在的地方，是一座办公楼的某一层的某一间办公室里，其实这对我来说都一样。我只在一个地方存在，那就是在我和林铎的世界里，他需要我，在乎我，哪怕是和他吵架总让我哭，却让我感到自己真真实实地存在着，这就足够了。

“放心吧，还有我呢。”林铎知道我对被安置的工作并不满意，但是他觉得没关系，他说过要养我，就会说到做到，他已经从公司辞职，不想再服从再就业安排，在一家文化公司找到了销售的工作，打算努力赚钱。

“文化公司，那是卖什么的？”我不解。他拿了几盘录像带来给我看，一个男人穿着西服出现在屏幕上，简短打声招呼之后，就开始滔滔不绝地讲起课来，这样的课我从来没听过，和我们大学时候的不一样，没什么知识点之类，就是在讲如何为人处世，如何管理，如何成功。当时我不知道这就是很多年后遍地开花的成功学，我只是蜷缩在林铎的怀里，在黑暗中看着屏幕一闪一闪，在一个男人滔滔不绝的讲述中昏昏欲睡，对有人想把这种夸夸其谈卖给其他人感到难以置信。

“这是你们老板？”

“是啊。”

“这玩意儿一套要卖三千块？”我问。

“你不觉得他讲得挺有道理的吗？”

我没再说什么，我们公司也经常会接待这样的推销员，他们拿着这种东西，背着一个大包，穿着蹩脚的西服，扎着领带，挨家公司去敲门，因为太热而满脸是汗，总是探头探脑地进来，一脸的讨好和卑微，常常还没等我看清楚他们的样子，就被前台礼貌而冷漠地拒绝，只能灰溜溜地离开。每次我看到他们，都对他们低下到毫无尊严的姿态有复杂的怜悯和厌恶，怜悯是因为我觉得他们可怜，而厌恶，是因为我讨厌这可怜，讨厌他们唤起我怜悯的姿态和讨好的表情。那时候我还年轻，心高气傲，无法心平气和地看待这种为五斗米折腰的事，我总是把头转过去不看他们，但现在我怎么能避得开呢？我看到林铎脸上那狂热的表情，这种狂热，是只会在那种被生活所迫的穷人脸上看到，当他们将一个微小的希望看做人生全部未来时，它甚至比卑微本身还让人难过，因为你知道那希望终将破灭，你清清楚楚地知道当它彻底地燃尽之后，会留下怎样的绝望，但是你只能看着它慢慢变成绝望，你想在这之前唤醒一个人，却根本没有办法。

他是这样一个骄傲而敏感的人，一直以来在我的面前，我的家人和朋友面前不肯低一点儿头，现在也要去做这样的事吗？我想到我成了那被我怜悯和厌恶的推销员的女朋友，便有一种不得已被拖下水的如鲠在喉的感觉。啊！我要被淹死了，我要被这琐碎的生活淹死了，爱情多简单，但生活是这么复杂，你要如何接受一个不断要求你无条件服从甚至是仰慕的男人，却把自己的尊严那么随便就交给那些连你都瞧不起的人去践踏呢，如果是这样，我自己又要多低下才算是个头呢？

“放心。”他拍拍我的头，“等我攒到钱，咱们就结婚。”

“我是心疼你。”我难过得快要哭了。

“别怕，只要我们在一起，一切都会好起来的。”他说完这句话就与我吻别，然后跳上一辆公共汽车走了。公共汽车是带他去火车站的，那里有他的新同事在等他，他们将一起去那些陌生的城市，走陌生的路，到陌生的写字楼里去，被陌生人冷淡或者拒绝。陌生人到哪里都是一样的陌生，这倒使他们彼此成了最熟悉的，甚至是最亲近的人，我试着想象了一下那感觉，也许像戴着面具在街上裸奔，因为你只是一个推销员，一个身份，不是被某个人爱着的谁，也不是爱着谁的谁，没有人认识你，所以即使颜面尽失也无所谓，爱谁谁。

是因为这个，才让他可以容忍这份工作的吗？和陌生人在一起，远比和我们这些爱他的被他爱的人轻松。我站在黎明的曙光中望着带他远去的公共汽车，很多乱七八糟的念头划过我的脑海，又瞬间消失。一个环卫工人在扫地，笤帚划过柏油马路，发出唰唰的声响，马路上有马粪和晨练的人。我恨这黎明，我恨所有的黎明，我从不惧怕黑夜，但是我恨黎明，我从小就想在黎明时刻死去，这样就不用迎接什么劳什子的人生新的一天。我觉得一个人如果选择自杀，就应该选在黎明，因为黎明是干净的，它是比一天里的任何时间都干净的时刻，比下午三点，比晚上六点，甚至比半夜十二点都干净，很多人都不知道时间也有干净和污浊之分，但是我知道，我知道人如果一定要死，就应该在黎明的时候死，这样最干净。但是我也恨这个念头，我害怕它，所以每次我都故意一觉昏睡过去，睡过四点，五点，六点……然后在阳光里醒来，发现自己还活着，又混过了一个黎明，便长舒一口气，安下心，继续过接下来的一天。吃饭，上班，和朋友逛街，到了晚上，当我看新闻联播的时候，也许还会接到一个电话，电话那边传来一个男人急促的呼吸声。

“喂。”我说。

对方不说话，只是喘气，我知道又是那个人。

“我的手正握着我的鸡巴……”对方终于开了腔。果然是那个人，我仔细听了听，虽然觉得那声音特别熟悉，一定是我认识的什么人，但是我依然听不出那是谁，我强忍着愤怒听了一会儿，还是放弃了，挂了电话。过了一会儿，铃声又响起来。

“喂。”我说。

“小唐。”听到史冯的声音从听筒里传来，我松了口气。

“我还以为又是那个流氓，”我说，“刚才他又来电话了。”

“还是听不出是谁吗？”史冯问。

“听不出。”我说，“声音特别熟。”

“不然报警吧。”

“报过了，说是打的公共电话。”

“嗯。”他的声音心不在焉。

“你怎么了？”我问。

“我和金金分手了。”

“啊！为什么。”

“我家里不同意，”他说，“我跟她提的分手。”

“这个我知道。”

“她没告诉你吗？”

“没有啊。什么时候的事？”

“上个星期吧，我很担心她，你能替我多陪陪她吗？”

我放下电话，电视里已经开始播国际新闻，什么地方又发生了武装冲突，一个燃烧的瓶子被扔在马路中央，升起了一撮火苗。

我拿起电话拨了苏金金家的电话，接电话的是她，我告诉她刚才史冯给我电话了。她沉默不语。

“要我过去陪你吗？”我说。

“这种事难道不能等我自己说吗？”她很生气。

“他也是担心你。”

“你们难道就不能给我留点面子吗？”

我有些吃惊，我们从前不需要彼此留面子，因为不存在没面子，不会在出现重大事件二十四小时之内还不互相告知。

“你还好吧？”我小心翼翼地问。

“不好。”她闷闷地说，“我明天去找你吧。”

“行。”我说，顺便瞄了一眼电视上正在播报的天气预报，天气晴朗，万里无云，明天是个好天气，好得像小学生作文里的一样。

二九

夏天的夜晚，我和苏金金坐在我家门口的马路边喝啤酒。开始时我们打算找家酒吧喝，我们俩都没去过酒吧，一是因为胆子小不敢进去，二是因为那里消费高，我俩都没什么钱。不过苏金金自从失恋后，就发了一笔小财，家里人给了她五百块钱做失恋基金，让她自己愿意买点什么就买点什么。但是她现在什么也不想买，她还穿着上个星期我见到她的时候穿的那件T恤，头发也好几天没洗了，脸上没化妆，一副要死不活的样子，她说她什么也不需要，只想喝酒。于是我俩第一次手牵手走进酒吧，就像从前我俩手牵手去做很多事一样，灯光照着她的白T恤和我连衣裙上的白花朵，发出湛蓝的荧光，把她的脸映衬得黑黢黢的，有些诡异。酒吧里音乐声太大，说话基本靠吼，开始时我们还很兴奋地互相对着吼，过了一会儿就累了，两个人就各自黑着一张脸，一人一瓶啤酒，闷声不吭地相对而坐。两个男人过来搭讪，一边一个地坐在我们身旁。而我们依然黑着一张脸，我总是摇头表示听不清对方说话，过一会儿他们也吼累了，也开始闷声不吭地喝酒，坐在我身边的那个男人长得还不错，他的衣服没有反光的东西，他的脸不黑，但他的整个人都是黑的，面目模糊，好像一个影子。这不如我想象的有趣，可怕，刺激。“我们走吧。”这时候苏金金不耐烦地说，“离开这里。”于是我们丢下坐在我们身边的男人，回到大街上。

“去哪儿呢？”我问她。

“不知道。”

“那就走走吧。”

“好。”

我们沿着这个城市最直最宽的路一直走一直走，夜色已深，路上的行人稀少，风吹着我们的头发。我们一直走，苏金金唱起歌来，大声地唱，一首接一首，她的歌没我唱得好听，但我此时不想唱歌，于是我只是拎着我的啤酒跟着她。她唱了一会儿，觉得不过瘾，干脆扯开嗓子嗷嗷地叫起来，迎面而来的中年女人狐疑地看看我们，在即将擦肩而过的时候远远地躲开了。我笑出了声，说要再多点酒才好，她表示赞成，我们冲进路旁的一家小卖部里买了一包烟和一打啤酒，塞在我的背囊里，背着继续往家走。我背累了就换她背，她背累了再换我背，两个人都累了，就找个地方坐下来继续喝，抽一根烟，歇一会儿再走。

“我想撒尿。”苏金金突然说。

“我也要。”我高兴地嚷嚷，我们奔到一棵大树下，解下裤子并排蹲了下来，为了不被人发现，我俩都没有说话，四周静悄悄的，只有身后的车轮声和车灯的光柱在我们对面的围墙迅速扫过，只有我们把尿撒到草地里的声音。我已经很久没像小时候那样在大树下蹲着撒尿了，让青草的草尖戳着屁股，闻得到花香，看得到星星在眨眼。我突然笑起来，苏金金也笑出了声，一边笑，一边拎着裤子蹦起来，又开始唱起歌。这条路很长，是城里最长的一条路，我们从东走到西，一直走到我家楼下。此时已经是凌晨一点钟的光景，我们还有一些啤酒没喝完，于是我们打算坐在台阶上把啤酒喝完再进去。

“你知道吗？有一次史冯到我家吃饭，正好桌子上有一盆虾，他说他懒得吃这么费劲的东西，我就剥虾给他吃，剥一个就往他碗里丢一个。后来虾都吃完了，我才发现我一个都没吃。”

“你对他真好。”我说。

“对人好有用吗？”她问我。

“不知道。”

“我看没什么用。”

“也许吧。”我说，心不在焉地把目光望向远处，然后用胳膊肘捅了捅苏金金，说，“你看……”

一个巨大的红色的气球远远地出现在路的尽头，正缓慢地向我们飘移过来，我俩都默不作声地盯着它看，等它慢慢地飘近了，才发现下面还坠着一个男人和一辆二八自行车。男人正使劲地蹬着自行车，一边奋力向前，一边时时和头上这只要挣脱地心引力、蹿到黑暗的夜空里去的庞然大物较着劲，他们被绑在了一起，成为一体，这样飘浮在夜色里，仿佛是一场梦境，要么他带着它向前方去，要么它带着他向天上去。男人看到我们有些吃惊，转而犹豫了一下，一只脚踩在马路牙子上停了下来。

“请问，皇后夜总会怎么走？”男人问。

苏金金很高兴地指指前方：“向前走，第二个路口右拐。”

“谢谢。”男人说，和他的气球渐渐飘远了。

“你记错了，其实是第三个路口。”等到那气球和男人双双看不见了的时候，我说，并且非常非常想笑。

“那你怎么不告诉他。”

“不知道。”我突然笑起来，“我不想让他去皇后夜总会。最好那气球带着他升天去。”

“到天上去，飞到天上去……哈哈哈。”她反复念叨着这句话，也开始笑了起来。

“气球会爆炸。”她说。

“那就爆吧。”我笑得更厉害了，她也不能自制，我们又说了几句话莫名其妙的话，无论谁一开口，都会引发一阵爆笑，最后只好谁都不再说话，专心致志地笑起来，笑得喘不上来气，发不出声音，眼泪也笑出来了，可是我不知道我为什么要笑，有什么事情这么好笑，我只想笑，发狂地笑，就像小时候那样使出浑身的力气来大笑，大人们总是莫名其妙地看着我，以为我有神经病。我还想躺下来笑，于是我把身子就势往后一扬，躺在了地上，苏金金也躺了下来，我听到她的笑声渐渐地停止，最后我们都不笑了，也没什么话可说，在一片寂静之中，只有星星在深蓝色的天空中，那么远，那么近……

“我好想他。”她说。

我也想念我那在远方的男孩，但是我什么都没有说，因为我的男孩虽然在远方，可是他还在我的世界，而她的男孩已经走出她的世界。她的孤单，我不知道要怎么面对，我想她也只能自己去面对吧，黎明就要来临，我的朋友，也许我们该起身回家，回到我们温暖的床上去，你尽情地流泪，我尽情地相思，然后在天亮之前睡去，在入梦前暗暗告诉自己，等醒来的时候，一切都会好得跟昨天一样。而此时此刻，你只有我的陪伴，我很遗憾。那只红色的气球，它不能带我们到天上去，它不能在空中爆炸，然后将我们狠狠地摔到地上，粉身碎骨。它要到皇后夜总会去，很多气球都要到皇后夜总会去，到国王夜总会去，到大臣们的夜总会去，到塞满了妓女和嫖客的小丑夜总会去。而我们呢，我们回家去，回到我们平凡的小屋里去，做我们平凡的梦，我们会在梦醒之后互相告别，你去找你的工作，找你的爱人，我去上我的班，等我的爱人。其实我们的日子并没有什么太大的区别，有爱情或者没有，都是平凡的令人厌倦的生活，有爱可做或者没有，都是寂寞的孤独的生活。你说人们是因为害怕，为了躲开孤独和寂寞，才要到各种各样的夜总会去吗？他们把巨大的气球摆放在门前，假装生活随时可以飞起来，却又为了不让它飞，要在下面坠上几个难看的红色砖头。人类是多么虚伪而又喜欢自欺欺人的东西呀。可是在此时此刻，在我陪着你躺在这星空下的这个时刻，我知道有些东西是真实的，比如现在我饿了，我们没有吃的，只有啤酒，这就是真实的，比如现在我很难过，想哭了，却没有眼泪，这也是真实的。头上的星星一闪一闪的，离我们越来越近了，那些星星也是真实的，我说你睡着了吗？你说没有，你说你冷了，这冷也是真实的。于是我们站起来走掉了，把没喝掉的啤酒留在马路边，把梦一般的真实的生活留在马路边，明天一早，清洁工人就会把它扫掉。而我们要回到真实的梦里，假装什么都不曾发生过一样，把虚伪的生活丢到梦的外面去。

“你说，对人好有用吗？”苏金金问。

“不知道。”我说，“我看没什么用。”

“可是我还是忍不住想对他好。”她说。

“我也是。”我说。

“我不后悔对他好。”她说。

“我也是。”我说。

三十

班级最后一顿散伙饭，班长通知到我，还特地嘱咐我告诉夏念一下。我问夏念，你来是不来？夏念摇了摇头说，太麻烦。她回学校办理下学期的复课手续，并没有要去见见任何人的意思，但却不排斥到二号楼下面的小面馆里吃碗面。还是那些清汤寡水毫无滋味的东西，还是热气腾腾的人来人往，只是来去的已经多是新面孔，同学或是旧相识，现在纷纷有了工作，手头宽裕点，都不再吃这劳什子了。只有夏念这等对食物无知无觉的人才会说无所谓。我们走在校园里，三三两两地遇到熟人，这分别在即的日子，大家都其言也善，有的见到夏念，还大老远地跑过来打招呼，很真心的热情，让人感动。老师们看到她也纷纷主动地表示慰问，这让我有些吃惊，随即又一想就明白了，一年前离开这里的时候她是经济系副主任的女儿，现在是系主任的女儿，也许今后还会是经济学院院长的女儿，刘教授虽然不怎么去医院看女儿，但显然确实是在忙着做正经事，这一点从人们见到夏念的反应就知道了。我是家道中落的家庭出来的孩子，想起找工作的时候，母亲领着我去拜访曾经的老部下时的样子，再看看夏念的待遇，内心不禁凄惶。

“不如你也考研吧。”夏念说，“我妈肯定愿意帮忙，她挺喜欢你的。”

“我不想考。”我愤愤地说，“我恨这个鬼地方。”

“我也恨啊。”她说，“可这有什么关系。”

“我受不了待在一个自己讨厌的地方。”我咬牙切齿地说，“难道你受得了吗？”

“有什么受不了的。”她笑了，“我是一个精神病院都待过的人。”

我开始有一点怀疑自己到底是不是太任性，太愤世嫉俗了，因为我发现自己竟然恨所有我待过的地方，小时候我在艺术学院厮混玩耍，我开始讨厌艺术学院，妈说让我大学考那里，我坚决不肯。我在部队大院里长大，我也恨部队，大人说让我去考军校，我也坚决鄙视，我不明白那些大人们是怎么回事，他们从那里回到家，谈论起那里复杂的事，都是满腹怨言，我虽然不是很懂大人们在说什么，但是作为一个小孩子，我却很清楚地感觉到那里的人对他们都不好，那里的人都在欺负我的父亲母亲，那里满是虚伪狡诈的一群成年人，可是等我长大之后，我的父母还想把我送到那些他们不满抱怨了一辈子的地方去。这种地方叫“单位”，对于他们来说，单位即世界，世界即单位，可是对于我来说，单位是牢笼，世界才是世界。所以我去了一个叫做“公司”的地方，这个词儿带着这个城市以外的气息，好像是被移植到这个城市里来的新细胞，它就要在这个长满了单位，马上就要腐烂的地方长出生机勃勃的萌芽，带来巨变，那里一定和爸爸妈妈的单位不一样。

我的很多同学兴冲冲地去了深圳，有的去了南方，他们写信回来给我描述那里不一样的新天地，林铎不肯去，他说：“父母在，不远游。”他是铁了心要死在这里，和这个城市烂在一起，所以我也只好陪他在这里烂掉，但是我想，也许我至少可以不到一个“单位”去，而是到一个“公司”去吧，“单位”是腐朽的可怕的世界，“公司”则是我从高中开始就向往的地方。我曾经看过的一些小说和电影里，出入公司的姑娘都高傲矜持，被人尊重也被人爱，女主角最后依靠自己的聪明才干得到了成功。所以我不考研，也不想去单位，我觉得热血青年应该到公司去，于是我每天穿过肮脏的街道，穿过树荫，穿过集市去那幢招待所改建的写字楼上班，终日无所事事地坐在偌大的办公室里晒太阳，中午的时候和大家一起到楼下的食堂吃饭。食堂里负责做“猪食”的大师傅似乎只会那么三五样，来回轮换着给我们做，从不花样翻新，一大碗米饭和少少的一碟菜，猪不吃人吃，而我们竟然真的也像猪一样越吃越胖起来。

“黄总，你吃饭了吗？”办公室主任抬头看到不知什么时候蹭到我们身后，正笑眯眯地看着我们的老板。

“还没有。”那白胖子绕到我们对面坐下，盯着我们手里的大海碗说，“反正你们女孩也吃不了这么多米饭。我去拿个碗，你们每个人分我点就行，别浪费粮食。”

可是菜呢？这每人定量的小小一碟猪食也要我们每个人分出一点点来给他吗？没有人说话，最后还是办公室主任跑去掏钱给他买了一份菜。他坦然自若地吃完，谈笑风生，这是一个不要脸的人，我从前没怎么见过不要脸的人，不知道不要脸还分段位，在学校的时候虽然也见过一些，但现在回想起来，嬉皮笑脸地被老师说两句，那都是不要脸的雕虫小技，只有一个男同学，他的不要脸令我们全班都震惊，还有个男生恨不得要纠集了哥们儿去揍他，后来他果然也当了老板，成了我们班最有钱的人，当年要揍他的男生结婚的时候，同班的同学倒是谁也没有请，独独请了他，而他竟然去了。

这就是那另一个世界吗？这就是出入高级场所的一群人？可是这个叫做“公司”的东西，看上去比那个叫做“单位”的东西不仅好不到哪里去，反倒好像是更糟糕。黄胖子，大家都这么叫他，黄胖子成立了个公司，不是卖鞋卖袜子内衣裤的，而是帮助评估国有企业资产，帮助国企卖产权的，产权怎么卖？为什么卖？这些我是不太懂的，我只知道这看上去很大很厉害的生意，比卖鞋卖袜子内衣裤难得太多了，以至于黄胖子常常神秘兮兮，四处打通关系，喝得烂醉如泥。有一天早上，我去他的办公室，发现他睡在沙发上，肥胖的一摊身躯上盖满了昨天的报纸，他在报纸下打着鼾，动一动，报纸哗啦地掉在地上，我不知道是应该捡起报纸帮他盖上，还是就这样走掉，最后我选择了后者，穿过走廊，回到我的办公室，继续坐下看我的书。

这世界所有欣欣向荣的景象都不能走近，走近看总是一副破败衰容，哪里有真正的新世界？肯定不是这里，也不知道在哪里。公司不是单位，公司是单位的公司，公司员工是从各个单位被驱逐出来的这里那里的同事，一切看上去新的东西都是长在旧的树干上的新叶子，这让我困惑不解，只好继续看我的书。我正在看的是一本会计速成理论，林铎鼓励我说，也许考一个会计证将来会更有着落。而我刚刚念完会计的高中同学却正在补英文，其实我们谁也不知道学这些到底有没有用，只是狠命地去抓住这小小的期望，冀图在这个世界再变化时，内心至少可以安稳一点儿。

“夏念不来吗？”在班级散伙饭局上，只有史冯一个人问了我这个问题。一桌的男生们已经喝得差不多了，桌子上的饭菜却不大有人动，我正在啃一只鸡爪，听到史冯的话摇摇头，班长走过我身边，从女生的那一桌把姑娘们不喝的酒都拎到这一桌来，姑娘们早已散去，她们和班里的男孩们这种老死不相往来的状态一直坚持了四年，到了最后的散伙饭，也是男生一桌，女生一桌，然后各自道别，男生们情意缠绵，端着酒杯互相敬酒，女生们则围坐一起，彼此虎视眈眈，她们三分钟之内消灭了桌上的一条鱼，半个小时之内填饱肚子结束战斗，然后用二十几分钟坐在那里大眼瞪小眼，直到可以体面地离开的那一刻到来，马上擦擦嘴绝尘而去，整个的过程，没有人哭泣。

我坐在男生的桌子前一边拆下一只鸡翅膀来啃一边想，女人是比男人更绝情的动物吗？或者换个说法，女人绝情起来，可以比男人更绝情？我看着男孩子们喝醉了，搂肩搭背，有的窃窃私语，有的互相搀扶着去厕所呕吐，有的在哭泣，觉得男人真可爱，女人真冷酷，我也很冷酷。就在前两天，电视台来了一个记者和一个摄影师敲了我们寝室的房门，说是要做一个关于毕业班的节目，他们挨个采访了每个人，最后又让大家坐在一起唱骊歌，唱着唱着，竟然有女生哭了。我正好回来，她们招呼我也一起，我说我不唱，电视台的女记者很惊讶地看着我。

“同学，配合一下好吗？”她说。

我摇摇头，然后看着坐在对面下铺的几个女生，大家关系并不融洽，平日里只有相安无事的冷漠，这个时候竟然能够一起掉眼泪，我不能理解，便轻轻地走开了。

“这不就是煽情吗？”夏念听完笑，“我也会哭的。”

“你不会。”我说。

“嗯。其实是不会，”她不笑了，说，“挺傻的，被人煽情的滋味不好受。”

“真讨厌。”

“也没那么讨厌吧。”她说，“这种事儿也很正常。”

“你不觉得假惺惺的吗？”

“有时候也只能假惺惺地配合演一演呀。”

“你怎么变得那么随和了？”我问她。

“不随和不会被放出来呀。”她说，“还关在里面呢。”

我不相信夏念真的变得会演戏了，但她的确是随和了，其实她从前也挺随和的，但是她的随和是一种疏离人群，与世无争，苏金金也很随和，是真的走到哪里都很讨人喜欢的那种随和。不随和的其实只有我了，对了，还有林铎，我们两个不随和的孩子结成了同盟，和这个世界对着干，在共同和敌人作战，又要相互作战的过程中每每把自己战到筋疲力尽，体会着切肤的爱和无奈。无论如何，女人肯定是比男人更复杂的动物，冷漠的是她们，哭泣的也是她们，谁知道呢，有时候我觉得我搞不懂男人，现在我觉得其实我也搞不懂女人，我可能知道一点夏念，夏念知道一点我，我和苏金金曾经彼此无所不知，现在我觉得也开始有所不知了。这世间的事啊，世间的人啊，到底是知道的好，还是不知道的好？我也不知道了。也许是因为这样，男人和女人才会做爱吧，不需要知道，只需要拥抱就好，所有能进入的都进入，所有能占有的都占有就好，只是当所有的过程都结束，也许你会发现，原来不知道的还是不知道，所有的男人知道女人，或者女人知道男人都是假象，那么女人知道女人吗？风吹来了，雨下来了，我的脑子又混乱了，人的脑子都是被自己搞乱的，我于是把这一团乱七八糟纠结在一起分不清哪个是哪个的问题扔给夏念。

“神经病。”夏念说。

我说：“你才是呢，你是有专家认证的神经病。”

“我是精神病，不是神经病，”她纠正我说，“神经病和精神病不是一回事。”

三一

自从和林铎谈恋爱之后，我渐渐地变得不漂亮了，这件事没有人告诉过我，我自己也没有察觉，连苏金金和夏念也从没提起过，也许是我们彼此太熟悉了，相见时总是各怀心事，有许多更要紧的话要彼此交代，也许是因为一切太潜移默化，你不知道这变化到底是什么时候发生的，她们也没有注意到。直到很多年后，有一天我对着镜子，突然看到一个面容发黄，身材发福的女人，才知道自己曾为这场爱情付出过什么。我回头在记忆里搜寻，自己当初是如何开始踏上成为黄脸婆这条不归路的，我想起了在没恋爱之前，我曾经也是个爱打扮的姑娘，虽然说不清楚算不算漂亮，但也经常被人夸赞美貌、会穿衣服、身材好之类的话。这爱好在和林铎交往之后，则为我惹来过不小的麻烦，我们在晚饭后出去散步，常常是两个人高高兴兴地一起出去，他臭着一张脸，两个人一前一后地回来，紧接着是关上门恶吵一架。开始的时候我总是丈二和尚摸不到头脑，怎么也搞不清楚这个人骤然之间冷却，不理不睬到底是为了什么。总是要到再三追问下，他才会说：“你以后不要再穿这件衣服。”这件衣服，指的是一件银粉色无袖衬衫，虽说是很普通的休闲款式，但是人人都夸我这件衬衫好看。

“这衬衫怎么了？”我困惑不解。

“我不喜欢你穿。”

“为什么？”

“你不觉得太暴露了吗？”

“哪里暴露了？”我说，“只是普通的无袖衬衫，满大街的女人都在穿。”

“满大街人吃屎你也吃屎吗？”

“你怎么这么说话？”

“我就这么说话。”

我不做声。心里还在遣词造句，想要沟通。

“能不能不穿了？”他先发制人了。

“可是我喜欢这件衬衫。”

“我就问你能不能不穿了？”

“这件衬衫没什么吧。”

“你知道经过市场的时候那些男人怎么看你吗？”

我忍不住笑了，但马上又收敛，因为他的脸色已极其难看。

“好啦好啦，别那么保守。”我试图蒙混过关。

“不穿这件衣服会死吗？”

“就为这个吗？”我说，“他们看我也不是我的错呀。”

“你不穿不就得了吗？穿个短袖会热死你吗？”

“你讲点道理好吗？”

“我就这样。”他愤怒起来，“不满意你找别人去。”

我沉默，他继续："你爱我吗？"

"我当然爱你。"

"那就听话。"

"这根本是两回事。"我说，"现在外面三十度，这么热的天，我只是穿个无袖衬衫而已。"

他腾地站了起来，拔腿就往外走，我拉住他。

"你又要干什么？"我说，"你能不能有一次好好说话？"

"你跟那些喜欢看你的男人说去。"他说，"你放手。"

"你为什么总这样？"我急得眼泪往下掉，"我是爱你的呀。"

"你去吃屎好了！"他一把把我的手甩掉，夺门而出。留下我被这大力甩得跌坐在床上，眼泪汹涌。这当然不是故事的结束，也不会是爱情的结束，没有人会为一件无袖衬衫而真正去结束一场爱情不是吗？最后我总会哭着妥协，他总会回来，然后为自己脾气不好，为自己不该夺门而去再一次道歉，并保证下一次不会再有这样的事发生，只要我不再穿那种衣服，他也一定会耐心地跟我沟通。

"你不知道你自己有多美。"他说，"看到那些男人看你的眼神，我都要疯了。"

我笑他傻。

"我才不傻，"他说，"你这个傻丫头，你根本不知道那些男人看你的时候是怎么想的，我真恨不得每天给你裹个麻袋片出去，相信我，我这是在保护你。"然后我们亲吻，做爱，他抚摸着我的身体，我的乳房。"它们可真美，"他说，"它们都是我的，都是我的，你也是我的，全部都是我的。"

我为这赞美和爱抚着迷，但是我并非只是爱他的赞美和爱抚，我也爱他的身体和他的美，我喜欢他的双腿笔直修长，他的肌肤光滑紧实，每次我的手指划过他的胸膛，都会惊叹男人的身体原来可以这么美好，让人情不自禁想抚摸。我从前只知道男女之事只是女人的奉献与男人的占有，却不知青春是鲜嫩的水蜜桃，不分雌雄，在他拥有我的这一刻，我也拥有着他的青春，他美好的肉体，纯真的激情，他一切的一切，都因我被他完全地占有而反过来全部归我所有。

“你的身体也很美啊。”有一次我忍不住告诉他。他先是吃惊，然后羞涩地笑笑，说：“那是因为你喜欢我。”

“是啊，特别特别喜欢。”

“男人不需要这个。”

“美？”

“事业，责任感，要养得起老婆孩子……这些才是对于男人来说最重要的。”他总是这么说，也是这么做的，他把他赚到的仅有的一点钱存在一个银行存折里交给我，对我说，“你替我拿着。”

我看着他，觉得他一本正经的样子认真又可爱，纯真凝结在他长长的眼睫毛上，在他漆黑的眸子里，让人原谅他一切的过错。我曾经听说最美的美人，是美得不自知的，这话对男生竟然也适用，他是不知道自己有多好看的，即便知道了，也不以为意，不懂得，也不屑于利用这好看，于是有了一种朴素的孩童般的气质，让人爱，更让人怜，这怜爱在我心中生根发芽，再也舍不得责怪他的不理解。他说他一定会努力赚钱，于是每天把他美好的身体包裹在他那套蹩脚的鼠绿色的西服里，继续去敲门兜售那可笑的录像带。那套鼠绿色的西服，是他唯一的一套西服，“鼠绿色”这个词儿，是我自己发明的，因为那种很奇怪的灰蒙蒙的绿色，有一种底层生活的简陋和贫困，总是会让我想起老鼠。我非常不喜欢他穿着那套西服，好在那只是他的工作服，他自己也不大喜欢穿来见我，偶尔看到，也很快被我扒光了，只见那西服下的美好肉体，想到那才是真正属于我的，于是我也闭口不批评、不计较了。计较有什么用呢？好西服很贵，我们买不起，那精致的蓝，精致的灰，即便你认得也没钱穿得。换一个颜色，无非也只能是鼠蓝，鼠灰，好在我们有青春美好的身体，这是最大的本钱，我们穿什么都美。

一切从一件无袖衬衫开始，然后是吊带衫，迷你裙，低胸衣……直到后来我上街看衣服的款式，开始和我妈的差不多，区别只是颜色稍微亮丽一些，而他也的确每次都开始注意措辞，会皱着眉头，尽量温柔地说：

“宝贝儿，别再穿这件背心了好吗？”

“丫头，这件衣服领口开得太低了，以后别再穿了。”

“这裤子太紧了，屁股都兜着，别再穿了吧，好媳妇儿。”

“我喜欢你胖点，养个胖媳妇儿是爷们儿的本事。”

“不用往脸上抹了，我可不喜欢女人化妆，再说你怎么都好看。”

当然，这温柔的措辞是带着斩钉截铁的不容反驳的态度的，前提是，你要听话，如果你不听话的话，他就会失控，接下来还是一场恶战。你简直无法理解为什么一个男人会和一个女人穿什么衣服那么过不去，在又经历了数次争吵之后，我终于认清了形势，只要是还和这个男人在一起，有些衣服终归是不能穿的，于是商店里的衣服不再分为我穿着好看的衣服和我穿着不好看的衣服两种，而是被分为了会吵架的衣服和不会吵架的衣服。每一个最后变成黄脸婆的女人，都曾有过如花似玉的青春，她是怎样踏上黄脸婆这条不归路的，从哪一天，哪一件衣服开始的呢？这谁也说不清。我想也许是从她拿起衣橱里一件她喜爱的衣服，然后心里想到又要引起一番恶吵，就心生畏惧，犹豫了一下，又把它放回去的那一刻开始的吧。在一场爱情里，一个男人或者一个女人，究竟为爱情要付出多少，他们曾付出过什么？这很难说得清，如是做过什么轰轰烈烈的事，为对方放弃家财万贯，放弃江山，那么在世人眼里，这算是个伟大的情人吧。可是如我们这样渺小平凡的小人物，我们当不了英雄，没有万贯家财可弃，亦没有江山家国可抛，我们放弃的只能是一件自己喜欢的衣服，一样自己爱吃的东西，一个一直想去的地方，一个小小的生活习惯，这些点点滴滴、日积月累的小日子，这又算什么呢？我们为爱情放弃了我们的梦想，放弃了我们自己，亦从来不会有人把它计算在内，觉得我们伟大。但凡有一天被别人质问，你到底为我做过些什么？也是连自己都没法一一记住，哑然地说不出个一二三来。明明做过很多，却又好像什么都没做过一样，即使记住了，也是不值一提，只配招致嘲笑。

可是亲爱的，我曾经为你付出过的，是我整个的生活，我的青春、我的生命啊。

第四章

三二

姜海涛坐在我的面前，一脸土里土气。我说姜海涛你家是在海边吗？他说不我家是在山里，我说那为什么你叫海涛呢你父母喜欢大海吗是从海边来的吗？他说不我父母连我爷爷奶奶都是山里人一辈子没出过山也没见过大海。我说那你见过大海吗？他说见过。我说那你喜欢大海吗？他说不怎么喜欢。我说那你为什么叫姜海涛呢你一个山里的孩子你爸妈也没见过大海你也不喜欢大海你为什么要叫姜海涛呢？他说这只是个名字啊名字就是个代号用来叫一叫的没什么特别的意义。

“怎么会没有呢？名字被别人叫久了，会对自己有心理暗示的啊。就好像原来我叫唐立诺，”我说，伸手指指坐在我身边的林铎，“后来认识了他，他总叫我傻丫头傻丫头什么的，后来我真的变傻了。”

坐在他身边的夏念笑了：“唐立诺你原来就是傻的好不好？”

“对不起。”林铎也笑，“这傻孩子我没教好。”

大家都笑了，气氛很融洽，只有姜海涛没笑，我的意思是，他脸上也笑了，可他眼睛没笑，他的心也没笑，这我一眼就能看出来，从小看着人脸色过日子的小孩，天生就有察言观色的本事，他和我们三个人不是一路人，他是从山的另一边来的人，他心里其实并不怎么喜欢我们。他拿起筷子把盘子里的肉夹起来往沸腾的锅里放，然后又去夹蔬菜，锅里冒出的白气往上蹿，麻辣的一边翻滚着红色的浮沫，白汤的一边翻滚着白色的浮沫，浮沫里一会儿翻滚出一块肉，一会儿翻滚出一片菜叶，我抬眼看看对面坐着的夏念和姜海涛，两个极不般配的人，心里无法控制地把这个身体粗圆结实的男孩和高家驷对比。

“你爱他吗？”我问夏念。

“他是个好人。”

“可你不爱他。”

“爱是什么？”

“你难道不知道吗？”我说，“别说你不知道。”

“我原来也以为我知道。”夏念说。

“现在呢？”我问。

“现在我觉得我不必知道。”

男朋友们并肩走在我们的前面，不知正在聊些什么。他们都是校园里最常见的那款男生，剪得规规矩矩的头发，老老实实地露出洗得干干净净的耳朵和脖子，背影是普通得放在人群中不会被人认出的背影，本分得看上去可以安心托付终身的样子，人生亦是普通的人生，不值得讲述，也不值得记录。

夏天就要过去了，天气开始凉爽起来，这是这个城市一年里难得的一段好时光的开始，花还没谢，风还没起，人还没有被寒冷逼回到屋子里去，可以安心舒适地在外面四处游走，可闲看季节更替，可坐观云卷云舒。

我们经过一幢楼，黄胖子就住在那里，于是我给夏念讲了我和同事去他家吃饭，他做了十分难喝的味噌汤给我们喝，我实在不好意思剩下，就一股脑全都喝了，有个姑娘很狡诈，趁黄胖子接电话的时候把味噌汤倒进了厕所，吃晚饭后大家打麻将，他要我坐在他身边看他打牌，打着打着，他的一只手放下来，落在我的大腿上，摸我的大腿。我只好起身上厕所，回来坐了一会儿，他的手又落了下来，我只好又去上厕所……

“这件事你告诉林铎了吗？”夏念问。

“没有。”我说，“他能怎样呢？”

“交男朋友干吗使的？”她笑。

“他那个脾气。”我也笑，“就是去揍人家一顿，什么也解决不了，然后导致我被开掉吧。”

“好男孩儿啊，能为你拼命。”

“是呀，可是拼命有什么用呢。”我说，“你知道他送我的第一件礼物是什么？”

“是什么？”

“一把三角折刀。”

“送刀干什么？”

“给我防身呀。”我说，“他告诉我谁要是欺负我就拿出来捅谁。”

“还真是傻乎乎的啊。”夏念笑了起来说，“那你没把那黄胖子捅了。”

“嗯。那天可巧没带刀。”我也笑。

男孩子们已经停了下来，站在前方的十字路口等我们，我和夏念加快了脚步，他们身边的路灯啪啪地闪了两下亮了起来，紧跟着整条马路的路灯一盏一盏地亮了起来，一路亮向远方，我回头看看路的尽头，又回头看着夏念走到姜海涛跟前站定，他们是这样的不般配，姜海涛脚上穿着廉价的球鞋，灰色的提到小腿肚子上的尼龙丝袜，肥大的短裤，有些发黄的白衬衫随意地套在身上，中分的头发，黑色板材眼镜还被胶布缠了两圈，活脱脱把站在他身边的林铎衬托得英俊不可方物。这让我想到了高家驷，想起那丁香花飘散的下午，想起曾经坐在我面前的那一对璧人，心里说不出有多难过。也许我并不那么喜欢高家驷，但是即便没有他，也一定还有别人配得上夏念的这份美，她依然有光洁的额头，有白皙的肌肤和修长的双腿。她是我心里最美的玫瑰，可是她如今站在那里，脸上笑眯眯，心里冷冰冰，绝望得令我心碎。

“你就爱以貌取人。”林铎批评我，“我看姜海涛挺好。”

“好什么好？”我说，“你客观点儿说，他和夏念般配吗？”

“有什么不配的。”林铎说，“夏念都这样了，她还想找个什么样的？人家不嫌弃她就不错了。”

“可姜海涛家境也差得太多了。”我说。

“我知道，你就是瞧不起人家穷。”林铎冷冷地说。

我立刻警惕收声，但是已然来不及，空气骤然降温，冷得可以冻住夏天，电视机一闪一闪，不断地被换台，那是林铎不耐烦地拿着遥控器在寻找着什么，我知道他的心里有些什么东西在翻江倒海，慢慢汇成巨浪，即将发作，铺天盖地而来。我内心恐惧，但却无处躲藏。

“我走了。”他突然站起来。

“你怎么了？”

“没怎么。”他说，走到玄关开始穿鞋，我坐在床上，犹豫着，不知道应该是去送送他还是挽留他，刚欠欠身想去追他，却听到大门被拧开，接着是狠狠的关门声，砸在我的心上。我继续坐在床上看电视。电视上一个女明星正在接受采访，闪光灯不停地在闪，映照着她沮丧的脸。她最近出了点事，因为穿了日本的军旗装，虽然道了歉，但还是被观众泼了粪，所有的人都在谈论，大家津津乐道地在饭桌上说起泼粪这个词，觉得食欲大增，我在公司谈论过一遍，又在家里谈论一遍，到了林铎家里已经谈不动了，只听着他和父母谈论，他们全家都对此表示出了强烈的愤慨和正义感，认为这个女明星是活该。我听到后内心有些忐忑，生怕他们一转头来问我对这件事怎么看，因为我家里人都很同情那位姑娘。于是我没有说一句话，只是低头一个劲地吃我的饺子，我吃了十多个饺子都一声没言语，活活地把所有想说的话连同十多个饺子一起咽回肚子里，憋着回了家里。

回到我自己家的饭桌上，我问妈为什么会这样，大家的看法怎么会这么不同呢。妈说也许是因为他家是工人家庭的缘故，和我家不一样，自然有不一样的看法。我想妈说的也许对，妈又嘱咐说你这个傻丫头千万别和林铎以及林铎的家人乱说去，不然人家会觉得我们家有优越感。我想妈关于这点说的也对，林铎有时候会用“你们这些干部家的孩子”来定义我，其实在认识他之前，我从来没有“干部家的孩子”这种概念，也不明白他所说的“干部家的孩子”是指什么。他曾经也说过我身上有一种优越感，可是你说优越感这种东西到底是什么呢？我爱林铎，我不想让他觉得我有优越感，可是我真的不知道要怎么做才能让他不觉得我有优越感。我记得有同学曾经和我非议过夏念有优越感，我则像个傻子似的反问人家说，有吗？我怎么感觉不到？

“你觉得我身上有优越感吗？”有一次我很认真地问夏念。她说大概有吧。我说那你觉得我该怎么改正我的优越感呢我不想林铎不高兴我想改掉这个缺点可是我不知道哪些是属于有优越感哪些应该改。她说别问我我哪知道，我说高家驷没觉得你有优越感吗？她想了想摇摇头，他自己还总被批判有优越感呢。那姜海涛呢？她又摇摇头，说他怎么想我根本不在乎。

电话铃响了，我拿起听筒，是林铎。“你在干什么？”他问。

“在看电视。”我说。

“行。”他声音陡然升了八度，听上去很生气，“你继续看。”

我没言语。内心疑惑，难道他希望听到我在哭？

“我看你应该考虑一下咱俩在一起合适不合适。”他紧接着说，“咱们根本是两种人，也许还是分开的好。”

我真的被吓到了，开始痛哭起来，想说点什么可是又说不出口，他已经挂了电话。我拿起电话给他打过去，已关机。过了一会儿，妈叫我吃饭，于是我赶紧擦干眼泪，出去之前使劲地搓搓脸，揉揉眼睛。

“你怎么哭了？”妈还是看出来了。

“刚看了个电影。”我说，“那个女主角太惨了。”

三三

冬天来了，我的支气管炎又犯了，开始咳嗽起来，虽然现在已经不用每天和林铎跑到冰天雪地里去约会了，但这病似乎也是彻底好不了了，只要有一点着凉感冒，头疼发烧，它就立刻来凑热闹。我和苏金金打电话，话讲到一半，就开始剧烈地咳嗽，苏金金只好等着我咳嗽完了再继续，我跟她说这病难治得很，她叹气说这就叫“爱的代价”吧。我白天咳，晚上咳，所有的药都吃过，所有的方法都试过，可还是止不住。夜晚难以入睡，早上在狂咳之中醒来，有时候半夜也会被咳醒，在黑暗中咳得惊天动地，最后筋疲力尽，仿佛要把五脏六腑都要咳出来，我躺在床上四肢瘫软，但是咳嗽却还是一次又一次地冲出喉咙，仿佛身体里藏着一只令人厌恶且难以驯服的怪兽，它就是一直要跟你作对，让你体会对自己身体深深的无奈。某一刻我甚至怀疑我马上要死了，在剧烈的咳嗽中马上从我胸腔里蹦出的是我的心脏。我甚至有些幸灾乐祸地盼望它从我的胸膛里被咳出来。如果这件事真的发生了，那我就把它再咽回去。我想：“注意牙齿，千万别一不小心把心给咬碎了。”

和林铎做爱的时候我也会咳嗽，通常这个时候我会忍耐一点，毕竟他在吻我，但有时候还是忍不住，咳了出来，他只好等着我咳，一边拍着我的背一边很心疼地说，什么时候能好啊，快点好吧。每当这个时候，我都觉得特别特别爱他，因为我咳起来的声音实在太难听了，好像胸腔里住着一个老头。在这样的情况下，他还能继续吻我，和我做爱，并不嫌弃我，这让我感觉很幸福。

那时候我们都热衷于玩扮演大人和小孩的游戏，我的羽绒服拉链坏掉，急得又是跺脚又是蹦，最后甩手往林铎面前一站，跟他耍赖：“坏了嘛，你给我弄弄。”他三下两下把拉锁拉好，无可奈何地拍拍我的头：“啥时候能不让人操心啊？”有时候我们的角色也会互换一下，他扮演小孩，我扮演大人，但是更多的时候，我们两个人都是小孩，在床上打闹，拿着枕头互相砸，他突然一用力，把我摔在床上，顺手用被子三卷两卷地把我卷了起来，裹在被子里，然后压在我身上，嘴里还喊着：“服不服？服不服？”我挣扎了几下挣不脱，气急败坏，号啕大哭起来，他吓坏了，赶紧把我放出来。一边帮我擦眼泪一边连声说对不起对不起，随即又叫起来：“哎哎……你这丫头怎么咬人呢？”又指着自己的胯下：“有本事往这儿咬。”

“我有时候觉得你像我女儿。”他摸着我的脸说。

“我有时候觉得你像我儿子。”我说，然后我们相对傻笑。

他又要走了，他的假期已经结束，接下来的又是一段漫长的分离。今年夏天的早些时候，他的亲戚帮他在一个电信工程公司安排了一份新工作，这个工作收入稳定福利好，唯一的缺点是要长时间到另外的一个城市去作业，他说这只是出差，并不是不回来，只是这个时间有些长，一个工程常常需要几个月甚至一年，工程期间只是偶尔休假可以回家。“我会打电话，也会写信。”他说，“我一定会用自己赚到的钱娶你。”

我当然舍不得他走，但是我知道他太穷了，我们太穷了，这个城市也太穷了，如果不是这样的一份工作，不背井离乡到南方去，他就永远不可能赚到娶我的钱。于是他说等我，我也只好点点头，这是我们唯一的出路，也只能如此了。可是这又有什么可怕呢？我们年轻并且相爱，对于我们来说，什么问题都不是问题。

那时夏天已经进入尾声，每日午后都会下一场雨，或大或小，只下一小会儿，然后太阳会出来，阳光也像刚刚被洗过一样干净透亮，照在柏油马路上。潮湿清爽的空气带着叶子和阳光的味道飘进屋，深深地吸一口，仿佛把夏天也吸到了身体里，我们并排躺在床上，头碰着头，手拉着手，看着老房子高高的天花板上的裂缝，虽然分离就在眼前，可是未来也就此展开。窗外是午睡时的寂静，一个卖樱桃的人钻进了部队大院，像唱歌剧一样在院子中央喊："樱桃，新鲜的大樱桃。"他浑厚的男中音在四周封闭的院子里回响，我没有起身，但我知道他一定推着一辆自行车，车的后座两端有两只竹编的篮子，篮子里盖着洗干净的白布，掀开白布，可以看到那熟得透亮的红樱桃。我小时候的樱桃没有现在这么大，却比现在的大樱桃好吃一百倍，一千倍。卖樱桃的人每天都会来这个大院喊两次，一次是傍晚时分，一次是中午时分。我常常怀疑卖樱桃的人中午时候并不是来卖樱桃的，而是相中了这个院子的天然拢音效果，所以要来喊两嗓子过过瘾的，因为中午的时候大人和孩子都去上班或者上学，只有退休了的老人和还没上学的娃娃在睡午觉，根本没有人会买他的樱桃。我也怀疑这个卖樱桃的原来是唱西洋歌剧的，不然怎么会有这样一副标准的美声唱法的嗓子？但是我从来没有去求证过。这个时候院子里传来窗子被推开的声音，一个女人问："卖樱桃的……樱桃多少钱？"

我看着林铎，林铎也看着我，为了告别，那天我们偷偷从各自的单位溜了出来，躺在床上互相看着，就这么看着对方，怎么也不能把彼此看够，我们手牵手去街口的面店吃一碗面，再慢慢走去公交车站。

公交车来了一辆又一辆，我们总是说，再等下一辆吧，直到再也没有下一辆，他才跳上车。车开走了，我站在原地哭了，花坛里的蔷薇花都开了，缀满了修剪得整整齐齐的墨绿色树墙，黄艳艳的真好看。

“这样不行吧。”苏金金说，“异地恋你也不怕出问题吗？”

“我们不是异地啊。”我说，“他只是去出差而已。”

“他之前跟你商量了吗？”她又问。

“啊？没有啊。”我这才想起来，他只是通知我他换了工作而已，“亲戚好不容易帮忙安排的，也不能不去吧。”

“你怎么整天稀里糊涂的啊。这么大的事儿都不跟你商量。”苏金金数落我，“你成天都想些啥。”

我乐了，我整天想啥，我也不知道，大部分时间想着林铎吧，然后每天去上班，上班没什么事，就看看书，等林铎的信，中午的时候想着今天吃点什么，晚上的时候看电视剧，顺便等着他给我打电话，时间一点点地消磨，我跟林铎说我也许也该考个会计证，跑到书店去弄了本书来看，一个月只看了十来页。苏金金当然没去成电视台，她开学的时候去了一家贵族学校，平常住校，周末才回家。在工作上，她日渐显露出她的精明来，也难怪会看不过我的没心没肺，有一次她星期天返校之前到我家来玩，手里拎着一个崭新的高级电话机。

“拎这个干吗？”我问。

“给校长的。”她说，“我哥现在不是在批发电话嘛。”

我没说话，心里有点不以为然的感觉，可我也说不上她有什么不对，我干吗要不以为然呢？我不知道。我父母人到中年才生下我，我们之间的年龄相差四十多岁，他们一生两袖清风，一辈子从来没有跟别人拉过关系，给别人送过礼，小时候倒是经常有人给我们家送礼，他们也必定要给对方退回去。在有权有势的时候，他们曾经不求回报地帮助过很多人，我们家里也曾经门庭若市，但在他们离休之后，这个家慢慢就没有人再登门了。他们倒也不在意，拿着自己的退休金安然自在地隐退了，过时了，也没有必要再去追逐什么时代的潮流，这样的父母当然也不可能教会我这些。有一天我发现我身边的同龄人的“社交”能力似乎都比我强，这还是从高家驷那里开始的，我以为他这么八面玲珑，是因为他爸爸是官场中人的缘故，可是当我发现苏金金也是如此，我很吃惊。甚至连林铎都知道时不时地要买东西去孝敬他的领导，懂得和他的亲戚走动密切，特别是那位帮他安排了工作的姑姑和姑父。临走的时候，还不忘记给我布置了任务——每周去他姑姑家帮他的堂弟补习外语。当然了，这件事也是没有跟我商量，只是通知了我一下。

“反正以后都是一家人了。”他给我耐心解释他的道理。对于他来说，女人是男人的一条肋骨，当然要为男人所用，男人好就是她的好，男人的未来就是她的未来，所以她该怎么做，她的身体，她的时间，自然是要以男人为主，这也是为了两个人共同的利益。我一时想不出他这话哪里说的不对，也只能接受。虽然对单独去面对他的亲戚这件事深感恐惧，也只能硬着头皮答应，因为他已经答应了他的亲戚，如果我不肯，他将会很没面子，而我要迎接的，将是一场天翻地覆的争吵。

为什么要讨好那些我根本没什么感觉的人呢？我从小到大都没做过这样的事。我很不喜欢去和人做这样的互动，但我知道林铎他们做的并没有错，他们的父母比我父母要年轻十几岁，是他们把自己的社会经验教给了他们，我的父母生活的那个时代并不需要这些，他们活得很单纯很简单，但是这单纯简单的时代已经过去了。我作为他们那个时代的最后的结晶，从出生就跟着他们一起不合时宜，有着精神上的洁癖，最后长成了一个奇怪的人。我不知道这个世界上还有没有孩子和我一样奇怪，好像年纪轻轻的时候就带着纯真老了，后来再也没有比年轻时更老过，因为她不可能比老更老，也不可能比纯真更纯真了，于是从某一方面来讲，她已经停止生长，也停止变老了。后来有一天，我读到了一个叫《铁皮鼓》的故事，里面有一个男孩，他不想长大，于是从楼梯上摔下来，把骨头摔断了，这样他就可以永远是一个孩子的模样了，读到这里的时候，我想，也许我就是那个侏儒，觉得长那么高，就已经足够好了。我再也不想比一个孩子更老了。

三四

这一年的元旦，林铎没有回家，他在异乡过节，路途遥远，工程又要赶工，所以只打了电话过来，嘱咐我说："去我家看看，给老人买点东西。"我一一照做。完成任务之后，我回家收拾停当，化好妆，去参加公司的年会。我们公司只有十来个人，年会被定在我家附近的一家新开张的饭店包厢里，办公室主任告知地点的时候，我脑子里有奇怪的念头一闪而过。那家饭店所在的二层小楼我印象很深刻，明明地理位置和建筑都很不错，多年来却几经易手，那里曾经是录像厅，发廊，卡拉OK，歌舞餐厅……总之无论是做什么，哪个行当，都繁荣不了几天就开始渐渐显露衰败之相，不出一年就倒闭掉，有时干脆长期空置着，只有招租的粉色告示张贴在茶色玻璃窗上，上面用毛笔写着电话号码。在阳光灿烂的日子里，人从街对面望过去，可以影影绰绰地看到屋子里有前朝遗老留下的桌椅。这时候假如你看到有鬼魂在那里飘过，也不会感到吃惊。

似乎每个城市，每个人的记忆中都会搜索到一幢这样面目模糊的废旧小楼。它们就像这个城市的孤儿一样被一次次地抛弃，即便是偶尔衣着光鲜，也给人带来一种不真实的怪异之感。它不是被遗弃的平房，整片整片地荒地长满蒿草，荒凉连成一片，成了城市里的荒野，反倒滋生了另一种生机勃勃，它也不是被半途而废的大楼，笔直地戳在那里，气势汹汹地扎着人们的眼。这样的城市孤楼，即使被重新修缮布置，也引不起注意，只是在人们的记忆中数十年如一日地灰暗荒废着。而如今突然踏进去，竟是灯火通明的样子，到处是走来走去穿着旗袍、露着大腿的女人，一瞬间仿佛掉入了聊斋故事里，等到了包厢，几杯酒灌下肚，看到同事的男男女女在包厢中央的空地上跳舞，我开始觉得不仅这里是聊斋志异的鬼楼，连我整个人生都不真实得仿佛是一场梦境，于是我也走下去和他们一起跳舞。“啊，小唐跳得真好。”身边有人说，我的心里泛起小小的得意，跳得更起劲起来。夸我的人是我们的张会计，一个有着圆圆脸，大大的眼睛，梳着荷叶头的中年大姐，样子很像小时电影里的妇女队长，她一边夸我，一边自己也蹦着，与其说是在跳舞，还不如说是在做广播体操。空气里弥漫着烟味、酒味，男人们已经喝得满脸通红，办公室的小孙跑进来神秘兮兮地说，去上厕所的时候，听到黄胖子在隔壁的男厕所里抠嗓子，然后大吐特吐，前台的小高已经喝多了，趴在桌子上不肯起来，那是一个漂亮姑娘，黄胖子走进来坐到她身边去，搂着她的肩膀想把她扶起来。大家纷纷过去凑热闹，热切地围在一旁想帮忙。我站在原地没动，继续跳我的舞，刚才黄胖子轮番灌酒，我也没逃过去，啤酒、白酒各喝了一些，现在正浑身发热，酒精在体内燃烧，头顶的球形射灯将光柱扫在包厢里，扫在桌子上的残羹剩饭上，扫在地板上，扫在我莫名兴奋的脸上，我只想跳舞，其他的任何人，任何事，都与我无关。

“滚！”一声女人的大吼在我耳畔响起，我停下来向同事聚集的地方看去，正好是大家呼啦散开的瞬间，只见小高坐直了身体，手在空中乱舞，满脸的暴怒，飞起一脚踹向了黄胖子，这是一个身高超过一米七的高个子姑娘，有一双健康有力的长腿，还穿了一双时下正流行的加厚底的松糕靴，这一脚正好踹在黄胖子那圆滚滚的肚子上，肚子和人都没有做出什么反应，但是远远地看上去依然很肉痛。在所有人还没来得及明白过来之前，姑娘的另一脚又踹了上来，黄胖子仍然努力地保持着风度，没有发怒，我看到每个人脸上都带着暧昧不明的笑意，黄色的绿色的红色的光映照着他们的脸，显得有些诡异。

“活该，”张会计凑过来低声说，大大的眼睛特别明亮，闪着兴奋的光，“谁让他灌人家酒的。”

我看了看她，笑了笑，又觉得这种幸灾乐祸很猥琐，突然对自己一阵厌恶，酒醒了。我走回到座位上，端起自己的酒杯，喝了一口剩下的啤酒，我已经喝了五瓶啤酒，比我这一辈子任何时候喝的都多，但是我的脑子好像也比任何时候都清醒，我看了看左边还在纠缠不清的人们，看了看右边已经恢复兴奋继续跳舞的人们，他们一下子变得越来越远，面目模糊了，一种羞愧和耻辱的感觉渐渐清晰起来，那个刚才在舞池中央得意洋洋地拼命跳舞的姑娘，那个听了几句夸奖就忘乎所以的姑娘，和这个屋子里所有的虚伪，庸俗的一切并没什么区别，虚荣得像小丑一样。

啊，我要沉没了，救救我吧，林铎，救救我！用你的爱情救我，用你的吻，把我从这随波逐流的人生中带走，别让我就这样像个死人一样活着。我踏着积雪，裹紧了围巾往家走。寒风中，心情沮丧到了极点，旧的一年就要过去，新的一年就要来了，可是我厌恶我自己。路过学校的时候，我进去散了散步，几个学生戴着假面、穿着戏服从我身旁嬉笑着经过，我走到人工湖旁边，一对小情侣正黏在一起，黑黢黢的影子，不安分地以各种方式蠕动着。我走下土坡，来到湖面上，湖面和往常一样结了厚厚的冰，又铺满了厚厚的积雪，有几处五六米长的积雪被铲掉，露出冰面，形成了天然的冰溜，这是北方的孩子都会的最简单的游戏，在街上遇到这种地方，大家都不会放过，一定要一脚前一脚后地滑着冰出溜过去，直到有一天你看到它，踮着穿高跟鞋的脚绕着走了，跨着大步迈过去了，那时候你就再也不是个孩子，你真的老了。

这一晚的月亮很大很圆，照在湖面上，不远处有人拿着花火在玩，我在月光下站了一小会儿，把背包从肩膀上卸下来扔到湖面上，然后转身走出几步，对准一条最长的冰溜，狂奔，助跑，顺势地滑过去，滑过去……那冰溜实在是太长了，任何人不可能凭借着自己助跑的惯性溜到头，从前我们总是一个人蹲着，另外的两个人拉着跑才能跑到头，而今大家已经各自散去，再也没有人陪我玩这种幼稚的游戏，我们都开始慢慢地变成绕着冰溜走的端庄的大人，穿着高跟鞋、小心翼翼、害怕摔倒的大人。

“今天年会怎么样？”林铎晚上来电话问。

“挺好。”我说。

“明天再去我姑家看看我奶。”

“好。”

“记得买点东西。”

“嗯。”

“你怎么了。”他很敏感，“不高兴吗？”

我张了张嘴，好像有很多情绪要描述，很多事要说，可是又觉得没什么要说的，也说不清。

“没有啊。”最后我说，“就是想你了。”

“我也想你。”他笑，“我爱你。”

“我也是。”

新年假期结束后的第三天，黄胖子把我叫到他的办公室，告诉我我被解雇了，他没解释为什么，我也没问，我出来收拾东西，和大家告别。所有人都很吃惊，因为知道我是被他的朋友“安排”进来的，所以都没想到会以这样的方式赶我走。最理解他的人是我，我知道他忍耐我也很久了，我想他也一定知道我知道，虽然我安静得好像不存在一样，但如果一个人的肉里长了一根刺，那根刺有多安静，都是没用的吧。所以当别人问我是怎么回事的时候，我只是笑笑。我的东西不多，有一本书，一个本子和一个茶缸，我把它们往我日常背的大包里一装，和所有人告别，经过走廊尽头黄胖子的办公室的时候，他的门开着，一个女人正背对着我坐在他的办公桌前，他抬头看了我一眼，在目光交汇的一刹那，我们有一种心领神会的默契，那就是彼此最好再也不要见到对方。这种默契让我觉得心里稍微有点恶心，但是我很快走出了那幢大楼，走到冰冷湿润的空气里。这是星期一的下午，街上行人稀少，我想尽快离开这座楼，便决定到下一站地去坐车。于是我继续向前走。走着走着，心里一高兴，就唱起了歌来。

“这么高兴？”一个男人从我后面走上来，跟我打招呼。等我看清楚是楼上公司的帅哥，我冲他笑了笑。我们并不认识，只是在电梯里经常碰到，偶尔会聊上几句，彼此连名字都不知道。我会注意到他，是因为他有时候穿着一条绛红色的灯芯绒裤子，实在是很少有男人能把这种裤子穿得好看，我想他会注意到我，是因为我有一件墨绿色的牛仔款式的衬衫，还有一辆绿色的自行车，一个绿得非常漂亮，一个绿得非常之难看，让人不记得也难。

“这么早就下班吗？”他问。

“是啊。”我说，“有点事。”

“我往这边走。”他指着十字路口的另一边。

“再见。”我说。

“再见。”他说。

然后我们分道扬镳，走出几步的时候，我站住，回头看了看他，发现他竟然也在看我，彼此对视的一刹那，两个人都笑了起来。

“明天见。”他说。

“再见。”我笑着挥挥手，然后走掉了。

三五

苏金金和史冯悄悄复合了，知道这件事后我非常吃惊，倒不是因为觉得这两个人没有感情了，而是觉得做人应该像我们的父母那样，黑黑白白，清清爽爽，进了一个单位工作，就要踏踏实实地干一辈子，和一个人恋爱，就是一辈子的事，在一起也是一辈子，如果说了分手了，那就是分手了，不要搞复合这种事。无论是爱情也好，工作学习也罢，人要守得住自己的决定，不能活得颠三倒四，拖泥带水，把自己的决定改来改去。而且这么大的事，苏金金却一直瞒着我，这也让我颇不高兴，我们不是无话不谈的朋友吗？我们并没有长时间不联络，可是我却是从另一个朋友那里知道的消息。

我带上我的洗面奶和牙刷去苏金金的学校找她，晚上就住在她的宿舍，我是来向她寻求帮助的。离开黄胖子那里之后，我也尝试着找一份教师的工作，苏金金答应把她的学生借我练一练手，帮助我为即将到来的面试做准备。此时此刻，我们在她宿舍里的两张床上相对而坐，好像两个坐在河两岸的人。她的宿舍里只有一盏白炽灯，我们就坐在白炽灯下的河两岸聊天，我问她是不是和史冯又好上了，她说你怎么知道。我说薛燕告诉我的，她说，哦，是有一次在街上碰到了她。然后又笑了，“这个大嘴巴。”她说。我突然不知道后面的话该怎么接，薛燕跟我说的可不是这样，她说苏金金邀请她和他们两个一起吃的饭，最后我还是决定什么也不说。

“什么时候的事儿啊？”我问。

“两三个月了。”她说，沉默落到了横在我们之间的河上，我们都看着河发呆，我的心里觉得有点不对劲，如果对岸坐的是夏念，我不会有这种感觉，我和夏念经常大半天都不说一句话，只是在一起发呆。可是我和苏金金在一起的时候，却是两张嘴抢上抢下地说，从未有过一秒钟的冷场。

“我本来想告诉你。”“你们学校暖气烧得太热了。”我们两个人同时开口说话，又同时停下来。

“我本来想告诉你。”她重新又把话说了一遍。我看着她，等着她的下文，但是等了半天，她也没说出个下文来。

“然后呢？”我只好问。

“怕你说我。”她说。

“我说你什么？”

“说我太没谱了。”她说。

“你一向没谱，我都习惯了。”

“你看。”苏金金说，“我就知道你会这么说。”

“那我冤枉你啦？”我说，“你约会从来不准时。”

“没冤枉我。”她说。

我们又沉默地对着河看，白炽灯在我们的头上发出嗞嗞的声音，惨白的灯光也微微在颤抖。

“你生我气了？”苏金金说，“别生气了。”

“没有。”我撒谎了，我心里很生气，但你应该允许你的朋友选择自己什么时候告诉你什么事不是吗？这是起码的尊重。

“我理解。”于是我又补充说，这一次我没撒谎，我不知道自己理解得对不对，但至少我是努力去理解了。我们长大了，一切都不同了，我和林铎做爱了，我也一次都没跟苏金金提起过，她问过我，我却回答说没有，当时是因为羞怯，后来却不知道为什么了。因为我自己有所隐瞒，所以我一次也没问过她。

我们曾经相约此生此世都是好姐妹，绝不对彼此有任何的隐瞒，但是我的身体和心灵现在都属于一个男人了，我有了比我们之间的秘密更秘密的世界，于是有了比她更亲近的人。她也是如此，她甚至和薛燕走得比我还近，那个姑娘长着一张包子脸，人虽不好看，但很时髦，很懂得收拾打扮自己，常常和她男朋友吵架吵到天翻地覆，有一次也曾约我逛街，结果让我在商场里傻等了她四个小时，这是我唯一一次和她约会，后来我们再也没有来往过，所以当我听说苏金金跟她过从甚密的时候，我有些吃惊，不过想到苏金金每次约会也是尽情地让我等待，也许她俩倒真可以相处到一起去。她新交往的另一个朋友，是她们学校办公室的一个高个子的时髦的姑娘，从前在歌厅里做小姐，做了几年，赚了几十万，又到学校里来做文员，最近钓到了一个老实本分的医生，花了些钱去补了一个处女膜，现在要结婚了。苏金金和她很谈得来，有一次我们三个人一起去吃饭，她们俩一直在说服装品牌，口红品牌，校长公子是怎么花钱的，我一头雾水，她们说的我都不了解，只好闷头吃饭。

所谓秘密其实是这样一种东西，当它真的不可告人的时候，保守秘密这种行为本身反倒容易被人体谅，你偷了东西或是杀了人，这种罪行是不可原谅的，人人都能理解你为什么会守口如瓶，反倒是那些不知道为什么会缄口不言的小事，一旦被揭穿，对人和人之间的亲密，却有着更大的杀伤力。我为什么要向自己最好的朋友隐瞒已经和男朋友做爱？她为什么和前男友复合要闭口不谈？正因为它不值得存在，却偏偏存在了，当你发现它的时候，才更加吃惊，你不可能像质疑一个真正的秘密那样去质疑那个保密的人，因为从理论上来讲，她不可能为保守了这个秘密而理直气壮，她必须觉得愧疚，因为这秘密本来就是属于两个人共有的，我们在很多年前达成了这样的默契，我们说好了要做一辈子的好朋友，任何人都不可以独自占有秘密。而如今，我们都背叛了对方，独占了本该属于两个人的秘密，互不隐瞒的标准和默契悄悄地被改变了，但是双方却都不想承认。

怎么办呢？鲁莽冲动的我已经把问题问出了口，于是我们突然之间很有默契地当什么事也没发生过，这使得我们又一次错过了弥补裂痕的时机，这时机总是稍纵即逝，但它的确并不是只有一次。只是每次我们都像今天这样，不约而同地选择换个话题继续聊天，我还给苏金金讲了一个笑话，把她逗得前仰后合的，还是那“呵呵呵”的三声式的发笑方式，这笑话让我们回到了高中的时代，亲密无间隙的日子，那些闪光的秘密，我们自己都已经忘记了，现在看来，它们是如此的微不足道，但它是我们共同的记忆。我们是彼此初恋的见证者，是暗恋痛苦的分享者，这记忆把我们紧密连接在一起，与其说是一种友情，还不如说已经变成了一种亲情，所以有些秘密又有什么要紧呢？我跟我妈也从来不完全说实话，相信我们都是，这一点不妨碍我们彼此深爱着对方，只要换个话题，不再追究，一起大笑，然后关灯睡觉就好，而明天，明天又是新的一天，即便天塌下来，我们的友情也不会改变。

“同学们坐好，”第二天是个星期天，孩子们正在上早自习，苏金金把我领到她的班里，“这位是唐老师，她要为大家讲一堂课。”

我站在了讲台上，面对着下面三十几个一年级的小孩子，手心里都是汗，腿也在发抖，窗外开始下雪了，屋子里非常闷热，孩子们的眼睛是好奇和善的小动物的眼睛，这给了我一点勇气，我让同学们打开书，翻开自己事先准备的教案，磕磕巴巴地开始讲起来，我只讲了二十分钟，苏金金一直坐在后面听着，面无表情，眼神严肃，我准备了两个小游戏，孩子们很快被调动得高兴起来，当一切结束的时候，我走到苏金金的身边，希望听听她的意见。

“你讲得完全不对。”她冷冷地说，“听我给你讲一遍。”接着，她走到讲台上去，命令刚刚放松下来的孩子们重新坐好，然后把我讲过的内容重新讲了一遍。可能是因为我太外行的缘故，我实在是没有听出来，相对于我的“讲的完全不对”来说，她讲课有什么特别“正确”的地方，但是她沉稳的表情，坚定的语气，胸有成竹的气势却令我吃惊。这是我第一次，也是唯一一次看到讲台上的苏金金，她已经不是当初那个被大家欺负了只知道哭鼻子，要我为她和男生们吵架的小姑娘，相比之下，我因为底气不足和内心怯弱，倒显得在讲台上手足无措。

在送我出门的时候，苏金金说了几句鼓励我的话，但是我觉得她其实觉得我很差，一定得不到这份工作。我坐上公交车，跟她挥手再见，她很快转身走了，公交车载着我晃晃荡荡地也开动起来，车厢里空荡荡的只有两三个乘客，地板上有一些积雪，宽敞的马路上也空空荡荡的，见不到半个人影，我想起这就是当年我们上学时的那条路的尽头，是太阳升起的地方。如今这里修了马路，建了房屋，还搬来了一所贵族学校，而太阳呢？我回头向身后望去，它跑到更遥远的地方去了，它现在在你永远无法抵达的河的对岸了。

三六

五一放假的时候，林铎终于回来了，他总是坐那班早上抵达的火车回到这个城市，到了家就打个电话给我，然后洗澡，换上干净的衣服，带着好闻的香皂的味道，再坐上公交车，穿越整个城市来看我，一开门看到他笔直地站在我的门前，是我期待已久的最幸福的瞬间。这个时候，我的母亲也已经起身，他就先过去和她说一会儿话，然后回到我屋子里来，我们中午的时候吃我母亲做的饭菜，一起出去走走，晚上再一起回他家里去吃他母亲做的饭菜。然后我们会陪他父母一起打上一会儿拖拉机，我和林铎一组，他的父母一组，我在去他家第一天就被他拉入了牌局，我从小不喜欢打牌，但是陪未来的公婆娱乐一下也算是尽义务，这真是两个和善可爱的老人，常常玩着玩着便像两个孩子一样吵了起来。有时候林铎揶揄他老爸，老头儿经不起激将法，一冲动出错了牌，最后输了牌，被老太太埋怨，就呵呵一笑，很难想象这是林铎口中那个小时候脾气暴躁的父亲。林铎常年不在家，每周去他家里看望他的父母成了我的责任，三个人不能打牌，我们只简单地吃吃饭，聊聊天，好在老人常常有亲戚走动，白胖粗壮的表姐把孩子送来给老人看护，或者是去林铎的姑姑家，约了姑姑姑父打牌。

这一家子人怎么这么爱打牌啊，我默默地在心里嘀咕。我们家里很少有这样的集体活动，所有人都习惯了各行其是。小时候，有一天妈妈下班回家，看到家里的这几个人，谁也不和谁说话，每个人都各自拿着一本书在看，最小的我则跪在沙发上，把屁股撅得高高的，脑门顶着沙发的扶手，用一种很奇怪的姿势在看一本厚厚的故事书，那时候我六岁，后来妈妈讲起，我还能记得那本书和那书里的故事——谦卑的弟弟帮老头从河里捞起了他的破斧头，然后那老头把弟弟领到一个金山让他捡够了金子，可是弟弟很知足，只拿了一两块金子回家了，从此买地娶妻，过上了小康的富足生活。贪婪的哥哥知道了，也去河边等着老头，帮他捡斧头，后来也被领去捡金子了，但是因为他太贪婪，捡了一袋又一袋，完全忘记了老头告诉他一定在太阳出来之前离开。最后太阳出来了，哥哥被活活晒死在了金山上。

从小我就读这样的故事，不同版本的一个又一个，弟弟总是好的，贪婪的哥哥总是不得好死，我想我这辈子发不了财都是被这些故事害的，多年以后，我果然自己也找到了一个像弟弟一样的爱人，正直，善良，孝顺，忠诚，知足踏实，不对不属于自己的东西抱一丝非分之想，但是小时候的童话书可没告诉过我，童话只是童话，童话中的所有美德被照搬到了生活之中都有其反面，有时候也会让你很痛苦，正直善良变成了眼里揉不进沙子，吵起架来不依不饶，知足踏实变成了故步自封，完全不能接受新事物。林铎是我认识的男人里品质最好的男人，简直和我爸爸一样好。可是，谁告诉过你，好人就不会伤人呢？

和林铎交往的三年来，我已经没有什么朋友了，男孩子们都不再来找我，一两个要好的女朋友知道林铎要回家，都会立刻自觉地从我的世界里消失，她们都知道我男朋友的脾气，所以不在这个时候喊我出去玩，免得又惹我们吵架。他现在也很不喜欢苏金金，这是我身边硕果仅存的最后一个朋友了，他开始的时候还同意我们交往，甚至他和苏金金总是打打闹闹，我都嫌有些亲热得过分，还曾为此不高兴过。有一次我们在朋友家玩，两个人嬉笑怒骂地闹成了一团，跑到另一间屋子里去说话，我都只能装作不在意地和别的朋友聊天，同学们脸上的表情都很奇怪，过了一会儿，他沉着脸走回来，从此二人就再也不说话了。

回家的路上，几个人一起在林荫路上走。他和男孩子们走在前面，我走在后面，我趁机问苏金金：“到底发生了什么事？”

“我俩刚才闹着玩的时候，我打了他一个嘴巴。”

“啊！”我吃惊地看着她，“你怎么能这样呢。”

“又不是真打，”她说，“只是轻轻地在脸上拍了一下。”

“俗话说，打人不打脸。”我说。

“我和史冯经常这么闹着玩。我经常打他嘴巴……”

“可这是我的男人，我自己都舍不得说一句，更何况是动手？”我已经很生气了，但还是尽量没发脾气。生生地把“要打打你自己的男人去”这话给咽了回去。

“好吧，这次是我的错。”苏金金很痛快地说，然后默不作声了。我们跟在男孩子们身后又走了一会儿，在快到我家的车站分了手，林铎一直没有回头看，此时也僵硬地站在那里不说话，眼睛不肯和苏金金对视，他站在我身边，整个身体从脑袋上的头发丝到绷直的双腿都在生气。所有的人都被笼罩在我们三个人之间怪异的、说不清道不明的气氛里，他们在纳闷发生了什么事，但是没有人问，傍晚时分的晚霞红灿灿的，我的心里有一种罪恶的小快乐，这样太好了，我以后再也不用看着他们打打闹闹却不能说半句了。

“谁让你跟她没轻没重地胡闹。”等他送我回到家，我跟他说，“这事儿得怪你自己。”

“你以后离她远点。”林铎说，“别说我没警告过你，这姑娘人品有问题。”

“什么问题？”

“简直是泼妇。”

“从前你可不是这么说的。”

“我忍她很久了。”

我很纳闷，他哪里忍她很久了，我怎么没看出来。

“她不对，我都已经说了她。”我说，“可是一个巴掌拍得响吗？”

他沉默下来，我也不说话，安静的屋子里，电视的音量显得特别大，隔壁传来邻居说话的声音，天渐渐地暗下来，林铎坐在床前，背对着我，我知道他又在生气，他想离开，但是他答应过我再也不会那样做，所以他待在这里，背影都是别扭、拒绝、沮丧和受伤害。我把手伸过去，他没有动，也没有转过身来。过了一会儿，他站起来说：“我走了。”

“别走。”我说。总是这样，我不想用两个月等来一个人，两天吵架，三天和好，五天之后他又要出发了。

“别走。”我说。别走别走别走别走……求求你别走……我心里说，但还是听到他关上门的声音，这是第几次了？我已经记不清，只是不争气地又开始哭了起来。我们只有这么几天时间，我为他的不珍惜而伤心，但是和往常一样，这伤心也无济于事，

过了一会儿，他电话过来，跟我说他没事，明天再过来。

“你还爱我吗？”我问。

他叹了口气：“我确实也有错，我知道。”

“我爱你。”我说。

“也许吧。”他说完挂了电话，因为我没有办法把心掏给他看，让他相信，所以我只好放下电话随他去。外面开始下起雨来，夜更黑了，天上没有月亮，我走到对面书房的窗前，看着窗外人行道上的那盏路灯下的雾气，间或有一两个行人或撑伞或跑过，风吹着他们急匆匆的身影，雨水打在他们的身上，再也没有什么比下雨天更让我心情愉快的了，一阵雨丝飘进来，飘到我脸上，带着春天的味道，我突然想起，我应该给苏金金也打个电话。我靠着窗前看着那盏路灯没有动。

明天吧，我现在不想和她说话。

三七

我从来没有想过夏念真会和姜海涛结婚，但是她真的就这么结了。她把消息告诉我的时候，我正在吃一碗牛肉面，以为她在开玩笑，停下来仔细看了看她的脸，怎么看都觉得不像是说真的，笑了起来，说你别闹了。她于是把结婚证掏出来给我看，上面果然有她和姜海涛的照片，她的一张白净秀气的脸被姜海涛朴实黝黑的脸庞衬托得更白了，我头一次发现到姜海涛的脸足足有夏念的两个脸那么大，下意识地翻到结婚证的背面去看，其实我什么都鉴定不出来，我根本不知道真的结婚证是什么样。

“别看了，是真的。”夏念说着伸手过来把结婚证拿过去揣在包里。

“怎么会有人成天带着个结婚证四处乱跑。”

“谁要是不信，我就给他看看这个。”

“为什么？你又不爱他。”我说，“你想随便抓个人结婚也轮不到他吧。”

“因为我妈特瞧不上他。”夏念说。

我一时说不出话来。

“这是这件事最让我高兴的地方。”她笑起来。

“别笑了。”我很生气地说，“你笑得像个傻子。”

可是她笑得更厉害了，我开始不理她，继续吃我的牛肉面，后来发现她停不下来，便抬起头严肃地看着她，想把她看得不笑了，但是她好像是真的特别高兴，看到我的表情就更停不下来了，我觉得自己从来没见过这么傻的人。饭店里的人都侧目看着我们两个，这让我更生气了，她这样笑会让别人误以为我也是个傻子。于是我伸手把碗一推，气呼呼地站起身来。

“你干吗？”她笑眯眯地问。

“上厕所！”

那一年夏天，我们班同学结婚的有两个，一个是夏念，一个是从美国回来的彭飞，他自从去了美国之后渐渐地和我们失去了联络，开始时还给班上一两个男生写信，托他们向老同学们问候，渐渐地也就淡了下来。那时候没有电子邮件，也没有互联网，更别说有什么即时通讯，一个人去了美国，就是去了另一个世界，大家都觉得不用太惦记了，连我都毅然决然地开始新的恋爱了，别人也一样。不过好在现在毕业才两年，他离开也不到四年，往日的热闹余温尚在，于是这一次他的婚礼，人到得很齐，也算是一次同学聚会。我们每个人都很吃惊，他的结婚对象竟然还是那个丁晓雯，一转眼四年过去，他们不仅没分手，竟然最终还修成正果了，连太平洋也没有把他们分开，真不知道他们是怎么坚持下来的。

婚礼的头一天晚上，他和大家说想提前聚一聚，我傍晚的时候去了他家，那熟悉的楼道没有变化，男生们都早已到了，和从前一样，我是唯一参加聚会的女生。彭飞看到我走进屋子，站起身来迎接我，他从烟雾缭绕中走出来，张开双臂热情地拥抱了我，我有些僵硬地站在那里接受他的拥抱，他的气息将我环绕，仿佛瞬间回到了从前，我相信自己甚至闻到了皮夹克的味道，但是那已不再是我的迷药。于是我看着他笑笑，他瘦了，没有从前好看了，但比从前更结实了，他问我有没有男朋友，我说有了，他点点头说该有了，他的音容笑貌没变，还是从前我爱他的时候的样子，然而我已经不记得我当年为什么会爱他了，他的魔力已消失，坠落成了一个苍白的人类，坠落成了一个同班同学。

他的屋子里什么变化也没有，仿佛昨天大家还在这里混在一起，看不出一点第二天就要举行婚礼的迹象。大家闲聊了一会儿，就一起去楼下的小餐馆吃饭，席间丁晓雯来电话，他不耐烦地应答了几句，挂掉后，对我们说丁晓雯太土，性格又倔强，他妈妈非常不喜欢她，始终不喜欢她，他也不喜欢她，不想和她结婚，但是他没办法，这么多年了，他只好负责任。大家只是听着，没有人发表什么意见。小饭店里人进人出，距婚礼还剩几个小时，还有很多事没做好，所以不能喝酒，也就聊不尽兴，于是大家吃完饭便纷纷告辞，史冯和我一起走了一段路，说彭大哥怎么到现在还在说这种话，怪没意思的。我笑笑，什么也没说，我发现自己在生气，我想起丁晓雯这个人，我记不住她的样子，但是她让他成了一个笑话，而这个世界，只有我一个人为他感到害臊，连他自己都不知道害臊了，这真让人伤心。

我和史冯在岔路口分手，回家睡了一觉，几个小时之后天亮了，我从床上爬起来到彭飞家楼下和大家会合。那个早晨天空晴得透明，大家已经在等我，我们一伙人上楼去和彭飞打招呼，彭飞见到我就问，你能不能去坐头车带路，我问为什么？他说没有一个人认识丁晓雯的家，我说我也不认识啊，他说她家就住在你家后面那幢黄楼，我只好答应。我们从房间里退出来，男生们在楼道里抽烟。史冯突然问你们谁兜里有红纸？他说他没找到红纸，谁有就匀他一块包一下礼金，或者把自己的一并包上也成。大家这才发现，这帮人里竟然没有一个用红纸事先把礼金包好的。附近有卖红纸的地方吗？有人问。显然这不可能。这时候史冯看到一家门上贴着一副春联，中间是个挺大的倒贴的福字，就上去撕那张纸，红纸贴得很牢，被他一撕坏掉了，一大半在他手里，剩下五分之一还粘在门上，他叼着烟抖了抖上面积了大半年的灰尘，我们纷纷掏出准备好的礼金给他，他把钱胡乱包了包，然后又从兜里翻出一支笔来，挨个写上大家的名字。乱七八糟地包好了礼金之后，我们一行人下楼去，车队已经准备出发，这时候彭飞的弟弟跑来对我说，两家离得太近了，你带着大家稍微从大路上绕一下吧，我说好吧，然后我坐上副驾驶的位置指挥着车队往我家方向开。车队按照预定的路线绕到我家旁边的大马路上的时候，果然遇到了红灯，一个要饭的走过来敲我的窗子，我看了他一眼，他也看了我一眼，便迅速放弃这辆车，向后面彭飞坐的婚车走去，拼命地敲他的车窗。

“这不吉利啊。”司机师傅嘟囔着。这时候绿灯亮了，车队继续前进，到了我家后面那幢黄色的楼停下来时，我下了车，一回头看到彭飞也下了车，正站在车门边冲着我喊：“错了！错了！你带错路了。”

“不是我家后面的黄楼吗？”我喊回去。

“是另外那幢楼。”他指着旁边夏念家的那幢黄楼。

所有人又上车，继续绕着街道兜了一圈，司机师傅又嘟囔着说：“这样不吉利啊。”我想到这不吉利的一部分竟然是我造成的，内心有些惴惴不安。终于转到了目的地，原来丁晓雯的家就在夏念家的旁边，我在这里进进出出这么多次，竟然没有一次遇到过她，或者遇到过也完全没有印象。我们陪彭飞上楼去接新娘，丁晓雯穿着婚纱坐在床上，两年没见，即使现在面对面，她对于我来说还是一团看不清的气体，盛在那不怎么白的婚纱里，黑是黑，不白是不白，模糊成了一团。

“抱起来，抱起来！”娘家的姑娘们兴奋地大声怂恿着，我被她们挤在后面，从人缝中看着他犹豫了一下，然后在姑娘们的尖叫声中一把抱起了丁晓雯往下走，一群人都跟在后面慢慢挪下楼去，我在队伍的末段，远远地看着他很吃力地抱着一大坨白花花的婚纱，颤颤巍巍地一步一试探，下到第二层的时候，我正好站在第三层楼梯的转角，只见他脚下一个趔趄，然后晃了一下，整个人抱着丁晓雯一起扑了出去，两个人一起滚下了楼梯，消失在我眼前。

所有人都惊呆了，在一片惊叫声中，有人发出“哈哈”一声大笑，我突然意识到那是我的声音，下意识地用手去捂嘴，又赶紧把手拿开，装作若无其事的样子，好在所有人此时都抢上前去，没有人注意到。我站在人群的外围看到他站起来拍着身上的土，样子十分狼狈，丁晓雯倒是毫发无损，只是结结实实地砸到了他身上，不再要求他抱下楼去，自己拎着裙子往下走，他看上去摔得不轻，但又哪儿也没伤，胳膊腿儿都没断，脑袋还在脖子上，所以休想从这场婚礼上逃走。虽然我一直觉得中国人的婚礼都很糟糕，但是这也是我所见到过的最糟糕的婚礼了，哪怕是紧随其后的夏念的婚礼也没有这么糟糕。夏念的婚礼虽然在形式上更潦草简单，更漫不经心一些，宾客只请了三四桌，新娘子只穿了件红色套装，简单地化了个淡妆，盘了下头，整个婚礼既没有人喝醉，也没有人和新人闹酒，大家只是唱唱歌，敬敬酒，出门和新人合了影，交上礼金就散去了。但它只是平淡地一闪而过，很快消散在人们的记忆中。而彭飞的这场婚礼糟糕就糟糕在实在太令人难忘了。后来我和夏念讲起这件事，她也说有这么多坏兆头的婚礼一定不会有好结果。我说那你又干吗不好好办婚礼呢？

“因为我不想要什么好结果。”她说。她坐在我的对面喝着她的咖啡，午后的阳光照在她的脸上，我看着她，发现她正在变成一团气体，她活生生地坐在我面前，却正在消失。

“怎么了？”她拿手在我面前比划了一下，“愣什么神儿啊。”

“没什么。我想起了丁晓雯。”

“她怎么了。”

“她很奇怪。”我说，“我总是想不起来她长什么样子。”

于是夏念也凝神想了想，说：“嗯。还真是的，我也不记得了。”

三八

那一年的夏天，很多同学扎堆结婚，我和林铎在一个月内接到了六张请柬，两张来自我的同学，四张来自他的同学，这六张红纸把我们洗劫一空，从贫穷变成赤贫。我们一起去参加他同学的婚礼，不断地被问及何时结婚，林铎总是回答说明年吧明年吧，酒店的礼堂虽然开着窗，却还是让人闷得喘不上气来，我的耳朵里灌满了嘈杂声，百无聊赖地坐在他身边，听他跟每个来询问的人说明年我们结婚。于是后面的婚礼我就再也不愿随他出行了。他只好一个人出去，依然兜了这些问题回来，脸喝得红红的，牵着我的手说今天被谁问到了，他跟人家说明年我们会结婚，然后说那咱们明年就把婚结了吧我说你还没跟我求婚呢他说求什么婚啊老夫老妻了你不嫁我你还能嫁谁去啊你都奔三十了我说那你也应该跟我跪下求婚啊他说男儿膝下有黄金我说我们没钱拿什么结婚呢他说不用办婚礼你看那些婚礼不俗吗我说不办就不办吧那咱们照张婚纱照吧我想穿穿婚纱他说你怎么又来了这么虚荣花钱做这些没用的干什么然后我委屈我撒娇我说我想穿婚纱嘛他大怒大吵继而又陷入死一般的沉默我大哭他指责我不爱他拂袖而去我继续委屈独自哭……

如此这般反复几次之后，又到了他临行的日子，他来和我道别，我们和解，做爱，看电视，聊天，吃饭，然后他离开。我松了一口气，终于可以休息一下，不需要吵架了，婚纱，婚礼，连同结婚的事都可以先搁置一下，每当我们分开，我们之间就只剩下对彼此的思念，因为电话费很贵，信很慢，所以我们又可以想起对方是个多么好的一个人了。

苏金金打电话来问，林铎走了吗？我说走了，苏金金说太好了。夏念打电话来问林铎走了吗？我说走了，夏念说太好了。我的七七八八的朋友们知道林铎又出差了之后都纷纷地像森林里的小动物一样，从树后冒出来，回到我的世界里，她们每次听说林铎回家了，就纷纷逃窜到各自的洞穴中去，平日里电话都不会给我打一个。现在她们也都知道我男友不喜欢我跟她们来往，有两次，我试图让林铎也见一见我的新朋友们，因为我看到情感专家说，恋人对你朋友的敌意有时候出于想象，你应该多撮合他们认识，熟悉之后，假想敌会消失，问题就会迎刃而解。可事实证明这可真是个糟糕的办法，一次一个美国朋友回中国，本来和林铎说好大家一起出去玩，因为我不小心说和他有两个月没见面了，确实有些想念，林铎在饭店里大发雷霆，扔下我拂袖而去。还有一次，我们和夏念一起去酒吧，整个晚上我都精神高度紧张，一直在陪着小心，时不时地看表，问他要不要回去。那一晚他倒是好脾气，第二天夏念小心谨慎地来电话打听他的态度，我告诉她没事之后，电话的另一头传来松了口气的声音。

“那就好，我一晚上都很小心。”夏念说，“生怕我说错话，他回去又跟你吵架。”

“放心吧，他也没那么小气的。”我鼻子发酸。

“我下午留在你家的照片看到了吗？”她问。

“看到了。”我手里正拿着那些照片，一张一张地翻瞧着，我已经很久没照相了，突然看到照片上的自己，有些吃惊，众人之中站着一个我几乎不认识的女人，比两年前胖了整整二十斤，身材臃肿难看，面色黯沉，随便梳着头发，穿着一件廉价而土气的连衣裙，无精打采地看着镜头，曾经轻浅飞扬的嘴角下垂着，眼神暗淡无光，由于哭得太多，眼睛也是肿的，她内心满载的不快乐已经无法掩饰地从她的身上往外漾，笼罩在周围，慢慢地把她曾经意气风发的青春消融，使得她的整个面孔渐渐地被模糊了。她正在变成一团气体，慢慢地从这个世界消失。

“你觉得我变了吗？”我问林铎。

“变了。”他拍拍我的头，“变得踏实了。”

“我怎么觉得我变丑了。”

“你想听真话还是假话？”

“我想听你说我还是和从前一样好看。”

“我不会嫌弃你的。”他笑起来，“我要娶的是一个会给我做饭的女人。”

“你难道不能夸我一句好看吗？”

“好啦，你不是十八岁啊，”他说，“我不需要你漂亮，我需要你会生孩子，会照顾老人。”

我不再说话，静静地看着电视，一对男女在一起四年，就意味着学会了待在一起的时候什么也不说，只看电视，学会一起和朋友出去吃饭的时候什么也不说，只吃饭，和他父母一起的时候什么也不说，只看电视，出去散步的时候什么也不说，只走路。如果我说话，我甚至能让自己扮演他的角色，以他的逻辑，他的口气，他的表情，先在我的脑子里和我自己吵上一架，然后在哪句话惹他暴怒，继而冷漠以对，最后是拂袖而去，但是更多的时候，我并不知道哪句话会惹他暴怒，处处是雷区，句句都有可能让他发作。于是我什么也不说，把所有的话都咽了回去，开始的时候是勉强自己的，后来便驾轻就熟，成了习惯。然而这沉默竟然是会蔓延的枝蔓，它渐渐地从和一个人待在一起被迫养成的习惯，蔓延成和整个世界不说话的游戏，我彻底成为了一个沉默寡言的人。

是的，我成为了一个又老又丑，且不再说话的女人。我和夏念不说，因为她本来也是一个不怎么说话的人，我和苏金金也不说，当年我们曾拥有共同的秘密，后来我把我的秘密，连同我的生命一起交给了林铎，现在我和她也不能说心里话了，所以我所有的秘密都只是我一个人的，这些秘密，也没有什么惊天的价值，它们只是令一个人不开心、不快乐的那些无足轻重的一地鸡毛，它们就好像小时候我用洋铁皮的饼干盒子收集的那些小玩意一样，是一堆没有价值的破烂，如果没有人知道它存在，倒好像你还藏有什么珍宝一样，一旦打开你的盒子，却是微不足道地可怜。有时候我看着林铎，我想我快要疯了，但是我却说不出来一句话，因为比起变成一个疯子，我更不想吵架，我想到我要这样带着我这些破烂秘密和他生活一辈子，却被禁止说一句话，这让我心生恐惧，也许在我疯掉之前，我应该先死掉。

我又像十四岁的时候那样开始把这个问题在脑子里反复考虑，但是还没等我考虑清楚，夏念便抢先一步，又一次吃了安眠药。这是她结婚后的一个月，我去她家看望她，新房的喜字还没揭下去，两人的结婚照还挂在卧室床头的墙上，她坐在阳光里，笑眯眯地看着我，一副无辜的样子，看上去让人又气又心疼，真恨不得上去抽她两耳光。倒是姜海涛，两眼熬成黑眼圈，满脸的胡子茬，招呼我坐下之后，让我陪着夏念，就出去买菜了。

“他是个好人。”姜海涛出去之后，我对夏念说。

“可惜命不好。”她说。

我们静静地坐着，听墙上的钟滴答滴答地走着。

“给我倒杯水。”她说。我走到门厅里给她倒水，回到屋子把水递给她，看着她一口气把水喝光，问她：“姜海涛知道你这病吗？”

“现在知道了。”

“他什么态度？”

“他总得让我妈帮他把博士考上吧。”

“别这么说，我觉得他还是爱你的。”

“很快就会不爱了。不过也没关系。”

“夏念……你……”

“嘘——”她伸出手指在嘴边比了一下，“别说。”

“别说什么？”

“别说废话。”她说，“别跟我说生活是美好的，我的生命多宝贵，别说想想我妈，想想姜海涛，别说我什么都有了为什么还不满足，别说我还年轻长得漂亮，未来还很长，别说好死不如赖活着，别说连死都不怕还怕活着吗？别跟我说人生有什么过不去的坎儿，挺过去就好了……别跟我说这些废话，我宁可人们跟我说傻话，蠢话，谎话，大话，也别再跟我说这些废话。”

我点点头：“不说。”

“也别问我为什么。”

“不问。”我说。

“这就是我喜欢你的地方。”她说。

“我也喜欢你。我从来不觉得你有病。”

“不，我有病。”她说，“我确实有点儿疯，但问题不出在这儿。”

“那出在哪？”

“这个世界是被那些更强大的疯子控制着的。”她说，“那些伪装成正常人的疯子比我还疯，这世界就是个大疯人院，我不愿意待在疯人院里，我的问题就出在这儿。”

“那我呢？”我问她，“我也是疯子吗？”

“不，你不是疯子。”她看看我说，“你是个傻子。”

“你知道吗？林铎有个同学，他老婆前两天在马路上骑自行车，有一辆卡车从她身边经过，崩起了路上的一块石头，正好飞起来砸在她的脑袋上，也不知道怎么，就死了。”

“嗯。”

“我哥哥有个朋友，和另外几个人一起在高速上开车，前方的车猛地停下来，司机就一脚刹车停了下来，所有人都没大事，只有他正坐在后排座位的中间，就飞出去，恰巧前面的后视镜撞得倾斜过来，一下子从他眉心扎进他的脑袋，就死了。”

“真倒霉。”

“是啊。”我问她，“我有时候想，死是件很容易的事吗？”

她默不作声。

“我觉得生命真是个奇怪的东西，有些人活得好好的，突然遇到什么事，没头没脑的，‘啪’的一下就那么死了。可是有些人呢，想死，却死好多次都死不掉。”

“你是在嘲笑我吗？”

“不是，只是觉得奇怪。”我说，“不过你这么一说，我还真觉得你有点可笑。”

“是也没关系，其实我也觉得怪不好意思的呢。”

“那你是真的想死吗？”我问她。

“给我拿根烟。”她没有马上回答我，“老姜快回来了。”

我走到她的书桌前，拉开她的抽屉，掀开一些书本，从桌子的深处掏出她的烟递给她，她拿了一根放在嘴上，我抽出烟盒里的打火机给她点燃。又把烟和打火机塞回去。

“我觉得你应该再好好想想。”我说，“其实你可能还没拿定主意。也许正是因为你还没拿定主意，老天爷才一次又一次地留你。”

她眯着眼睛不说话，抽了两口烟，另一只手伸到空中挥赶着空气。我站起身去把窗子打开，转过来对她说：

“再好好想想吧。”我说，“没准有一天你想清楚了，突然发现自己其实还挺想活着的。那时候就会庆幸自己没死成了。我还是觉得这个事儿是个大事儿。不要轻易做决定。”

“我就是因为想得太多，不知道怎么能不想，所以才烦了。”她脸上露出不耐烦的表情。

我一时语塞，怎么能不想？这似乎是比再好好想一想还要难的事情。

“要不然，就别想了，休息一下吧。”我也颠三倒四起来了，完全忘了刚才自己说过的话。

“怎么休息呢？真想一睡不醒啊。”她狠狠抽了口烟，随即又下定决心地冲我点点头，“好吧，我还是再想想。”

“那我走啦。”我听到门在响，是姜海涛回来了。

“再见。”她说。

三九

由于林铎经常出差在外，我的日常生活被分成了有林铎的生活和没林铎的生活两部分，好像是电脑被分出两个区，里面放置着不同的内容互不相干地共存在我的肉身里。有林铎的那一部分，一切以他为中心，里面主要存储着他的喜怒哀乐，他的家人，他的工作，他的朋友同学和他的一切要求，这是一个以他为主构造的世界，在这个世界里，我是他的女人，是他身上的一根肋骨，所以他的就是我们的，我需要为我们的未来做出牺牲，包括少花钱，少出去玩，少交朋友等等，如果做不到，他说，那么我就应该付出代价，受到惩罚，这惩罚通常是争吵，不理不睬或者提分手，那么什么是我们需要的呢？这要由他说了算。这些方式对我来说常常行之有效，致使我在两三年后彻底放弃了格式化重新组装这部分的念头，每当他回家，这部分生活就自行运转切换，把另一部分的生活暂且搁置在一边。那个部分是一个属于我自己的世界，有我最喜欢看的书和电影，我的超短裙，我的高跟鞋，我的烟和啤酒，我新交往的朋友和工作，林铎所不感兴趣的鄙夷的禁止的一切，我都像一个小孩子一样，偷偷地把它收拾起来，藏在铁皮盒子里，放到床下，绝口不提，等大人离家出去工作的时候，就把它们拿出来，细细把玩，和朋友们分享。

他从外地打电话来："干什么呢？"

"在看书。"我说，"洗过澡，要睡觉了。"

这是一次不愉快的通话，但是我们并没有吵得很厉害，他心不在焉，很快就和我讲和，互道晚安去睡觉。放下了电话，Candy 的电话又打进来，她是我在另一家培训中心兼职的同事。

"干什么呢？"她大声冲我喊。

"在看书。"我说。

"大伙都在五月花，你来不来？"

"我不去了，洗过澡要睡觉了。"

"来吧。听，大家都在呼唤你！"电话里传来一群家伙乱糟糟喊我名字的声音。

我乐了，懒洋洋地从被窝里爬起来，简单地洗了把脸，没有化妆，套上短裙，蹬上高跟鞋，拿起包出门。Tom，Sasha，Marta，所有人都在，我跟大伙说嗨，然后去要了瓶啤酒坐下，从包里掏出烟来点上。

“我不知道你还抽烟呢。”Tom 从人群中回到座位，看到我手里的烟说。

“只是偶尔。”

“抽烟很不好！”他一脸严肃。

“你还抽大麻呢。”我说。

“大麻对身体没有害处。”他说，“但抽烟有害健康。”

“得了吧。”我说，“大麻是毒品。”

“大麻不是毒品……”他开始给我讲大麻的历史和香烟的历史，我一边抽着烟一边眯着眼睛听他讲，频频点头表示同意。甭管他怎么说，我今天晚上就是想抽烟。

“你竟然还抽烟啊？”Marta 也回来了，“这太糟糕了。”

“OK，OK。”我只好耸耸肩，找了个烟灰缸捻灭手中的烟。

“你不开心吗？”Marta 问。

“跟男朋友吵架。”

“好像你很少提你男朋友啊，”她说，“你们经常吵架吗？”

“也还好。”

“我可以问你个问题吗？”

“问吧。”

“你爱你男朋友吗？”

“你是指哪种爱？”

“啊哦！我知道了。”Marta 笑了，“你不爱他。”

“我当然爱他。”我说。

“不对。”她说，“如果你爱他，你会马上回答你爱他。但是你反问我，这说明你不爱他。”

“那也是爱。”我说，“爱是有很多种的。”

“那不是爱。”她说，“你们中国人真复杂。”

“去你的……”我说。拿着我的啤酒走到舞池中央跳舞，一个男人走过来和我一起跳，灯光映着他英俊的脸，我转过身，他跟着转过来。我再转过去，他又跟过来。我看了看他。他冲我笑笑，我也扬了扬嘴角。

“可以给我你电话吗？”他说。

“不可以。”我说。

“我不吃人。”他说。

“大灰狼都这么说的。”我说。

他笑了：“请你喝杯酒？”

“我有男人了。”我不耐烦地说。

“没关系。”

“我结婚了。”

“没关系。”他又说。

“见鬼。”我嘟囔了一句，转身离开，回去坐在座位上，大家都去玩了，我拿出烟，想了想又塞回去。虽然和林铎吵了几句嘴，我其实也并没有那么不开心，至少不是因为吵架不开心，这种事我已经习惯了。可是我是因为什么半夜跑出来坐在这里，丧着一张脸，喝酒抽烟，却并不想有任何的艳遇呢？我的心里只有林铎，容不下别的人，我是属于他的，他在我心里在我的身体里都留下了他的烙印，Marta 怎么可能懂这种感情呢？我这辈子都只爱他一个人，我这辈子都只能是他的女人我愿意只是他的女人可是为什么我会睡不着半夜跑出来坐在这里喝酒抽烟呢?

我想我不知道，或者我不想知道，我坐在黑暗中，抬头盯着天花板转动的射灯球看了一会儿，闭上眼，让晃动的光柱划过我的脸，让巨大的音乐从我的耳朵钻进我的大脑，淹没我的心，我的名字，我的生活，人们的喊叫声惊醒了我。我睁开眼，Marta 和 Tom 正在舞池中间热舞，所有人都停下来看他们，他们从未事先经过排练，可是他们跳得真好看，拉丁美女的热情和性感，是从骨子里往外自然地荡漾，点燃了整个夜晚，让任何一个中国女孩都相形见绌。他们配合得那样默契，人人都以为他们是一对情侣，却没有人知道他们彼此仇恨，平时大吵大闹还经常互竖中指。我微笑地看着他们，然后发现有个人也在看我，是刚才那个和我跳舞的男人，他走过来，递给我一张卡片。

“这是我的电话。”他把卡片放到我面前的桌子上。我看了看没有碰，他笑了笑，走过我的身边，向我身后走开了，在交错的一刹那，我闻到他身上有轻微的香水味，那气味好像一只小手，在我的心里挠了一下，不，是在我的身体里，不知道什么地方，轻轻地，轻轻地挠了一下。我低头看看那卡片，白色的一张便签上，只有一个电话，没有名字。

“你还好吗？”大家纷纷回到座位，问我。

“我回去了。”我说，把刚才那张卡片留在桌子上，拿起包走出酒吧，叫了辆出租车回家。已是凌晨一点的深夜，街灯明亮，这个贫穷的城市，什么都没有，却在夜里有光，很多很多的光，照得整个城市全无黑暗的死角，又穷又亮堂。我掏出电话来给林铎打电话，我想听他的声音，想跟他和好，想见他，和他做爱，想告诉他我爱他。

“您所拨打的电话已关机，请稍后再拨。”电话那头，传来女人的声音。

他也许睡了，我想。但是到了第二天，第三天，他都没有醒，他派了一个女人把守着我和他联系的唯一通道，每次都会告诉我："您所拨打的电话已关机。"

第四天，他终于接通了电话。"你电话怎么打不通？"我问。

"我去办了点事儿。"他的声音有些异样。

"你在哪里？"我问他，"你不是应该前天到吗？出什么事了？"

他没说话，全无要跟我继续僵持下去的意思，但有什么东西在他的声音里，比冷战更可怕。

"你在家对吗？"我警觉地问，"我去看你。"

"我没在家，"他说，"我在C城。"

"你在C城干什么？"

"我有事，"他说，"等我回去了再说吧。"

说完，他迅速地把电话挂断了，我又把电话拨过去，这一次是那个女人的声音说，您拨的电话已关机，于是我挂掉电话，过十分钟，又把电话拨过去，还是那个女人。我每隔十分钟给他拨一次电话，一直都是那个女人，她冷静的声音让我发疯，我无法停下来，一遍又一遍地听她的声音。我觉得这个女人一定是全世界，最想让人杀掉的女人，她躲在电话里，冷静地用一句话，击碎了多少人的心，碎成一片一片，再碎成渣，碎成沫，直到有风吹过，把一切都吹散，好像一切从未发生过一样。

四十

林铎的电话又关机了三天，三天后，他电话打来。我问他你回来了是吗？他说我就是要告诉你一声我回来了别担心我事情还没办完我回头再跟你解释。我说我要见你。他说你别来，然后又把电话挂了。我没有再打电话给他，而是换好衣服出门，走到街上拦了一辆出租车，我要穿过整个城市去找他，到了他家楼下，在马路对面犹豫了好一会儿，最后决定还是再给他打个电话。

他果然在家，听说我在他家楼下，过了几分钟，便从小区的大门走了出来，向我招招手，慢慢地走到马路这边来，路边的火锅店正是人来人往的热闹时分，一群喝醉酒的男人在我身后不远处聚在一起说话，他们穿着不同种 POLO 衫，这个城市的中年男人到夏天都爱穿这种衣服，黑的白的灰的纯色的 POLO 衫上，仅有的一些变化也不过是横纹的，粗横纹，细横纹，或者粗细相间的横纹 POLO 衫，每个男人都把 POLO 衫扎在西装裤里，每个男人的腋下都夹着一个手包，他们红着脸从酒店里出来，酒过三巡，话却还没说完，于是站在那里不肯离去，一会儿互相握手，一会儿互相拥抱，一会儿高声叫嚷或者窃窃私语着。我看着林铎向我走来，他穿着牛仔裤和格子衬衫，这是这个城市里另一群男人的打扮，等到他们成功了，赚到了钱，他们也会换上 POLO 衫和西装裤，给自己买个包，夹到腋下。我看着他，脑子里想着这些无关紧要的问题，心口有点疼，这是我太熟悉的身体，就算是随便在我眼前走上两步，我都能看出来，一定是有什么事发生了。

“你怎么来了？”他说，“我不是说过两天再给你打电话吗？”

“就是想看看你。”我说。

“上去吧。”他犹豫了一下说。

我站着没动。

“走吧。”他摸摸我的头，拉着我的手上楼。

我们走进他被白炽灯光照得没有死角的家，和他的爸爸妈妈打了招呼后，我被领进他的房间，关上门。我在他的钢丝床边坐下，他坐在我对面的椅子上。你喝水吗？他端着他的大搪瓷缸子问我。我接过来捧在手里，咕嘟咕嘟把半缸水一饮而尽，然后把缸子递给他，他把缸子放回到桌子上，眼睛不看我。

“你回来几天了？”

“两天。”

“为什么关机？”

“有事。”

“什么事？”

他没说话，我也没继续问下一个问题，只是静静地看着他。

“我已经三天没睡觉了。”我说，“我睡不着。”

他一直低着的头终于抬了起来，看着我，眼眶红了。我也看着他，仔仔细细地看着他，突然觉得他的五官长得其实有些奇怪，他的颧骨太高，他的双颊过于消瘦狭窄，他的嘴对于男人来说太小了，但是他的眼睛，唉！我依然还是爱着他的眼睛，无论什么时候看到，那长长的睫毛都让我有想亲吻他的冲动，现在他正看着我，那双漂亮的一笑就弯弯的眼睛的背后，到底在想些什么？从前我总以为我知道，而事实并不是这样。

“说吧。”我说，“我大老远打车过来，只想你跟我说句实话。”

他犹豫了一下，终于说：“亚静回来了。”

“谁？”我一愣。随即想了起来，那是他的前女友，一个比他大三岁，把他当孩子一样宠爱，后来又被他移情别恋抛弃了的姑娘，那个曾被他狠狠伤害过的姑娘。她不是已经去很远的城市结婚了吗？不是已经生了孩子吗？她如今回来干吗？

“她父亲在 C 城去世了，她回来奔丧。”林铎说，“她在这边已经没有亲人了，只有我能帮她。”

“你这几天都是跟她在一起吗？”

“是的。”

“你们上床了吗？”我问。

“没有。”他说。

我感觉头有些昏沉沉的，可是我的脑子却很清醒，好像是置身在一个无比清晰的梦境中，白炽灯白得发灰，照得眼前的一切都像蒙了一层洗不干净的纱，我伸出手，摸摸他的脸，又捏捏他的衣服袖子，不管怎么说，他回来了，我们之间没有横着那个女人，那个该死的电话里的女人。

“她现在在哪里？”

“也跟我一起回来了，住在宾馆。她还有些后事没处理完。”

“你们……上床了吗？”我问。

“真的没有。”他说，“你相信我，我不会做这种事的。”

我点点头。

“但是问题不出在这。”他说。

我们沉默了一会儿，我等着他继续。

“她不幸福。她丈夫对她不好，她过得不快乐。”

“然后呢？”

“我爱她。”他说，“我对不起她，是我害她这样的，我要照顾她。我要和她在一起。”

“那我呢？”我问。

“我不知道。”他说。他的表情有些难过，但他说这话时没费什么劲儿。

我站起身来，走到桌前，拿起桌上的搪瓷缸，把缸里还剩的一点水一饮而尽，我曾经那么爱哭，为了一点小事，小小的争吵都要哭上一整夜，而如今却一滴眼泪都没有。我想我一定是太渴了，所以喝了这么多水都哭不出来。

“我回去了。”我转过身对他说，“我太困了，我想睡觉。”

“要不要在这儿休息一下。”他问。

我摇摇头，我不想待在这里，我要回家。他站起来送我到门口，走在我的前面替我打开了门，然后扶着门，帮我拿着我的包，看着我穿好鞋，我站起身经过他的身边时伸出手抱了抱他。他的双臂环绕过来，紧紧地抱住我，我们拥抱了很久很久，我感觉有一个世纪那么长的时间，然后我放开手，抬头看他的时候，发现他的眼眶又红了，这一次，大概是为了我吧。我走到走廊，走下楼梯，回头对他说，关门吧。

门关上了，我没有动，走廊的声控灯灭了，四周一片黑暗，我在黑暗中又静静地站了一会儿，回想着我们刚才的对话，想搞清楚发生了什么事，但是我什么都不记得了，我知道我现在唯一想做的事就是走到街上去，再奢侈地拦一辆出租车回家去，洗个澡，穿上睡衣，爬上我的床，然后躺下，闭上我的双眼，我要离开这个漆黑漆黑的世界，回到我亮堂堂的梦里去。

四一

我在黑暗中醒来，闭着眼睛固执地躺了一会儿，想继续睡下去，却无法阻止意识变得越来越清晰，渐渐地想起了曾经发生过的事情。

在这样夜深人静的时刻，独自一个人被驱逐出梦境，放逐回现实之中，这让我沮丧。我拿起床头的手机看了看，发现睡了不到三个小时，伸手拉开窗帘，一轮满月挂在窗前，月光铺满了我从小玩到大的院子，漫进房间，洒在床上。我看着地上自己的影子，突然感觉胸口好像被人拿着一把刀很深很深地插了进去，然后又搅动了几下，于是哭了起来，我的母亲正睡在我的隔壁，我不想惊醒她，我在黑夜里张大嘴巴，坐在满屋子的月光里，无声痛哭。我的哭声只有自己听得见，它在我的胸膛郁结，从我的喉咙里迸发，一旦离开我的身体，便迅速地和这夜消融在一起，归于寂静无息，一如我的生命，好在我还有泪水真真实实地挂在我的脸上，向我证明这悲伤不是一场幻觉，一如我的生命。

那个女朋友已结婚生子，现实站在我这边，上天都在帮我，我知道只要我不想分手，我们就不会分手，只要我用尽一切办法去要求和挽留，晓之以理动之以情，我就不会失去他，于是当他下午来我家看我的时候，我就这样做了，我们从中午一直谈话啊谈话，不停地谈话，掏心掏肺地谈话，有时候谈一会儿哭一会儿，有时候一边哭一边谈，一直谈到傍晚，两个人都筋疲力尽，我紧紧握着他的手，把泪水洒在他的手心里，我说我不怪你在我的心里你只是个迷路的孩子我想你回来我愿意等你回来。他说可是我爱她我爱她我对不起她她现在过得不幸福都是我造成的我要补偿她我要照顾她。

“那我呢？”我又问。

他不做声。

“我可以见见她吗？”

“你要干什么，你不要闹。”他面露惊恐。

我不再说话，我明白夏念当年为什么会跑去烧男朋友的家了，明白她为什么会自杀。一个女人的一生之中，要有多少次自己拎着自己的领子，把自己从发疯的边缘生生地拽回来，她的心曾经多少次死去又活过来，她每天化好妆，穿上漂亮的裙子，走到人群中，和人们点头寒暄，照常生活，工作，没有人会看出她已经死过一百万次，又活过一百万次。有一次她在街上，看到一个女人疯了，光着身子在街上暴走，口中愤怒地念念有词，人们都惊诧地看着那女人，她只瞄了一眼，转身离开的时候，突然哭了。

“那我呢？”我不记得第几次问这个问题了。

“她更需要我。”他说。

“那我呢？”

“你很坚强。”

我冷笑。

“你只顾你自己的心好过吗？”我说。

“我很为难，很痛苦。”他说，“我对不起你。”

这样的谈话没完没了，所有的问句和回答都被反复说上好多遍，第二天他办完事又来了，第三天也来了，我们每天都在谈心，不停地说车轱辘话，掏心掏肺地说车轱辘话，有时候说一会儿哭一会儿，有时候一边哭一边继续说。到了第三天，我们终于精疲力竭，天已经黑了，我们都饿了，于是一起出去吃饭，走在路上，我去牵他的手，他拿着我的手很不自在，走了几米，象征性地摇了两下，就松开了。牛肉面端上来后，没有人再提起这个话题，它就这样戛然而止，干脆地被解决于两碗牛肉面和一碟炝拌瓜条面前，后来也再也没有人提起过。我们又回到日常的生活里，闷声不吭地吃牛肉面和炝拌瓜条，陪他去买书买衣服，陪他的父母吃饭打扑克，陪他见同学和同事，他陪我给他家亲戚的孩子补课，那个女朋友过了几天就回去了，他也要走了，临走前的头一天，我们做了依然有爱的爱，晚上的电话里，他说丫头我爱你。我说我也是。然后我放下电话想这一切终于可以结束了，生活在继续，我可以休息了。

“你真的相信他们没上床吗？”夏念问我。

“我信。”我说。

“真的信？”

“林铎不是那样的人。”

“那如果他们上床了你会原谅他吗？”

“他们没上床。”

“我是说如果。”

“没有如果。”我说，“他不会做这种事的。”

夏念笑了：“你真可爱。”

“但是我还是很难过。”

“你不是相信他们没做吗？”

“我难过的是我听了他说的那些话以后却没有感到很难过。我哭得很厉害，哭了一整夜，但是我不是为了我们会分手才哭的，我们不会分手的。”

“那是为什么呢？”

“我也不知道。也许我只是太累了。”我说，“我就是太累了，我想本本分分地把日子过好，最后还是搞成这样，我觉得这样真没意思，我没意思，他也没意思，我们都很没意思。有一天我忍不住和他妈妈说了，她说他简直是在胡闹，又说你们要么赶紧结婚，不想结婚就分手吧，我听到分手这个词从他妈妈嘴里那么轻易地说出来，心都凉了，我才知道原来我也是希望谁能安抚我一下的，但是没有人安抚过我一句，想想这就让我难过，这真是太让人失望了，我对林铎对爱情都太失望了，可是我不是怪他，我不怪任何人，我想他也是没办法，苏金金说我原谅他原谅得太快了，应该好好治治他，可是我真的没有力气了，我连再提起这件事，责怪他一句的力气都没有了。”

夏念一直默默地听着，然后走上来抱住我，我在她肩膀上哭了起来，但是我们没再说什么，我知道她和我们一样都没什么办法，于是我和她道别，回到家继续倒头大睡。这件事情以后，我变得比从前更爱睡觉了，经常给孩子们上完课回到家就开始睡，每天睡十来个小时，我平时就喜欢睡觉，现在我更喜欢了，有时候我觉得睡眠是一种巫术，如果你病了，没关系，睡一觉就好了。伤心也是，心里难过的时候，就睡一下，早上醒来就好了。后来我成了一个大人，才知道做大人，就是不管你心里多难过，都要起床，不可以睡觉。但是当我回到家，不用做大人的时候，我就可以回到我梦里，那是个温柔的地方，花朵可以长成房子那么大，有翠绿的山谷和碧蓝的湖水，我是一只长着翅膀的刺猬在天上飞，落在地上的时候，就顺便在草地上打个滚，身上沾满草屑和露水，闻得到清晨青草的芬芳，而这是我最喜欢的一部分，直到林铎的电话把我叫醒。

“你又在睡觉？”他问。

“是啊。”

“你是不是有什么病啊？要不要去医院看看？”他声音里有些不满。

“我没病。”

“好吧。”他说，“我老叔昨天来电话，说他家孩子英语成绩下降，想让你给补补课。”

我没做声，他家孩子可真多。

“喂？”他说。

“我最近有点累……”我小声说。

“好姑娘，就当为了我，再辛苦一下好吗？我回去一定好好慰劳你……”

于是我说好吧，然后我挂了电话，从梦里爬出来，换好衣服，骑上我的自行车，在渐渐起风的秋天里，穿越半个城市到他的亲戚家去报到。这谈不上是什么委屈，我在树影斑驳的林荫道上一边骑车，一边想，我的母亲被自行车撞倒了，他每天都会顶着太阳跑来，在夏天三十度的酷暑里，穿着整整齐齐的卡其布裤子和洗得雪白的短袖衬衫，擦得锃亮的皮鞋，用自行车推着母亲去附近的卫生所换药，回来时，汗水打湿了他的后背，我心疼地给他擦汗，我说天气太热了，别穿长裤了，还是穿沙滩裤吧。他说那样不好，对长辈和医生都显得不够尊重，我说真是辛苦你了，他说嘿，没事的，这不是我应该做的嘛。我知道他的好，妈妈也逢人便说这是我儿子，我知道作为回报，我也应该给他的三姑的孩子补课，给他二叔的孩子补课，去看望他父母，看望他奶奶，给他父母钱，给他奶奶钱，给他的侄女、外甥女买礼物，这是人们本来就应该过的生活。这就是爱情，他说爱情就是柴米油盐酱醋茶，一地鸡毛好好过日子，他说你看的那些书都是垃圾，你喜欢写的那些东西都是垃圾，他问你为什么总喜欢制造垃圾？他说你唱歌真的很难听你以后别再到外面去玩了，别再去跟你那帮狐朋狗友唱 K 了。

开始的时候，我还总是想为自己说点什么，但是他这样说了很多次，后来我就不再为自己辩解了，也真的再也不想唱歌了，我已经变胖了，也变得难看了，现在歌也不唱了，甚至连话也很少说了，我想我心里有些责怪他把我变成这样的人，但是我离不开他，因为我没有别的地方可以去，于是我只好默默地拿起书本，去他的亲戚家给孩子补课，我走过树林，走过街道，站在红绿灯下等着过马路，经过一片橱窗的时候，我扭头看了一眼，橱窗里有个女人，站在明媚的艳阳下，也正扭头看着我，她好像是一团黑色的气体，面目模糊，我看不清她的脸。

第五章

四二

“你代表我去吧。”夏念眼睛直勾勾地望着天花板对我说，现在已是下午三点钟，她还在床上躺着，看这样子也不打算起来洗脸梳头跟我出门去。我并排躺在她床前的地板上，和她瞪着天花板上同一条裂缝，她自从上次吃药以来，精神状况一直没彻底恢复，几乎无法做任何事，整夜失眠，白天也不睡，整个人如梦游般，我偶尔过来看看她，也不知道该说什么，只能陪她躺一会儿，盯着天花板发呆。从前她精神尚好的时候，我们至少可以散步到校园里的湖边，对着一棵树发呆，现在我却只能和她一起看天花板了。想到这些，我有点难过。我说你还是和我一起去吧，出去走走，再说咱们都答应侯老师了，还收了人家定金，工作我可以替你做了，但是人总要你自己去见见吧，不然的话侯老师也会不高兴吧……

“不想去。”她淡淡地说了三个字，声音里没有歉意。我一骨碌从地板上爬起来，坐在床边，盯着她看，她的脸上没有歉意，依然瞪着天花板，过了好一会儿，才发现我在看她。

“你干什么？”她问我。

“是你干什么吧？”我反问她。

“我不干什么。”她说，“你看我现在这个样子，我还能干什么？”

我没再说什么，她说的都是实话，她现在就是个废人，连感觉抱歉的力气都没有，这种状况恐怕还会持续一段时间，一想到有那么厚的一本书要我一个人翻译，我慌得不知所措，这本来是她接下来的工作，侯老师的得意门生是她不是我，说好的我只是给她打打下手，负责一小部分，她学习成绩比我好，业务水平比我好，人长得比我漂亮，前途也比我光明，当然了，后面这两点跟这个工作无关，但是她现在躺在床上，眼里只有天花板上的一道裂缝，一看一整天，那我怎么办？

“那我自己去了。”我只好说，起身拿起我的皮包，走到门口时，忍不住回头看看她，她没有听到我说话，翻了个身，头转向墙壁，看上去好似睡了。

我关上门，走到街上，这个城市的深秋是我最喜欢的季节，地上到处都是杨树肥大的落叶，深黄，浅黄，带着些微的绛红色和灰绿色铺满整条街，刚刚下过一场大雨，天空被洗得透明，碧蓝高远的广阔之中，零星飘着几朵云。我在云朵下走着，心里有些担忧，秋天就要过去，冬天转瞬即至，足足会有五个月那么漫长，不把每个人折磨到发疯不会离开，它总让伤心的人更伤心，让绝望的人终日坐在悬崖边上。我听说这个世界上有个叫俄罗斯的地方，那是比我们这里更北的北方，那里的冬天比这里还要漫长，那里的人们比这里的人们更心伤，那里有无尽的寒冬和长夜，可人们却睡不着，于是他们终日喝酒，满街游荡着心碎的人。我想到我的朋友，但愿她在此时睡去，能熬过这个冬天，熬到明年春天，安然无恙地醒来。就像这路边的杨树，虽然在寒冷的冬天只剩下丑陋的枯枝，但是等到明年春天，还是会发芽……等等……那远远的树下好像站着一个人，他慢慢地转到树的背后去，似乎是在躲开我。我带着满腹疑惑往前走着，走得越远，越觉得那身影似曾相识，于是忍不住驻足回头去看，老杨树也安静地望向我，我知道那个人就站在树后，但是这一切或许只是我的错觉，我又抬手看了看表，已经没有时间了，于是我抬手招呼出租车……

“阿那哈撒呦～”

走进饭店大堂，门口穿着韩服的礼宾小姐向我鞠躬问好，一个男人站在那里打电话，经过他身边的时候，我觉得有些面熟，回头多看了他一眼，立刻把他认了出来，那是前几天在酒吧遇到的那个男人。他穿着一件黑色的衬衫，水洗的牛仔裤，四十岁左右，双腿修长而紧实，没有肚子，估计是感觉到我的目光，便也回头看我，我连忙转头走掉了。上了二楼，侯老师在最里面靠窗的位置站起身来向我招手，我走过去，她将自己对面坐着的一个中年男人介绍给我。“这是杨老师。”她说，又指着我说，“这是唐立诺，还有一个学生今天身体不舒服不能来了。”杨老师是个面目慈祥的白胖子，架着一副玳瑁黑框眼镜，皮肤好得出奇，光滑得没有一道皱纹，好像一个保养得很好的老太太，穿着一件粗细相间的条纹 POLO 衫，和颜悦色地对我笑了笑，问我家是不是住在附近，现在在什么地方工作，我一一作答，眼睛的余光里一个黑影子从远处向这边飘过来，走到我对面，漫不经心地拉开椅子。

“这是罗天明罗老师。”侯老师给我介绍说，“他以后会直接跟你们联系。”

“罗老师。”我叫了穿黑衬衫的男人一声。他对我点点头。

“有点面熟，咱们在哪儿见过吗？”男人坐下后问我。

“可能是我太大众脸了。”我说。四目相视时，我觉得我似乎看到他嘴角闪过起一丝笑意，但那也可能是我的错觉，于是我端起杯子，专心致志地喝了半杯水。服务员慢慢地把菜端上来，饭店里放着韩国音乐，邻桌吃饭的是一大家子人，两个小孩子在我们身边跑来跑去，还有一个更小的小孩子被抱在妈妈的怀里尖声哭闹着。

“今天主要是认识一下。”老师们同窗叙旧的间隙，杨老师对我说，“这个项目主要还是罗老师负责。”

我转头看着坐在对面的男人，打算聆听他的教诲，可是他似乎没打算说什么，只是看了看我。于是我垂下眼睑，又端起杯子喝了一大口水。

“你好像喝了不少水啊。”他说。

“有点渴。”我说。

他笑笑，拿起桌上的手机：“你电话号码多少？”

我老老实实地把电话报给他，他一边听一边按键输入手机，然后我听到手机响。“这是我的电话。”他说完往椅子后一靠，继续心不在焉地听侯老师和杨老师聊天。我从包里掏出手机，是一条未读短信，随手按开，内容只有一个单词。

“Gotcha.（逮住你了。）”

我抬头看他，发现他也正饶有兴趣地看着我，于是我又他妈的喝了口水。

“怎么了？”侯老师说，“脸这么红。”

“我一喝酒脸就红。”我说，顺手合上手机。

“也没喝几杯啊。”她说。我起身去洗手间，跑闹的小孩还在继续你追我赶，那个小女孩一头撞到我身上，我扶住她，她笑嘻嘻地挣脱着跑开了，我穿过整个大厅拐进洗手间，这时电话响起来，是林铎。

“还没结束吗？”他问。

“一会儿就散了。”我说。

“怎么了？”

“夏念没来。”我说，“我很担心。”

“担心什么？”他问，“她为什么没去？”

“她状况很糟糕，我估计得一个人干这个活了。可是我怕我不行。”

“不行就推了吧。”

“可是咱们得挣点钱啊。”

“哦，”他说，“那你自己看着办吧。”

“我就是在犹豫呀……”

“我这边有点忙，领导叫我去打扑克，大家等我呢。”他说，“大家都等着，不好意思。”

“那你去吧。”我说。

“明天给你电话说吧。”

“不用了。”我说，“我没事。”

挂了电话，我在洗手间里站了一小会儿，这家饭店的洗手间是韩式风格，干净的洗手台上摆着绢花，旁边的小箩筐里有护手霜、棉签和小木梳。若隐若现的舒缓音乐和洗手间外播放的不同，角落里点着线香，散发出淡淡的薰衣草的香味，洗手间才是这个世界上真正的避难所，懂得这一点的设计师都是天使。他们明白人们需要在声色犬马、觥筹交错的热闹中随时退出时，能有这一隅小小的封闭空间，摘下面具，肆无忌惮地呕吐，哭泣，发呆，伤心，接电话，抽上一根烟，定定神，重新戴上面具，整理好头发，再鼓足勇气冲出去，迎向这人世间的摧残。

我推开门回到这人世间，第一眼看到的是罗老师正倚着墙一手拿着烟，一手拿着电话，四目相对的一瞬间，我已经迅速从他身边溜过。

“嘿！小白兔。”他的声音从我身后飘来。

“嘿！大灰狼。”我头也不回地说。

四三

夏念的精神见好一些，我们相约十一假期去附近城市的山里住上两天，一同去的还有 Tom 和 Marta。出发那天的凌晨下起了瓢泼大雨，雨声把我从梦中唤醒，躺在床上拿不定主意该打电话给朋友们取消行程，还是继续按计划行动。就这样磨蹭到应该出发的时刻，也没有接到一个电话，于是我背起行囊冲进大雨中拦了一辆出租车，到了客运南站的大厅。另外三个人早已经到了，大厅里到处都是湿漉漉的，进出的每个人连同他们的背囊，旅行箱，编织袋，连塑料袋里的零食都散发着潮气。我们的脚上沾着水和泥，坐在大厅的长椅上等待出发，Marta 和 Tom 昨天刚吵了一架，现在还在你一句我一句地斗嘴，夏念把自己裹得像一个粽子一样一边听着音乐，一边低头在看一本书。大巴车来了，大家上了车，为了防止那两个人继续吵架，我和夏念决定把他俩分开，Tom 和我坐在一起，夏念和 Marta 坐在我们身后，北方的十月已是提脚准备迈入冬天，车厢里很冷，外面又在下雨，我坐在车上看着窗外的田野，不一会儿就睡着了，醒来时，一切都在向身后飞驰而退，我的身体左半边在瑟瑟发抖，右半边却因为挨着 Tom 而被热得满脸通红。Tom 是一个熊一样壮的小伙子，在冰冷的秋天里，他那腾腾冒着热气的巨大肉身好像一个火炉。

“换一下。”我对 Tom 说，“我要烤一烤另一边。”他心灵神会地点点头，和我调换了位置。我回头看了一眼，后面熟睡中的两个姑娘已缩成两团，正在瑟瑟发抖。

“你好像不高兴。”Tom 说。

“我有点担心我的男朋友。”我说，“他不同意我出来旅行。”

“你说他出差了。”

“是的，他今天回来，他觉得我应该待在城里等他回去。”

“为什么？”Tom 问，“为什么他不一起来呢？他可以过来找我们，我很希望认识他。”

我笑笑，如果他知道林铎曾经因为他，在一个饭店里当着一屋子的客人对我咆哮，摔筷子走掉，他就不会再想认识林铎了。

“他需要陪家里人。”我说，“他平时都在外面出差。所以假期要陪父母。”

“那么他不需要陪女朋友？”

“家人更重要。”我说。

“你们吵架了？他不让你来？”

“还好。”我说，“他有些不高兴。”

“我不喜欢中国男人，我绝不会嫁给一个中国男人。”我们身后传来 Marta 的声音，我回头看，两个姑娘都醒了。夏念戴着耳机，两眼放空，看着窗外，正魂游九霄云外。

“中国男人有很多优点，也许你还不够了解。”我说。

“他们太自以为是了，他们对女人不好。”Marta 继续说，“我觉得中国女人很好，可是她们太软弱了，她们不能独立思考，她们不为自己争取平等，总是很害怕，我觉得她们很可怜。”

“这太难了。”我说，“你生活在这里，你能怎么样呢？男人都这样想，换一个男人谈恋爱也是一样的，虽然你说的也有道理，可是我还是喜欢中国男人。”

“我不是在说你们。你们不同。”Marta 说。

“我觉得中国姑娘很好，我喜欢中国女人，她们很温柔，很甜美。”Tom 说，“而且她们都很瘦。”

“没关系，你说得对，我是很软弱。”我对 Marta 说。

“等等。”Marta 问 Tom，“你是什么意思？你在讽刺我对吗？我们要继续讨论昨天的话题吗？”她拍拍我椅子背，对我说：“我需要和你交换一下座位。”

我耸耸肩站起来，和她调换了位置，夏念转过头来诧异地看着我，摘下一只耳机问我怎么了，我说这两个大宝贝儿需要继续交流一下。她笑了笑，又戴上耳机去看她的风景了。我掏出手机来给林铎打电话，响了很久没有人应答，过了一会儿再打过去，只响了两声就被对方按掉了。我把手机收起来，望向窗外，大巴车已经开始入山，窗外越来越深的峡谷和越来越近的白云，让我感觉身体在升高，心里一片宁静空虚。这是五年来我第一次没有和林铎以及他的家人一起度过假期，也是我五年来第一次出门旅行。窗外的一切让我想念林铎，想念他的手和他笑起来弯弯的眼睛，在一起五年，我还从未和他一起出门旅行过。我曾无数次幻想和他在路上的情景，只有眼前的道路和远方，整个世界只有我们俩相依为命。我只有他，他也只有我。但是这一切从来没有实现过，开始的时候是因为我们没有钱，后来等我们去得起一些地方了，他开始过起了常年在外的日子，假期时他需要陪伴父母以及走亲访友，而且他已经太累了，他说他只想待在家里看电视。

“我答应你，以后我们一定一起出去旅行。”他这样对我说，我也只能听从他的安排——他不在的时候等他回来，出门上班，回家看电视，他回来时陪在他身边，出门上班，回家陪着他一起看电视。我当然也看书，也学习，但是我看的这些书，学的这些东西都没什么用，只是为了打发时间，我总是假装告诉自己，我还在人生的路上，还在前进，有一大堆的书在等着我看，对于这些书来说，我真他妈的很重要。然而事实是，这个我从小生活了二十几年的灰色的肮脏的城市，它越来越好像是一座关押我的监狱，让我窒息，爱情曾是我在这个城市里活下去的唯一的氧气，但是它现在也快要被用光了。没有人需要我，也没有人注意到我的存在，我听从安排，抹掉了一切自己在这个世界存在着的痕迹，抹掉了自己的个性，属性，只有等着林铎电话打来的那一刻，我才像一个活人一样，他是我在这个世界上还活着的唯一见证人。但是他不能理解，为什么除了他以外，我还需要别的朋友，我还需要牢牢地抓着别的见证人，我是为他而活着的，而他自己也时刻记得我的存在，他已经做得很好，难道有这些还不够吗……

手机铃声响了起来，我和夏念竖起耳朵听了几秒，然后我掏出手机，是罗天明。

“在干什么？”他问。

“在大巴车上。”我说，“已经进山了。”

“你还好吗？”

“很好啊。”我说，“怎么了？”

“没什么。”他说，“我坐在这里看书，突然觉得有些心慌，就给你打个电话。”

“谢谢罗老师。”我说。

“没事，听到你声音我就放心了。注意安全。”

他说完把电话挂了，大巴车又转过几个弯，路过半山腰的一个水库，碧绿的湖水在阳光下闪着波光，了无生迹的湖面，在广阔的蓝天下，静默得仿佛一个谜。

我手里一直拿着电话，当水库彻底被抛在身后时，我又给林铎打了一个电话。这一次他接了，很冷淡的一声喂，然后问，你在哪儿呢？

“我在山里。”我说，“别生我气了好吗？”

“你少来这一套。”

“我真的需要出来透透气。我已经五年没有出门过了，平时……”

“你去死吧。”他的声音突然提高了八度，他的嗓音一向不怎么好听，这时更是尖利了。

“你说什么？”我问。

“你就死在外面吧。”他咆哮着，咔哒一声挂断了电话。声音大得连夏念都听见了，皱着眉头看了看我。忙音传来，我把手机合上，放到包里，望着窗外，我的身体还在上升上升，我的心在下沉下沉，我看着那峡谷，想如果这时候我们的大巴翻滚下去就好了，我将会成为他心中最完美的女人，他会为我哭泣，不再计较我的错。车又开了一会儿，转过一个弯，我们的眼前突然一片开阔，一座巨大的正在燃烧着的山脉出现在眼前，满山深深浅浅的红叶从山顶一直铺洒到山脚，一道阳光从山顶层层叠叠的云彩中穿透过来，笔直干脆地照在山坡上，仿佛什么人在天上凿了一个洞，把神的光洒到人间来，我抹了抹眼角。

“你没事吧？”夏念问我。

“天啊，这真是太美了。”我抬头望着窗外的群山和远方的那道光，在这神的光芒之下，在这巨大的美之中，我微不足道的生命，不值一提。

四四

刚刚送走林铎，罗天明就从北京过来出差，长假结束前两天的晚上他先给我打电话。“我只待一个周末，一起吃个饭好吗？”他说。

“公事吗？”我说，“私事不去。”

“咱们两个人之前有什么私事吗？”他反问。

我说不出话来，他的笑声从电话里传过来，声音真好听，好像早上拉开窗帘，窗外是晴朗的天气，阳光照进窗户一样。

“好吧，”他说，“我假公济私可以吗？”

我犹豫不决。

“午饭？”他补充说明。

我没有回答。

“别担心。”他说，“我这两天的行程都安排满了，就算我想吃了你，也得把你捆上扛回北京才行。”

我笑了起来，同意了。放下电话，我继续翻译我的稿子，隔壁传来《新闻联播》的声音，我放下笔走过去，告诉家人我正在工作，请他们把音量关小一点声。然后我回到桌前坐下，依然能听到隔壁的电视声，女播音员的声音从理直气壮变成了支吾不清，接着是嘈杂背景里采访群众的声音，先是一个成年男子，然后是一个孩子，我把笔扔到桌上，在屋里走了两圈，从书架上随手拿起一本书翻了两页，又放回去，最后我干脆躺到床上去，双手枕着头，望着天花板上那道漂亮的裂缝，它可真美，很奇怪我每天早上睁眼都看到它，以前怎么没注意到。我发现自己的嘴角上扬，正在微笑。我已经有多久没有这样的笑过了？也许我应该为此羞愧，可是我并没有这样的感觉。从山里回来之后，林铎持续和我冷战了几天，我们没有争吵，他拒绝接听我电话……而我再一次地服软，认错，哭泣，向他祈求原谅，承诺下次一定哪也不去，只等他回来。他终于来看我，进了门，躺在床上，双手枕着头，看着天花板上的那道缝隙，不肯看我，也不说话。我伏在他身上抱着他哭了一会儿，他身体僵硬，浑身都在抗拒，我不知道该怎么结束这沉默，开始抚摸他的身体，我的手指轻轻滑过他的光滑的皮肤，他平坦的小腹，我解开他的裤子，把它褪下来，他很安静，没有拒绝我，当我帮他脱掉衣服，他甚至有些配合我。我从他的双腿往上抚摸，握着他的小弟弟，逗弄它，希望它不要再生我的气，希望一切都过去，在感觉它渐渐硬了起来的时候，我终于听到他在叹气。

“你爱我吗？”他问。

“我爱你。”我说。

“但是我感觉不到。”他说。

我没有回答，只是继续抚摸他，他紧绷的身体渐渐放松了下来。“到这儿来。”他说，“我要惩罚你。”

然后他把我拉到他面前，开始吻我，翻身把我压在他的身下，粗暴地剥掉我的衣服，直接进入我的身体，我觉得有些疼，但这是我应得的惩罚，是我祈求他、引诱他给我的惩罚，他狠狠地冲击着我的身体，直到我忍不住轻声叫了出来。

“以后还敢不敢了？”他问。

“不敢了。”我小声说。

“会听话吗？”他问。

“嗯。”我说。

“给我生个儿子。”他说。

我没有回答，仰起头吻他。他也回吻我，我们依偎在一起说了一会儿话，我送他去车站，走在林荫道上，他走在前面，我跟在他的身后，他偶尔停下来等等我，等我追上来，他又大步走到前面去了。相识五年来，我们都是这样在路上走，从来不曾牵过手，最开始的那两年，我们也曾并着排走，他总是把我让到人行道的内侧，“女人要走在人行道的里面，这样如果有车来，就会先撞到男人，这是规矩。”他给我解释，我还记得那一刻心里的感动，那是一个夏天，我们共同撑着一把伞走在雨中，他不肯进伞里来，雨珠落在他的头发上，睫毛上，他的眼睛闪闪亮。现在他总是走到我前面，我不再看得到他的眼睛，只看得到他的背影，傍晚的天边满是火烧云，层层叠叠的，林荫道被映照得红彤彤的，他的背影也红彤彤的，他的眼睛闪闪亮，我想。

“林铎。”我叫住他。他站住了，回过头，看着我。我走过去，双臂环着他的腰，紧紧抱住他，把头埋在他胸膛里，眼泪流了下来。

“怎么了？”他问。

“我爱你。”我说。

“唉……”他说，“我知道。”

“我爱你。”我说。

“好了，我知道了。”他摸摸我的头。

“我爱你。”我说。胳膊使劲地抱着他，妄想钻进他身体里。

“好啦。”他说，“别孩子气了。”

然后他又笑了：“你想勒死我啊？勒死了可没老公了。”

我也笑了，放下手。我们继续向车站走，我有些后悔答应罗天明的约会，但却没有感到羞愧，因为我什么都不会做，什么都不会说，我会去和他吃饭，然后回家，继续做一会儿工作，看看书，和林铎打个电话，然后洗澡，睡觉，哪里也不去，什么也不做，只等着林铎回来，带着希望和平静回来，我的生命是因他而存在，我生活的全部意义是等着他回来。

“你看看吧。”我们就座点完菜，罗天明把一沓稿子推到我面前，我翻开一看，是我翻译书稿的打印版。我抬头看了看他的脸，又看稿子，里面通篇都是密密麻麻的被红笔批改的痕迹，越往后翻，我的手越抖，心越沉，翻到一篇，整页打了一个大叉，再往后有一页，页面空白处用红笔写着大大的四个字：“狗屁不通！”

我翻得很慢，心脏跳得厉害，一句话也说不出，终于把最后一页也翻完了，只好抬头看着他，他抱着手正看着我，表情严肃，我在他的目光里不由自主地又低下头，茫然地又从第一页开始翻第二遍，恰好又翻到那“狗屁不通”四个大字，手停了下来，眼泪开始在眼眶里打转，随后啪嗒一声落在了纸上。

“你哭什么啊？”头上的声音说，我摇摇头，不肯抬头看他，眼睛紧盯着手里的稿子，眼泪噼里啪啦地往下掉，这种完全没有专业素质的表现实在是太丢人了，可是我就是完全无法控制自己，直到他抽出桌上的纸巾递给我。我接过纸巾，哭得更厉害了。

“别哭了。”他突然笑了起来，“该哭的应该是我才对吧。搞不好出版时间要延期了。”

“对不起。”我一边擦眼泪一边说。

“没想到你这么差啊。”

我满脸通红地不说话。

他说：“之前的稿子翻译得明明不错啊。”

“那是同学翻译的。”我说，“是她接的活，她病了，没办法继续做。我本来只是翻译其中一小部分。”

他沉默了几秒，伸手从我手中把稿子拿过来，放在桌子上，翻开稿子，找到一处指着一个词问我：“这个词你查了吗？”我点点头。“见过实物吗？”我摇摇头。

“如果对你来说，这只是一个词，你甚至连图片都没见过，也不知道它的历史背景和代表的含义，你怎么知道说话的人到底想表达的是什么呢？作为一个翻译者，你怎么能算看懂了文章呢？你的能力没问题，但是你这种态度是不认真、不负责任的。”

我默默地看着他，鼻子又开始发酸。

“不要哭。”他厉声说，“别让我瞧不起你。”

我把眼泪憋了回去，终于从这一连串打击中开始逐渐恢复意识，又去翻稿子，仔细看那红笔的批阅，渐渐放下心来，都不是大问题，如果我狠狠地拼一下，应该可以补救，也许还赶得上截稿日期，不给出版社造成太大损失。餐厅里灯光黑暗，每个桌子上方都只有一盏从天花板上拉下来的小灯，桌旁的水杯里漂浮着椭圆形的蜡漂，小小的烛光在水上颤抖摇曳着。服务员端着托盘来上菜，我庆幸着昏暗里没有人看得出我哭过。

“罗老师，对不起。”我说，“还有半个月，我会连剩下的部分一起给你，保证不会再出问题。”

他点点头，拿起刀叉开始吃他面前的牛排，吃了两口之后，漫不经心地问我：“你以为这是鸿门宴对吗？”

“什么？”我没懂。

“我约你出来的时候，你以为我要泡你。”他说，“你电话里的语气像个骄傲的小公主。”

“不不不不不不不……没有的。”我下意识地两只手一起对他摆。

他耸耸肩，突然想起了什么，满脸饶有趣味的表情。“我讲个有意思的故事给你听吧。”他说，“你看过《唐璜》吧。”

“上课时候老师讲过。没看过原著。”

“知道唐璜怎么泡妞吗？”

我摇摇头。

“是这样的。”他放下手里的刀叉，拿起餐巾擦了擦嘴，向我示意伸出手来，我把手伸给他，他握住我的手，把它翻过来，把手背朝上，拉到他的面前，一边托着我的手，一边用另一只手把我的中指和无名指分开。我困惑不解地看着他。

“当他向女人行吻手礼的时候，他会这样……”他一边说着，一边用一只手指碰触我无名指的指尖，然后用指尖代替嘴唇做示范，沿着我的无名指内侧慢慢向前抚摸，当他抚摸到我被他分开的中指和无名指的指根处时，我浑身一抖，猛地抽回了手。

他笑笑，拿起刀叉，继续吃他的牛排。吃了两口看到我没在吃，停下来。

“译稿子遇到难处，就打电话给我吧。”他说。

“嗯？”我还在眩晕中。

“不用不好意思。”

“可是……”

“听老师的话。”他用下巴示意了下我面前的盘子，“快吃吧，都凉了。”

我默默地切牛排，可是我吃不下，我看着他修长的手指拿着刀叉在我眼前晃来晃去，我要努力按捺住想摸一摸它们的冲动。餐厅的乐池是一个单独悬空的玻璃房子，一个弹吉他的男孩在里面拨弄着吉他唱着歌，一偏头就可以看得到。

我的手机响起来，是林铎，我没有离开座位就接起来，和林铎说了几句话，最后挂电话的时候，林铎照例说我爱你。我犹豫了一下，低声说我也是。挂掉电话，我抬起头，发现他正在默默地看着我，连忙低头继续吃饭。吃完饭，我们一起走出饭店，屋外秋阳高照，晃得人睁不开眼睛，我和罗天明告别，独自回家。走在明亮的白日里，仿佛一下从现实走入一场梦境。刚才一个男人轻触我指根时触电般的感觉又从身体里涌了上来，我的指根通往我的心脏，通往我身体比心更隐秘的地方。

我站在街头等绿灯，可是当绿灯亮起来的时候，我却站着没有动，掏出包里罗天明给我的稿子，随手翻到一页仔细看起来，我的每一个用错的词，搞错的语法，习惯用语，都被他仔细地写了批注，后面几页的批改虽然没有前面的详细，但是足以让人看明白要怎样做，在稿子的空白处，有他列出的参考书目。他是怎么在这么短的时间内做到的？这时绿灯又亮起来，我把稿子合上，拿在手里走过马路，一队幼儿园的小朋友迎面走过来，在他们身后，是附近商场那只发传单的公鸡，为了赶绿灯，正蹒跚着一路小跑过来，它的样子很滑稽，擦肩而过的时候，我还被它的翅膀撞了一下。

“快看，大公鸡！”一个孩子在我身后喊，我回过头，在马路对面，孩子们已经叽叽喳喳地围住了那只公鸡，纷纷伸出小手摸它的肚子。很显然大公鸡先生今天心情也不错，正低着头跟孩子们比比划划，又搂又抱，周围所有的人都在笑，我也笑了。

四五

夏念告诉我她开始动笔写论文了，我到她家去看她，她面前的桌上摊开一本书和一沓稿纸，稿纸上一个字都没有，我把翻译稿子从包里掏出摊开，坐在夏念身边开始干活，过了一会儿我抬头又去看她，她的书还打开在那一页，稿纸上一个字都没有。姜海涛一个人回老家去了，我站起身走进厨房，把所有的柜子都翻了一遍，翻出了两个西红柿，一包方便面，半包挂面，冰箱里只有几个快要过期的鸡蛋和一个打火机。我拿着打火机走进屋给夏念看，她很高兴，已经找了两天了，原来是在冰箱里，于是她打开抽屉，从抽屉里面掏出她的烟来点上抽了一口，把面前的书翻了一页。我去开窗户，然后也点上一支烟，抽了两口又捻灭了，走回厨房继续做饭。

我煮好面条，和夏念一起吃了之后干了一会儿活，我的进展非常快，这得力于罗天明给我的批注以及遇到问题能随时问夏念，大多数时候她给出答案都不需要查字典。她的论文仍旧一个字都没写，不过看上去她心情还不错。从她家出来的时候，已经是晚上七八点钟的光景，月亮悬在路的尽头，晴朗的秋夜里，可以看到月亮上的斑斑点点。一个人站在树下讲电话，我从大门走出来时，那人正说完最后两句，身体也移到树后面，我走过那棵树几米，停下来，犹豫了一下，又走回那棵树下，那个人站在树的另一侧。

“高家驷？”我说。

高家驷从树后慢慢走出来。

“小唐，好久不见。”他说。

“果然是你。”我说，“你什么时候回来的？”

“回来两个月了。”他说，一只手揣在兜里，另一只胳膊腋下夹着一只包，手里拿着一个手机，他穿着西装裤和一件深色的夹克，没有拉拉链，露出里面的横条纹 POLO 衫，他手里的电话铃响了起来，他看了一眼接了起来，对方说了什么，他回答“我马上到”然后挂了电话，看着我，等着我开口。月光照在他的已经发福的脸上，还能看到从前英俊的模样。

“是夏念的电话？”我问。

他点点头。

“进去吧。”我说。他张了张嘴想说些什么，但是没等他开口我就走掉了，回到家，我休息了一下，把稿子拿出来继续干活，林铎打来电话，我们聊了几句，简单说了下今天各自做了什么事，然后互相说“我爱你”，“我也爱你”，然后“再见”。最近我们相处得不错，很久没有吵架，我哪里也没有去，谁也不见，每天除了上课，就是在家干活，这让林铎很满意。晚上九点的时候，电话铃又响了起来，我知道那一定是罗天明，于是抱着电话机上床，调整好了个比较舒服的姿势接起电话。

“为什么你那边有水声？”我问。

“因为我在洗澡。”他说，“你现在在干什么？”

“跟你打电话。”

“坐着？”

“在床上。”

我们又说了一会儿废话，他在那边不断地拨水，我跟他讲了夏念的事。

“你在生气。”他笑了。

“我没有生气。”我停了一下，又说，“好吧我是在生气。”

“为什么呢？”

“两个人都已婚了呀！”我很吃惊，“结了婚就要对爱人负责，这是欺骗。”

“你现在不是在跟我打电话吗？你也有男朋友啊。”

“我们不一样。我们只是通电话。”我现在真的有点生气了，“而且我也没结婚……”

“小诺。”他突然这样叫住我，我愣住，这样亲昵的称呼出现在我们之间还是第一次。

“你不结婚是因为这个吧？”他说，“因为你怕自己出轨，你知道你会遇到我。”

我没说话。

“因为你想和我做爱。”

“胡说什么呀，别自以为是。”现在我真的生气了。

“好吧，不逗你了。”他笑出声来，“说件正经事。”

水声停止了，话筒里传你来几秒钟的寂静，我等了下，以为断线了，喂喂了两声。他哼了一声表示还在。

“什么正经事？”我问。

“我想和你做爱。”他说。

“你的水凉了，快出来吧。”我说。

他没有出来，赖在水里跟我聊天，中间加了两次热水，他说他准是发疯了，我笑，说你的鱼尾巴长出来了吗？他说没长鱼尾巴长了点别的。我们最近每天都要这样说说话，每天晚上等着他的电话打来，成为了我生活中最重要的一件事，也成了唯一让我感到快乐的事。和他说话时，我是快乐的，放下电话时我也是快乐的，我终于可以带着微笑去睡觉，很久没有人在乎我是否快乐，可是他在乎，他像是童话故事里那个花衣魔笛手，而我是个孩子，他吹起了笛子，我的心就跟着他走了，跑了，飞了。我们放下电话已经是凌晨两点，夜色静谧如水，我最后看了一眼月亮，就心满意足地睡着了。

这一觉并没有睡多久，电话铃便又响了起来，我一边挣扎着支起半个身子伸手去抓电话，一边去看床头柜上的表——八点四十分，虽然阳光已经照进屋子，我依然恨那个把我叫醒的人，那是个女人，她喂喂了两声，说出了我的名字，要和我说话，我说我就是，然后对方报上了自己的名字，我还没完全清醒过来，好一会儿才想起对方是谁。

“赵老师，你好。”我说。

我和这位赵老师只见过一面，她是我教课的补习学校的一个男孩的妈妈，母子两个都长着一双水汪汪的大眼睛，她的儿子是一个懒洋洋的男孩子，不爱学习，也不捣乱课堂纪律，有时忍不住会说些小话，但更多的时候则像一摊烂泥一样趴在桌子上，叫起来站上几分钟都累得不行，马上要委顿到地上去一样。后来他妈妈出现了，我们聊了几句，发现原来男孩在苏金金教书的新世纪小学上学，而妈妈在那里教语文，是苏金金的同事，我当时很高兴，跟她说苏金金是我的好朋友，后来见到苏金金也说你的同事的小孩在我班上补习英文。她听完只是不置可否地哦了一声。

“您找我有什么事吗？”寒暄了几句之后，我问她。

“你知道吗？你那个好朋友苏金金，她被学校开除了。”

我一下睡意全无，彻底清醒了：“什么？为什么？这是什么时候的事？”

“就是上周五。”

“为什么？”

“因为她打学生。”

不等我有反应，女人自己连珠炮似的往下说起来：“我跟你说，她打学生不是一两天了。一直都打，揪着学生红领巾勒脖子，坐在讲台上，跟学生说：‘来，宝贝儿！给老师捶捶肩。’学生都太小，不敢说话，她跟校长关系也特别好，这事校长也知道，但是一直纵容她。这次是因为她扇一个学生耳光，把学生打得跑回家去了，哭着喊着要退学。学生家长就找到学校来了。事情闹大了，校长再也没办法护着她，只好把她劝退了。”

“不会吧……”我目瞪口呆，无法相信这是那个逆来顺受的苏金金做的事。

“她因为嫌扇耳光手太疼，所以都不拿手扇耳光，拿铁皮文具盒扇孩子脸。”

我拿着话筒听着，赵老师的话还没有说完：“除了这个，还有别的事要告诉你，唐老师，其实我早就想跟你说了，你记不记得那次你和我说苏金金是你的好朋友？后来上班的时候我碰到她就跟她说了，我说你知道吗？我家小凯在名门外语补习，他的老师就是你的那个好朋友唐立诺，她当时的反应就是‘啊，是她啊’，然后也没说什么，但第二天午休吃饭的时候，她特地端着饭坐到我的身边来跟我说话，她说：‘赵老师……我那个朋友唐立诺，她讲课完全不行，你别让儿子跟她学外语了。’我当时还说：‘我听过她的课，我觉得她讲得挺好的啊，我家小凯也挺喜欢她的。’然后她说：‘啊……这样啊……如果你要这么说，我就不说什么，我也是为了孩子好。’”

我没有说话，一直看着棉被上的花，直到对方停下来试探地问了一句：“喂……”

“我在……”我说。

“小唐老师，你们不是好朋友吗？”赵老师说。

“嗯，是啊，我们从高中就很要好。”我说。

“我给你电话，是因为我觉得你这小姑娘挺单纯的。”

“谢谢您。”我说。

“没事，你还是防着点儿你这个朋友吧。”

可是，防什么呢？我没有钱，也没有名气，只是一个普通的教书匠，交了一个穷男朋友，辛苦地打工干活，兼两份差，没钱结婚，一直在发胖，脸越来越黑，整天愁容满面，不再漂亮，不再喜欢照镜子也不再喜欢照相，这样的一个女人，有什么需要防范的呢？我放下电话，在床上傻傻地坐了好半天，都无法相信这是真的，却又无法不相信这些话内容的可信性。听到苏金金说话的语气惟妙惟肖地从另一个女人口中吐露出来，我感觉好像撞到鬼一样，吓得出了一身冷汗，因为这语气我实在是太熟悉了，说过这些话的只能是她，不会是别人。语言可以瞎编，但是一个人的语气和那语气中包含的意味却无法杜撰，以及我告诉她这件事的时候她奇怪的反应，全都对上号了，原来她早已知道。对我来说，这就是铁证如山。

这世界正在变成我所不能理解的世界，朋友也不再是我了解的朋友，我从被窝里爬出来，穿衣服起身去洗漱。回到屋里，我打了个电话给林铎。

“你知道得太多了。”林铎听完我的描述后说。

我知道她些什么啊？我努力地思索和回忆着。

“必须杀而后快。”他补充道，语气里有一种被抑制住的高兴，但我不知道那是为什么。

放下电话，我完全困惑了，窗外又是狂风大作，漫天黄沙的天气，我趴在窗口看着外面的世界，树木楼宇都在黄沙里看不清，虽然我和苏金金现在不如从前亲密了，已经很久没通过电话，也没有见过面，但我们在漫天黄沙中拥抱在一起的日子仿佛还是昨天，而我现在一点也不想打电话给苏金金，把事情问清楚，一点也不。无论是什么原因让她这样说的，都已经不重要。重要的是她竟然恨我，而我心里恐怕也早就感觉到，所以才会这么快就相信别人告诉我的这一切吧。

可是这一切到底又是为什么呢？这世界如此似是而非，连我自己都模糊不清得让人恼怒。人类的灵魂是纠结复杂莫名其妙不容分说难以解释又无法沟通的，只有身体的欲望清晰如黑白，不容人有半点怀疑。我突然觉得自己比任何时候都更想听到罗天明的声音，这世界只有他是清明的。“我想和你做爱。”当一个男人清清楚楚地对我说这句话的时候，我的脸在发烧，我的心跳在加速，我的下体有暖流。也许灵魂是比肉体更高贵的东西吧，因为它太复杂，难以捉摸。可是肉体却比灵魂更单纯，因为它从来不骗人，也不自欺，它从不困惑，也不需要解释，更不需要掩饰。一个跟着自己的肉体走的人，是最纯真的人，它从不痛苦，可惜我们都做不到。

“我也想和你做爱。”我在手机短信的输入框里打上这几个字发给那个纯真的人，拿着手机犹豫了一下，然后删掉了。

四六

东方小巴黎的早晨没有几个人，我和夏念在靠窗的座位坐下，我喝着果汁，她漫不经心地翻着一本半年前的时尚杂志，直到服务员把沙拉先送上来，我们都放下手里的东西，一声不响地拿着叉子往嘴里塞着叶子、瓜果和篮子里的面包。我不知道高家驷有没有告诉她遇到我的事，他可能已经说了，我有些后悔没有嘱咐那男人不要说遇到我了，我也后悔那天为什么要转身去那棵树下把他揪出来，我这该死的好奇心又一次把我推到了一个知情人的位置，这让我对一切感到厌烦透顶，我希望夏念不要来征求我的意见，我很爱这个朋友，但是对于她所做的这一切我已经有些受够了，特别是当发现对方还是高家驷的时候。

罗天明说得对，我是在生气，但我不是在生他们任何一个人的气，我不知道我在生什么气，生谁的气，或者也可以说，我在生所有人的气，为什么每个人都越来荒谬了，变得如此不可理喻了呢，这世界越发和我想要的不一样了，又或者我是在气我自己，我吃惊自己竟然能够理解他们的做法，甚至连同苏金金在别人面前诋毁我，我都能理解。也许我是在生高家驷的气，虽然我一向不喜欢他，但他曾是那么一个风流倜傥的年轻人，就算他是个混蛋，也还是个年轻干净的好看的混蛋，而今却穿着横条纹衬衫，腋下夹着个破皮包，挺着一个圆滚滚的肚子，浑身都是中年人的腌臜，这真让我生气。我也生夏念的气，她竟然无法忘记这样一个穿着横条纹衬衫，头发都梳到脑后去的男人，还跟他搞在一起。所有人都变了，我也变了，我也生我自己的气，想到镜子里那个肥胖的难看的越来越像中年大妈的女人竟然是我，我都快要气疯了，可是这世界怎么了？好像没什么人和我一样这么生气，大家都兴高采烈地过日子，根本就不知道自己正在一点点地腐烂掉，变成猪，变成驴子，每天活得臭烘烘的，正在长出难看的鼻子和耳朵。于是我只好关起门来谁也不理，连跟林铎吵架都没什么力气，好些天都没有给夏念打电话，直到她约我，我才出来，气呼呼地坐在这里。她肯定是看出来了，可她一句都没问我，只是跟随便说了几句关于天气，我的新发型，我的稿子，她的毕业论文什么的话，然后我们就坐在那儿一言不发等着吃东西，等到东西上来开始一言不发地认真吃东西。我确定高家驷已经告诉她了。我正在想她怎么还没开口谈起此事，她开始说话了。

“我已经和姜海涛坦白了，我要和高家驷在一起。”

我停下手里的刀叉瞪着她，她也看着我。“你瞪我干吗啊。”她说。窗外的街道渐渐热闹起来，上班和上学的人开始三三两两地经过窗前，一群穿着校服的小学生背着双肩包拎着饭盒从我们眼前走过，后面是两个化着浓妆的时髦女郎，一看便知是前面女人街里卖服装的姑娘。街对面店铺的铁门一扇扇地被拉开，一些小商品被摆到街上来。卖糖炒栗子的小伙子把装栗子的铁锅转动起来。

“请问高家驷知道这个事儿吗？”我问。

“和姜海涛离婚吗？”她摇摇头，“我还没跟他说。这次是单位外派回来的，现在他回广州去了。不过我毕业以后可以去广州工作。”

我耸耸肩，继续吃我的沙拉，我的奶油蘑菇汤也上来了，我喝我的汤，我不想对这事情发表意见，反正我的意见也没什么用，也没有人要听，就像我这个人一样，人人都说想听我对这个事那个事的看法，可是人人都不把我的看法当回事。然而夏念却没打算继续吃，她还看着我，似乎在等着我说什么。说什么呢？“好吧。我觉得你可真够……”我停了下来，不知道该不该继续说。

“够 bitch 的？”她问。

“不，”我说，“是够傻逼的，对不起，可我实在是想不出别的形容词了，不过你有没有搞错？高家驷？ Really ？我宁可你是个 bitch。”

“我也这么想。”她说。

“你怎么能这样呢。姜海涛没伤害过你，你怎么能这么对待人家，你这么做也太自私了。”

她没说话，转头望向窗外，过了一会儿，她问我：“你还记得我结婚之后那次犯病吗？”

“记得，怎么了？”

“我和姜海涛……我们那时候一直没有夫妻生活。”

我放下手里的杯子，看着她，她没有看我，我静静地等着她说下去。

“问题出在我，我……我没办法和他过夫妻生活，我们结婚前，我以为我可以像别的女人一样，即便不爱这个男人也没关系，不就是躺在那里吗。可是后来我发现我不行，我连他亲我，摸我一下都无法忍受。所以我们结婚一个月都没有做过，后来有一天晚上，我们为这事儿吵了起来，他很愤怒，就强迫了我……然后，然后我就犯病了。在那之后，直到现在，我们都再也没有过……”

我倒吸一口冷气。

“我不仅是傻逼，还是 bitch，而且我还是疯子，但我不是骗子，我不撒谎，我从没有对姜海涛说过一句谎话，一个字的谎话都没说过，从前不说，今后也不会说。我也不想这样，可我这辈子只爱过高家驷一个人，我只属于他一个人，从来没属于过别人。我又见到他之后我终于明白这点了，我只有跟他在一起才能像一个正常的女人，我才能得救，我的心里才能踏实，才能不发疯，这是我最后的希望了。”

她眼里泛起泪花，我拿起桌上一包纸巾递给她，但是她只是摇摇头，并没有哭。

“你别以为这么就有理了，他都胖得跟猪似的了。”我说。

“你不也发胖了嘛。”她说。

“呦！”我说，“看来你精神状态是不错。”

她扑哧一声笑了，她的额头发亮，笑起来好看得像一朵花，这笑容我已经很久没在她脸上看到了，一瞬间仿佛回到了十九岁，那时候我刚刚遇到她，她坐在寒酸的小面馆里一面谈论着心爱的男人，一面挥挥手把苍蝇赶开。如今这么多年过去了，我们竟然还在谈论着同一个男人，她的男人，他在她的眼中还是当初的少年，她也还是当年的姑娘，全然看不到他的改变，也看不到自己的改变，只是一厢情愿地活在过去的好时光里。至于姜海涛怎么办？我提到这个问题，但实际上我也并不是真的关心她的丈夫，我为我们今天竟然变得这样理直气壮的冷酷和自私感到吃惊，我想是因为我看到了她脸上的幸福的缘故，这幸福的光彩我也已经很久没在我自己脸上看到过。也许她能代替我逃出这监狱，得到幸福，如果是这样，我能够远远地目送她，也不错。

窗外刮过一阵大风，两个年轻的女孩正从窗前经过，她们在风里站住抱在一起，把头伏在对方的肩膀上等风刮过去，然后手拉着手继续往前走，推开了小巴黎的门，向我们走过来。我这才认出其中的一个是夏念的小表妹，她比我们小十多岁，还在上学，我平时见到的都是穿着丑陋宽大校服的黄毛丫头，现在看到她穿着牛仔裤和夹克衫，才发现她已经长成一个大姑娘了。

“小唐姐姐。”女孩跟我打招呼。夏念抬头看到她，没有说什么，伸手把手边的包拿了起来。

“你怎么没上课？”我问。

“请假了。”她说，双手插兜站在我们的桌边，微微摇晃着身体。两只长腿交换着重心，随时准备拔腿就跑的样子。

夏念把手伸进包里，掏出一个信封递给她：“真的不用我陪你吗。”

“不用。”女孩指着站在门口等她的另一个女孩说，那女孩也是一样穿着运动衣，毛衫的兜帽罩在头上，软骨病一样勉强站着，“我朋友陪我就行了。”

夏念没再说什么，女孩把信封揣进双肩包里，说句那我走了，又说小唐姐姐再见，然后就和她的朋友手牵手一起走了。她长得和夏念很像，但比夏念还漂亮，脸色有些苍白，一副忧愁的模样。我问她怎么了？为什么借钱？夏念说她去打胎，不敢告诉她妈妈，就来找夏念。

“我们这些姑姑、表姐之类的东西，就是她们离家出走啊，打胎时会用到的提款机而已。”

“才十九吧。”我说。

“十八。”夏念说。

“我十八岁的时候还没跟男孩接过吻呢。”我说。

“时代不同了啊！”夏念说，“想想当初自己为这些和高家驷较劲，吵架，翻脸最后闹到分手，我进精神病院，可是等我现在长大了，变老了，他也发胖了，却发现世界突然就变了，这些事情都不算什么了。我觉得我好像我太奶，她当年珍藏着她那些袁大头，省吃俭用地舍不得花，营养不良到一身病，到后来在旧货市场一块钱就买一个。”

“这也没办法吧。”我说，“我们那时候能知道什么呢？大人们又总是吓唬我们。”

“我也像她们那么年轻过，可我把一切都搞砸了。”她望着窗外若有所思地说，“什么青春无悔，都是狗屁的话，我有一大堆后悔的事，如果我可以从头来过，我想十八岁的时候就和高家驷做爱。我们那时候那么相爱，为什么要相信那些鬼话呢。”

“很多人的青春都烂得跟一坨屎一样。她们也一样，你以为她们就没搞砸吗？只不过各自用各自的方式搞砸罢了，不然怎么叫青春呢？”

她摇摇头，没再说什么。那天晚上，夏念又一次进了医院，这次不是她自己折腾的，而是被姜海涛打得进了医院。左手腕和肘关节两处骨折，鼻梁骨断裂，右眼充血，后脑轻微脑震荡。我在医院走廊里见到姜海涛，他颓然地坐在椅子上，右手吊着绷带上，手腕上缠着纱布。我想起苏金金来，论打人，她显然比姜海涛有经验多了，扇个耳光知道要护手，应该用铁皮文具盒。两天前我们通过一个电话，她告诉我她从学校辞职了，因为觉得没前途，赚得太少了，史冯的爸爸答应帮助她进电视台。我说好啊那恭喜你了。然后我就匆匆挂了电话，我既没有若无其事地安慰她，也没有把事情问清楚，不知道为什么，我总觉得好像是自己做了亏心事一样无法面对她。我害怕和她争吵，我害怕和一切人争吵，和林铎在一起的五年里，我的生活里充满着争吵，已经不堪再吵了。于是我说改天我去看你就挂了电话。

我撒谎了，我一点不想见到她，这并不是因为她在别人面前诋毁我，而是因为她竟然动手打孩子。后面的这件事比前者更让我无法接受，哪怕她是我的朋友，而那些学校的老师和校长竟然熟视无睹了这么久，让我无法理解，这就是成年人的世界吗？成年人都接受的事情，我却不能接受，这是我自己有些傻吗，我羞于和苏金金理论，只好敷衍之后匆匆挂断电话。

那么夏念呢？她从不尊重她的丈夫，现在又出轨，被丈夫打，我该如何评判她呢？她是活该吗？那么我呢？我现在每天和一个男人通电话，他告诉我他想要我，我没说什么，可是我也想要他，我想买张火车票去有他的城市，我想和他做爱，随便他带我去哪里，再也不回到这个城市来，我欺骗了林铎，我该如何评判我自己呢？那么林铎呢？那么高家驷呢？那么姜海涛呢？

那么……苏金金呢？我又有什么资格批判她呢？我觉得我的道德感特别奇怪，我想这件事我不方便对人说。又或许，这并不是什么道德感的事，我们只是早已开始互相厌恶而已，这事儿跟道德根本无关，道德只是我的幌子……

夏念慢慢睁开眼睛醒过来，渐渐恢复了意识，她努力辨认着周围的环境，看到我就冲我笑笑。“怎么总也死不了啊？真邪门儿。”她说。她的脸被打得面目全非，跟猪头一样充着血，笑起来有些吓人，眼泪和口水一起流了下来，我从旁边拿了纸巾给她擦干净。

“竟然还笑得出来。”

“姜海涛在外面吗？”她问。

“在。”

“让他回去吧，不要再来了。替我转告他，我不怪他，我只希望他尽快搬走，我再也不想见到他。”

第六章

四 七

火车突然咯噔一下停住了，我从梦中醒来，在黑暗中躺了一会儿，脑子变得越来越清醒，渐渐地想起自己置身何处，要往何处去，便再也睡不着了。车厢的另一端，有人在小声聊天，火车安静地趴在铁轨上，偶尔叹口气。我稍微欠起身看了看窗外，旷野里一片漆黑，远方是隐约的农田，近处模糊可见的枯树林在风中摇曳，树影落在荒草地上，在铁轨上折成了几截。我想起迷迷糊糊睡着时，似乎听到短信的提示音，便摸索着掏出手机来看，现在是凌晨三点十四分，昨晚十点十八分，林铎嘱咐我路上要小心，回到家给他去电话。还有一条是我睡着的时候收到的，是罗天明的短信，十一点二十三分，他告诉我明天早上他会进站台接我，他已经按捺不住想立刻见到我。

“我也是。”我回短信给罗天明。他没有回，应该是睡了。这样更好，火车明天早上到站，如果他不出现，我就马上买张火车票回家，也许这是最好的结果。我千里迢迢，和男友撒谎说是到外地出差，坐上火车离开家乡，就是为了到北京的站台站一下，也许这真的是最好的结果，至少我来过这个有他存在的城市，然后我就可以踏踏实实地回去和林铎结婚了，再怎么争吵也好，变得又老又丑也好，回去接受这就是生活本来的样子，这就是我的命，我和别的女人没什么不同。我走在林铎的身后，跟着他一处一处地进出空的楼宇和正在挖坑打桩的工地，在样板间，他指着厨房给我看：“这里就是你以后要生活战斗的地方。”我们打开浴室的门，我看到浴缸，仿佛看到了自己用剃刀割断了静脉，死在里面的样子，这念头吓了我一跳，赶紧摇摇头把它摇掉了。我们走出售楼中心，走进冬日的阳光里，他说就这套房子吧。我没有说话。当年我曾天真地以为，到了这一天都会自动解决的问题，其实一样都没解决。

“你到底什么意思？”他问。

“我们哪来的钱啊。咱俩的存款都不够一个零头。”我说。

“借钱好了。”

“可是要背那么多的债。”

“没关系，咱俩慢慢还。”

“再说，你还没跟我求过婚呢。”

他笑了：“你都快三十了，不嫁我还想嫁给谁去？我不要你，谁还要你啊。”我没说话，他继续说：“我不是告诉过你了吗？我不想办婚礼。买房子登个记就可以了。”

“要不然……再等等吧。”

他不再说话，大步流星往前走，在小区的大门口站定，我跟上来，看着他的背影，知道他又要发作了。

“等什么？”他说，“你还想等什么？我早就跟你说过了，我就这样了，一辈子发不了财，你要是嫌我穷就别跟着我。”

“我如果嫌你穷，会跟你在一起五年吗？”

“你现在也可以滚。”他声音提高了八度，突然转过身向我逼近过来，脸色阴沉得可怕，我吓得退了两步，他停下来，没有再继续向前，只是站在原地，浑身紧绷，我们这样僵持了几秒，我走上前去，拉了拉他的袖子。“唉！”我轻轻地说，他猛地一甩胳膊把我甩出去几步。

“你滚吧。”他说，伸手拦住一辆出租车，钻进去走掉了。我掏出手机给他打电话，开始时是不接，后来是关机，于是我只好把手机放回包里，站在路边哭了一会儿，慢慢往家走。风吹着我的脸有点疼，零下三十度的冬夜里，我的睫毛结了冰，每眨动一下，下眼睑都是凉凉的。我冷得发抖，电话响起来，我以为是林铎，赶忙接起，却是罗天明。他说你的声音怎么不对呢？你怎么了？我站在风里哆哆嗦嗦地拿着电话，又开始哭起来。

“别哭了。”他柔声说，“听着心疼。”

我哭得更厉害了，虽然觉得这样哭很羞耻，但是我完全无法控制，他的声音让我想起了爸爸。当年上小学的路上被自行车撞到扭了脚，一瘸一拐地坚持到了学校，同学说你装什么装啊，不就是想逃避大扫除嘛，我把眼泪咽到肚子里，一瘸一拐地回家，刚进院子，看到爸爸在门口停自行车，爸爸回头看了我一眼，轻声地问了我一句："你怎么了？"我一听，便立刻大哭起来。那个时候，我也是个有爸爸的人啊。

“我明天去订飞机票吧，我过去看你。”罗天明说。

“你怎么不问我发生了什么？”

“不管发生什么，只要你一句话，我就去你身边。”

“不要来。”

“好吧。”

“我去找你。”我说。

车厢里的白炽灯被打开，乘务员换票的声音从车厢远处传了过来，人们纷纷醒来，音乐也响了起来，我开始后悔自己的决定了。窗外天已经蒙蒙亮，我站在车窗前，看着列车缓缓开进北京站，所有人都下车了，我也不能赖在车里不下去，站在站台上，人们从我面前走过，好像潮水路过沙滩上的一粒小石子，潮水退去，小石头露了出来，被晾晒在沙滩上，成为一个无所谓的存在。我四处看了一下，马上发现了正背对着我、站在一个柱子后面四处找寻我的罗天明，他穿着一件米色的风衣，姿态有些鬼祟，好像老电影里一个特务正在等待着另外一个特务接头一样。我这时才想起来，我们其实只见过两面，虽然他的声音我已经十分熟悉，但是这背影是那么陌生，它让我不安。我走到他跟前，轻轻地叫了声“罗老师”。他转过头来看到我笑了笑，接过我手里的行李，很自然地牵起了我的手往外走。我们在一家粥铺吃完早餐，然后去他家，一路上我们都没有太说话，他开着车，我望着窗外，窗外到处都是高楼大厦，这就是我一直听说，但从未来过的北京，这里好像已经很久没有下过雪了，这里的天空灰蒙蒙的，这里有我深深迷恋着的男人，他现在坐在我的身边，可是我可以说是……几乎都不算认识他。

我一定是在做梦吧，所有的这一切都不是真的，火车站，粥铺，高楼大厦，这个城市的每个人，每一处，以及我为什么会在这里，都不是真实。我如今深陷梦中，一直在犹犹豫豫，不知道该掐着自己的大腿让自己醒来，还是把这个梦做下去。他住的楼有十八层，他的房子亮堂堂，他的窗帘是米黄色，他的双人沙发是红色，他的浴缸是小小的，他曾赤裸着坐在里面给我打电话，他的屋子有一张大床，我坐在他的床边，坐在我的梦里，我不敢说话，一个字都不敢说。生怕我一说话，眼前的他会变成一只怪物。

“你的表情像一只被惊吓到的小兔子。”他笑了。

“你今天不用上班吗？”我问他。

“下午要去晃一下。”他说。

“有水吗？我渴了。”

他走出去倒水，过了一会儿端了个玻璃杯进来，水是温热的，里面有新鲜的柠檬，我喝了一口，甜的。

“我给你加了点蜂蜜。”他嘱咐我，“慢点喝。”

“嗯。”我捧着杯子咕嘟咕嘟地喝着。

“你怎么浑身都在抖啊，抖得这么厉害。”他问我，“你冷吗？”

我摇摇头：“我害怕。”

“怕什么，我吗？”

我点点头。

他拉着我的手，他的手又大又暖，我从头到脚都战栗起来，抖如筛糠。他俯下身来吻了我的额头。“别怕。”他喃喃地说，然后吻我的鼻子，我的眼睛，我的嘴唇，他的嘴唇很柔软，他的呼吸很好闻，我没有和林铎以外的人这样接吻过，竟然是这样喜欢，嘴唇粘着嘴唇，舌头缠绕着舌头分不开，大脑这种东西已经完全不再需要。他抬起头，我一阵眩晕，当他又吻下来的时候，他开始动手脱掉我的衣服，我还在发抖，身体发冷又发烫，我的嘴唇依然哆哆嗦嗦地紧跟着他的，粘着他。天已经大亮，阳光透过他黄色的窗帘照进屋子，他背对着阳光，我看不清他的脸，可是他的眼睛看着我，好像猎人看着猎物，胜利者望着战俘。

“求我。”胜利者命令战俘。

“求求你。”我说。

“求我什么？”他问。

“……”

“说，求我操你……”他说。

我紧闭嘴唇，但是我已身不由己，我是被他捕获的猎物，在他的手中臣服……

啊！我一定是中了邪了，我一定是着了魔，中了他的妖术了，不，或者我只是堕落了，我现在是个 bitch 了，没有羞耻，没有过去和未来，只有此时此刻和做 bitch 的快乐，没有羞耻真快乐，阳光照耀我，我的主人占有我，抽空我，填满我，控制我，操纵我，带领着我向十八层地狱堕落，啊！堕落真快乐，没有自我真快乐，不由自主真快乐，我要把我的一切都交给他，我再也不需要我这破灵魂了，连同它带来的痛苦都不需要了，从此只做他的 bitch，做他的奴隶也可以，他要的一切都可以从我这里拿去，随他怎样，而我只想要换取这么一点点的快乐，一点点就好。

四八

我从一个梦里醒来，发现自己醒在另一个梦里，这个梦里有一个现实的房间，有黄色的窗帘，红色的沙发，十八层高空中一个小阳台，窗外看不到树，也看不到云，只有雾霾沉沉，车水马龙的声音在远方，梦里的房子外面没有鸟飞过，房子里关着我，我是一只金丝雀，每天等着主人给我带食物和水，等着主人的爱抚，然后用无忧无虑的快乐将我喂养。这是我的囚牢，也是我的天堂。我的主人在整整三天里只带着我下了两次楼，一次是出去吃饭，一次是送我去火车站。其余的时间我们都待在床上，在两次做爱的休息间隙，他给我看他的相册，看他在法国留学的时候穿着花衬衫，一副浪荡子的样子，又翻到一个女孩的照片，年龄跟我相仿，样子也像我，穿着我身上他给我准备的棉睡衣。

“这是谁？”我问他。

“我前女友。”他说。

“哦。”我说，他们个个都有前女友。

“啊，真不该给你看这照片。”他说，“忘记了。”

是忘记处理了还是忘记了不该给我看相册？我继续往后翻看着，心里并不觉得生气，一个背着男友来偷欢的女人，好像也没有什么资格对人家的前女友生气，我是一个撒谎者，但他不是，也许他是个流氓，但他没有撒谎。我来到这里，只是为了寻找这一点点快乐，没想到我得到的快乐太多了，排山倒海而来，已经吞没了我，又把我托在半空中，在囚牢里飞翔。我没有去和他谈论未来，我们谁也没有提及这个话题，因为我们心里明白，我们大概是没有什么未来。

“为什么是我呢？”我问罗天明，“为什么要帮我那么多？”

“你很特别。”

我摇摇头：“我不特别，我曾经算是个好看的姑娘，但早就不是了，这我知道，我很普通，跟别的姑娘没什么两样。”

“你身上有种你不知道的东西。”他说。

“是什么？”

“不好描述，是朴实吧。”

我笑：“不许骂人。”

在我要离开的那个下午，我们最后一次做爱，然后穿上衣服，他帮我把我的行李放到后备箱里，开着车穿过这个巨大的城市。他怎么把我从火车上接下来的，就怎么把我送回到火车上去，送我回我的现实中去，他在他的现实中留下来。车厢里都是人，我们站在过道里，不断地挪来挪去给人让路，离开了那个小房间和那张大床，这样穿着衣服置身于人群中，让我们两个人都感到有些尴尬。他看看我说那我走了，我点点头，他头也不回地转身下车了，我把走道上的椅子放下来坐好，火车很快开了，他电话打进来，对我说：“其实我走下火车，回头看到你没跟下来，心里很失落。”

我沉默不语，我来到你身边，祈求你给我快乐，将我豢养，你给我的比我想要得多，可是你一打开笼子的门，我还是要飞走了，飞回我男朋友的身边去，回到我的冬天里去，这是我的宿命。我在早上下了火车，坐上直达我家的公交车，车子慢慢地在这个城市穿行着，车厢里都是人们呼出的雾气。我冷得全身都在发抖，分不清自己是在做梦还是醒着。我想我得跟谁说点什么，于是我掏出手机拨通了夏念的电话，告诉她我回来了。

“我今天要和姜海涛去办手续。”她说，“你还好吗？”

“你记得林铎的前女友出现，我们差点分手那一次吗？”

“记得，怎么了？”

“有一天，我们进行了很长时间的深谈，他抱着我哭，我很奇怪，受伤害的人明明是我，为什么他哭得比我还伤心，后来他对我说，最让他伤心的不是对我们的爱情失望，不是我不好，而是他对自己太失望了，他一直以为自己和别人不一样，他可以一辈子只爱一个人，只爱我，永远都不会变，他看不上那些乱七八糟的人，可是现在他发现自己竟然变了，他和他从前瞧不上的那些人没有什么两样，这让他很绝望。奇怪的是，我当时一点都没生他气，直到现在也是，我抱着他哭，一个劲儿地对他说，没关系，他只是一时糊涂，就像个迷路了的小孩儿，我会在这里等他回来。”

“我想我现在终于明白他说的那种绝望的感觉了。夏念，这是我们最后相信的一点东西了。”我说，“现在连这点东西也毁了。”

电话里寂静无声，我知道夏念在听，可是我不知道还能说什么了，于是挂了电话，我想看看窗外，可是车窗上结着厚厚的霜，我摘下手套，把手掌按在车窗上，霜雪在我手心融化，我身体的暖意顺着我的指间慢慢地流出，直到触摸到冰凉的玻璃，我才把手拿开，从我的手心向外看了看，窗外的景色我太熟悉，灰蒙蒙的城市是我离开之前的样子，实在没什么好看的。

林铎，我终于比从前更懂你了，但是你永远都不会知道，我懂得了你的绝望，我现在和你一样绝望，但是你永远都不会知道，我现在已经不再爱你了，而你是早已经不爱我了。这真让人难以置信，但是我现在相信了，相信你不爱我了，就像当初我相信你爱我一样，没有什么比这更清楚无误了，我真想为自己不再爱你了抱着你大哭一场，和你为了你不再爱我而伤心一样，可是我的眼泪已经流干了，我比从前更心疼你了，因为我知道那种疼了，我也疼过了，我现在和你一样了，我们以为我们永远不会变成别人那样，可是我们错了，我们再也回不去了。对不起，我没有像答应你的那样在原地等你回来，我现在也迷路了。

“出差顺利吗？”晚上和林铎通电话，他问。

“还好。”我说，“就是想你了。”

“再等一个月就回去了啊。”

“我爱你。”

“我也爱你，你去帮我办个事儿。”他说，“我三叔家那小子结婚，他们找了个电视台的人来录像，拿到录像带才发现，电视台机器是特定的，家用录像机放不了，得倒成家用录像带才能看，录像那哥们儿刚出国，得一个月才回来，这带子只能到电视台去倒，你去找史冯，让他帮忙把带子倒过来。”

“好。”

“乐乐学习怎么样了？”他问。

“不怎么样，这孩子太懒了。你能不能跟你三姑说说，找个理由把补课这事推了？我真不想再给他补课了。我太累了，好不容易有个周日，我也想休息，想在家看看书，主要是我给他补了一年了，也没看到什么进步。”

“宝贝儿，我知道你辛苦。”他说，“三姑对我不错，三姑夫帮我找工作，都是咱们自己家的事，你也得给我长脸啊。”

我的胸口又有了那种透不过来气的感觉，我必须要马上挂掉电话，否则我就要发疯。拒绝就意味着争吵，于是我说好吧，他说你怎么了你生气了吗我说没有然后他说好媳妇乖媳妇我是爱你的，我说我也是。放下电话，如释重负，看着表等到九点半，罗天明的电话没有像往常一样打来，我把电话打过去，电话铃响了几声，没有人接。

四九

自从苏金金离开新世纪小学之后，我就一直没有再见到过她了，开始时她还给我打过一两次电话，告诉我史冯的妈妈终于不再反对他们交往，史冯的爸爸帮助她进了电视台，现在给一个美食节目组做策划，每天都很忙，进出各大饭店，虽然暂时还只能做临时工，但他爸爸已经答应有机会就帮助她转正。我恭喜了她，她说没什么可恭喜的，不过电视台是她一直以来的梦想，比在学校强多了，她不能理解为什么我还在教书，为什么不让林铎的亲戚也帮我找找关系，换份更好的工作呢？我心不在焉地听着她说，始终想问问清楚她是不是真的打孩子，说过那些中伤话，可是我始终问不出口，我怕我一旦问出来，我们朋友也没得做了，于是我像做了亏心事一样，总是随便应付她几句就挂掉电话，后来很长一段时间，她都没有再联系我。直到我给史冯打电话，让他帮我转制录像带，我才又接到她的电话。那是一个星期天的下午，我刚刚从林铎的三叔那里回来，拿着他们交给我的任务。从一个热烘烘的屋子出来，坐了半个小时的公交车，浑身冰冷地走进另一个热烘烘的屋子，衣服还没来得及脱，电话响起来。

“史冯跟我说你让他帮忙转制录像带。”苏金金开门见山地说。

“是啊。”

“我打电话是要告诉你，这事不帮你办了，你找别人吧。”苏金金说。

“什么？”我怀疑自己听错了。

“我不同意。”她说，“这事儿我不让他帮你办。”

“为什么？”

“没有那么多为什么，我就是不允许了，你找我男朋友办事经过我了吗？”

“可他也是我同学啊。”

“就算是你同学，如果他不是我男朋友，你们能到现在还保持联络吗？他会帮你这个忙吗？”

我很生气：“难道我找自己的同学办事还需要经过你同意吗？”

“不经过我同意就不行，史冯那边我已经跟他说了，希望你以后少给他打电话。”

在我愣怔住的几秒钟里，电话咔哒被挂断，忙音嘟嘟地传来，我把脱了一半的羽绒服脱下来扔到床上，在屋子里走了两圈，还是不能理解到底发生了什么，屋子里的暖气哗啦啦地响，我热得发慌，气得浑身都在发抖，于是把毛衣外套也脱掉，只穿着一个衬衫，拿起电话又给苏金金拨过去。

“我不明白，到底怎么了？”我问她。

“你心里明白得很。”她说，“你上次跑去找我姐姐买录像机经过我同意了吗？还让我姐姐给你打折，后来你跟我说了吗？我姐姐跟我说我才知道，现在又跑来找我男友办事。”

录像机？我想起来我的第一个录像机，确实是没有通过她，那天我刚刚睡醒，心血来潮想去买个录像机，就直接跑到百货大楼找她姐姐买了，可是，我也必须要承认，我可以等两天，给她先打个电话，但是我没有，我确实有不想给她电话的心理。

“以后你少利用我的关系。”

“史冯是我同学。”

“现在他是我男朋友，我说了算。”

“朋友之间有必要这么计较吗？”我问。

“朋友？”她鼻子里哼了一声，“你把我当朋友了吗？我被学校辞退你来看过我吗？我给你打电话的时候，你这个朋友来安慰过我吗？我说我去电视台，你那句恭喜说得多么心不甘情不愿啊。”

我没有说话，她继续说了下去：“多少年了，你一直就是这样自以为是，自我为中心，总是这么高高在上，什么都自作主张，好像全世界你最聪明，你最正确，男生都喜欢你，所有人都围着你转，其实你心里一直觉得我样样都不如你，你为什么现在对我这么不冷不热的？不就是因为我赚钱比你多，工作比你好，我找个男朋友也比你的条件好，我现在样样都比你强吗？所以你现在对我这个态度，就是因为你在嫉妒我。”

“真没想到，”我说，“你竟然是这样想我。”

“你对我怎样你自己心里知道。”她说，“我告诉你，我今天得到的一切都是我吃尽苦头自己争取来的，你呢？只是个不肯吃苦的娇小姐罢了。”

“这么多年的朋友你就是这么想我的吗？”

“说那些有意思吗？”她冷冷地问。

没意思，是很没意思，我们又这样交换了几句有意思没意思的废话之后，奇怪的事情突然发生了，我开始大哭起来，完全抑制不住的泪水汹涌奔流，它们没有经过我的同意就决堤而出，将我冲垮，将我分裂成了两个，一个是像个小孩子一样大哭的我，一个是站在半空中冷冷地看着自己的我。我们都被这痛哭的我吓了一跳，站在半空中的那个我看着这个正在痛哭的我，感到一阵阵的恼怒和羞愤，如果此时有地缝，也会拉着我自己钻进去，但可惜的是没有，于是我只好夺过这个正在号啕的我手中的电话，挂掉了它。

十分钟后，电话铃又响了起来，苏金金的语气已经缓和了许多。“行了，别哭了。真没想到你会这样。”她说，“你把录像带给我吧，我来帮你转好了。”

林铎知道我们吵架的事后说：“哭什么啊，干吗不骂回去。”

“我不会呀。”

“可真是个没用的丫头啊。”他嘲笑我说，“为什么不质问她说你坏话的事，打学生的事？”

“我忘了啊。”我一边哭一边说。

我们约了第二天见面，我在电视台门口等着把录像带交给她，到了电视台楼下，我给她打了个电话，她匆匆从电视台里出来，我们简单说了几句话，谁都没再提吵架的事，就好像什么都没发生过一样，她接过录像带就进去了。又隔了一天，她打电话告诉我带子已经录好了，约我到她采访地的附近去取。我先到了，因为外面天气太冷，就钻进附近的书店里，一边翻书一边等她。过了一会儿她出现了，穿着一件红色的大衣，戴着一顶黑帽子，脚下蹬着长过膝盖的靴子，站在马路对面等着过马路。我把书放下，出门走到马路边，以便她能看到我，她走过来，将录像带递给我。我伸手接过东西，对她说谢谢。

“不客气。”她说。

“你吃饭了吗？咱们一起吃午饭吧。”

“不用了。我下午还有事，中午和节目组一起吃。”

我没再说话。

“你还有别的事吗？”她问。

“没事了，谢谢你。”

“那我先走了。电话联系吧。”

她一边说一边伸出手在耳边做了个打电话的手势，然后离开了。我有些难过，但也如释重负，想必她也和我一样，当时我们谁都没有意识到，这是我们最后一次见面，我觉得八年的友情总不至于说没就没，以为我们过一段时间会和好的，想必她也和我一样。然而后来我们终究谁都没有再给对方打过电话，就这样不再联络，然后就再也无法联络。直到很多年后的一个下午，我偶尔回到家乡，家中的电话突然响起来，竟然是她，她告诉我说她要和史冯结婚了，希望我能参加婚礼，我很诧异，告诉她那天正好要坐飞机离开，她说如果我没有时间，能不能大家出来坐一下，我婉拒了她。

那是我们最后和好的机会，这个电话整整迟到了八年，这一次放弃的人是我。这八年来，我常常想起她，有时候也会和老朋友们谈起她，但是我从未想过再去找她，一次也没有。我们曾经有过相濡以沫的青春，那些要彼此陪伴一辈子的誓言和闪闪发光的秘密，我还记在心里，但也只是记得而已。有人说：“人生就是一个不断失去的过程，遗憾的是我们没有好好说再见。”其实我们没有好好说再见，是因为我们并不知道我们会在什么时候生离死别，我们并不相信我们真的会失去，一切真的就这样结束了。而很多年后，当你有机会弥补这个遗憾的时候，却发现你心中早已没有什么遗憾想要弥补了。

五 十

电话铃在九点半准时响了起来，我跑过去拿起听筒。

“你昨天去什么地方了？给你打电话也没人接。”我问。

“出去和朋友吃饭了。”罗天明回答，电话那边传来咔哒咔哒的声音，他在玩打火机。我没有说话，电话里有几秒钟的沉默，我说你在玩打火机吗？他说是啊你怎么知道，我说我听出来的，他说哦，然后我们又沉默了几秒，他问，你今天干什么了？上课，我说。你呢？上班，他说。他现在的话少了很多，不再像从前那样滔滔不绝。我被他感染，也好似得了失语症。过了几分钟，他说我先挂电话了，我说好吧，电话咔哒一声被挂断。我看了看表，这个电话打了十分钟，从前我们最短的电话也要打两个小时以上，有一次我问他这是为什么？他说最近收到了电话单，仅上个月就给我打了三千块，他的存折里也只剩几百块了，我表示理解，但我的语气不高兴，他听出来，于是多跟我说了五分钟话然后才把电话挂断了。

一切都变了，我知道电话费并不是真正的原因，真正的原因是我们需要做爱，如果我们没做过爱，我们可以这样一直说啊说地说下去，我们可以想象着彼此的身体，向往着彼此的身体，然后一直不停地谈话。可是我们做过爱了，于是语言一下子成了苍白的东西，再多的“我爱你”也不够用了，他需要占有我的一切，我需要被他占有，结结实实地嘴唇粘着嘴唇，舌头缠绕着舌头，肉体碰撞着肉体，除此以外，一切的语言都没用了，心没用了，灵魂也没用，它们都被这肉体的温度击败了。

“我一想到你在另一个男人身下，我就要发疯。”有一次，他跟我说，但也只有这样一次，后来他再没说过同样的话，他的话越来越少，慢慢地什么都不想说了。

我就要失去他了，我正在失去他，我需要做一个决定，我对自己说。冬天已近尾声，阳光照在地上，融化了积雪以示春天的来意，整个城市都湿漉漉的，大街上人们还穿着臃肿，但是看上去心情都不错。只有我一个人心事重重，因为我怎么也无法做出这个决定。这真令我痛苦，于是我把这个问题抛给他，我的灵魂导师，我的肉体启蒙者，这个比我强大一百倍的男人。我给他打电话，告诉他我没办法这样继续下去了，他需要做一个决定，一个关于我们两个人的决定，或者我离开林铎去北京，我们结婚，或者我们分手，无论他做出什么样的决定，我都跟随他，万死不辞。他沉吟了一下，说让他考虑一下。我说那我出去走走吧，然后我拿起我的围巾走到了大街上。当天晚上他没有再来电话，第二天也没有，第三天晚上九点半，他准时打电话来告诉我他还不想结婚，他也无法承担我离开家去北京投奔他的责任，我说好吧，然后他继续往下说，他也无法忍受我和我的男朋友在一起，我沉默了，如果是这样的话，其实不需要我或者他做什么选择了，因为我们只有分手这一条路可以走。

“我这两天几乎都没睡。”他说。

我没说话。

“嘿！”他说，“你不会觉得我是在欺骗你的感情吧。”

“不会。”

“唉。”他叹了口气，“如果你这样想，也没有办法了。”

“我没这么想。”我挂掉电话，并没有觉得特别难过，我有林铎，我又不是没有男人结婚，我怕什么，我什么都不怕，我只要把日子照旧过下去就可以了，不管怎样，这不是一件十分难的事。林铎从南方回来了，带着这个城市湿漉漉的气息站在我面前，双腿笔直，眼睛弯弯，笑容灿烂，和从前一样英俊。我从背后紧紧地抱着他，他拍拍我的手说：“傻姑娘，我在这儿呢，哪儿也不去。”我们做爱，他一直问我，喜欢吗？他从没问过我这样的问题，突然之间换了个人一样，这让我有些不自在，于是我用手捂住他的嘴说：“嘘！别说话。”他说怎么了？你不喜欢我说话？我摇摇头，伸手把灯关掉，黑暗之中，我看不见他的眼睛，于是我闭上眼，飘离到他身外，他在和我做爱，我在和另一个男人做爱。别说话，亲爱的请你别说话，我永远不会离开你，我们结婚吧，我可以给你生个儿子，常常吵架也没关系，但是此时此刻，请你别说话，不要打扰我的堕落，也不要打扰我对另一个男人的想念。

“你为什么不让我说话呢？”点亮台灯，林铎很郑重地问我。

“没什么啊。”我搂着他亲了他一下，“我爱你。”

“我也爱你。”他说，“晚上你跟我去一趟我二叔家吧。”

“干什么？”

“我舅家的轩轩，这次考试成绩下降得厉害，你去跟她聊聊，看问题出在哪，我已经答应他们了，晚上去他家吃饭。”

我要疯了，但是我微笑着说好的，我说你等我一下我换个衣服，然后我换好了衣服，牵着他的手出门去，天上下起了鹅毛大雪，雪花特别大，暖暖的，柔柔的，纷纷扬扬地打天上飘下来。下了公交，我们在 62 路有轨电车的站台站了一会儿，一辆旧电车叮叮咚咚地开过来，车上没有座位，我们站着依偎在一起，看着窗外，车窗上的霜已经融化得差不多了，只有边边角角还有些残留，窗外的灯光把他的脸映照得忽明忽暗，我抬头看他，那么好看的下巴和鼻子，我真是喜欢，他身上的气味让我心安。

电车很快到站了，我们下车向路灯稀少的一处居民楼走去，这里是城市偏远的一角。街边有几家饭店零星闪着灯，一个烧烤店的霓虹灯坏了，五个字里有两个字不亮，我想起我和 Tom 以及 Marta 曾在这里吃过饭，对林铎说：“这家店味道不错。”说完我马上后悔了，但是已经来不及了。

“你家离那么远，你怎么会到这儿吃饭？”他果然问。

“Tom 和 Marta 的学校在这边。我们在这边吃过饭。”

黑暗中，我感到他的脸色沉了下来。暴风骤雨又要来了，我浑身已经开始哆嗦起来。

“你他妈的怎么那么爱跟老外混在一起。你就这么想吃老外的饭吗？你能要点儿脸吗？”他说。

“这跟哪国人没关系啊，他们只是我的朋友。”我说，“我不是和 Tom 一个人吃的，我们是一帮人一起，而且大家一直是 AA 制，我没有让他请我吃饭。”

可是他完全没在听，紧闭着嘴唇不肯说话，突然加快了步伐，浑身的每根毛细血管都在往外散发着怒气。我走在他身后，也不敢再说话了，只是努力跟着他，但是越走距离越大，我只好伸出手去拽他：“等等我，你不要走那么快啊。”他猛地一甩胳膊，把我的手甩开，走得更快了。

“林铎！”我小跑了几步，停下来喊他，他好似完全没有听见一样，继续大步流星地朝前走，我终于跟不上了，只好站了下来，看着他的背影越来越远，直到彻底从我的视线里消失，头也没有回一下。街边有几个行人路过，用诧异的眼神看着我，我站在原地，脚下像生了钉子一样，一步也挪不动，我已经没有力气向前走，去追赶他，跟在他身后去敲他亲戚的门，满面笑容地跟他的家人寒暄。也没有勇气就此离开，和他离去的方向背道而驰，我现在唯一还有力气做的是站在这里，等着他回头来找我。我想如果他回头来找我，我就继续去给他亲戚的孩子补课，如果他没有回来找我，我们就分手。

雪越下越大了，夜里的气温骤然下降，街上已经没有人，马路对面的一盏路灯一直挣扎着忽闪忽灭，我站在原地等他，地上已经铺了一层厚厚的积雪，我浑身瑟瑟发抖，一会儿看看那路灯，一会儿看着他离去的方向，他始终没有出现，我看看表，我已经在这里站了一个小时，此时一辆出租车行驶过来，于是我招了招手，坐了上去。出租车慢慢地开过大雪弥漫的城市，载着我经过我们曾一起散步的街道、花园，经过我们的学校，一路离开我曾守候的原地，离他越来越远。

回到家，我给夏念挂了一个电话。“你能让你在铁路的亲戚帮我搞张火车票吗？”我说，“我想去北京找罗天明。”

五一

站台上所有的人都走光了，我才背着行囊慢慢走出检票口，这是我长这么大第一次一个人跑到一个陌生的城市，我站在宽阔的站前广场上，望着清晨的北京，整个城市还没有苏醒，意兴萧索，只有我身处的地方独自热闹着，到处是拖着行李来来来往往的人，守着行李两眼发直，表情木讷的坐在花坛前的人，戴着红袖章维持着秩序的人，在热腾腾的油锅前卖早餐和买早餐的人，我突然之间有些沮丧，一个月前我来北京，这座城市还只有两个人，现在我才意识到，原来北京有这么多的人，而我要找的那个人，只不过是这茫茫人海之中的一个人。我不曾要过他的地址，只记得他住的小区的名字，我在来北京之前曾犹豫要不要给他打个电话，最后还是决定给他一个惊喜，我想象着他知道我在北京时的样子，想象我们见面时的情景，只要见了面，一切都会好起来的，他再也不用怀疑我追随他的决心，我想念那个充满阳光的小屋子，想念我的牢笼，只要我们在那个小屋子里面对面，一句话都不用再说，一切都会好起来的。

罗天明的手机已经关机，家里的电话也一直没有人接，我在站前广场漫无目的地晃悠了两圈，感觉有些饿了，便走到热腾腾的油锅那里买了个煎饼果子，又跑去花坛那边蹲着吃完。吃饱了之后，车站对面的钟敲了十下，我跳上一辆出租车，告诉司机我要去的小区的名字。“姑娘，北京有多少小区你知道吗？”司机冷冷地说，“我不知道你说的小区在哪儿。”我有些发懵，在老家，随便说哪个小区出租车司机都会知道，可是北京太大了，于是我又想起来，罗天明的家附近有一家很大的超市，而且离他带我去的三里屯很近，我跟司机描述了一通之后，司机更糊涂了，把我拉到了一家超市前，收了我的钱，把我轰了下来。我站在超市前，打量着四周的一切，我想这就是我来过的那家超市，那对面的小区我认得，那就是罗天明的家了。我三步两步地跑到天桥上，走到一半不由地站住了，我的脚下是比我的家乡宽阔两倍的车河，我的眼前大厦林立，我站在半空中，觉得自己是这样的渺小，这个城市是这样的巨大，而我爱的那个人，我曾觉得他是个大人物，现在我知道，他也是渺小的。我们只在我们两个人的世界里是独一无二的，巨大的。离开了那个世界，我们都仿如尘埃。

他的电话还是没有人接。我想他可能不在家，又或许是怕人打扰他休息，于是把电话都切掉了。这都没关系，我跑过天桥，走进那片楼宇，我不打算打扰他睡觉，只想要到他的家门口，不敲门，静静地坐在楼梯上，等着他从外面回来或者从家里出来，然后看着他说：“嘿。是我呀。”不过我很快发现我这种想法根本不可能实现了。这个小区里竟然有几十幢楼，每幢楼都有好几个门，而且每幢楼竟然都长得一模一样，都是同一个颜色，都有十八层那么高，身上都长满那么多一模一样的窗户和一模一样的阳台。它们完全不像我的小城，你可以从窗前老杨树的树枝认出我家的窗户，而窗子边的墙上爬满了牵牛花的是夏念的家。我抬头看着那些高高的窗户，感到一阵阵眩晕和绝望，我记得他门前的样子，可是我得能找到他的门才行，我在楼宇间绕了好多圈，上了几个十八层之后，开始怀疑自己是不是连楼层都记错了。我彻底放弃，从这片楼宇中退了出来，回到超市前的麦当劳里，要了一杯可乐，坐了整整一下午。

回程的火车票是明天早上的，如果真的见不到他了，也许还是找个住处比较好。于是我又回到火车站，在附近找了一家不算太贵的宾馆登记入住，宾馆里客人不多，等电梯的时候，一个女人眼睛上缠着绷带，被一男一女搀扶着，走进电梯，我们在同一个楼层下电梯，他们进了我隔壁房间，低低的谈话声传来，我伸手轻轻敲了敲我床头的墙壁，发出空空的声音，原来这墙只是一层薄薄的木板，完全不隔音。我从包里掏出手机，在房间里走来走去，我的勇气早已荡然全无，也许这样回去也好，毕竟我和林铎并没有真的分手。

“喂。”电话终于被接了起来。听到那熟悉的声音，我深吸一口气，一句话都说不出来，我已经很久没有听到他的声音了。

“干什么鬼鬼祟祟的。”他轻轻地笑了起来，语气很亲昵。

“是我。”我说。

电话那头传来几秒钟的死寂，随即他说：“呀，是小唐啊。最近怎么样？你还好吗？”

“我还好。”我说，“你呢？”

“我很好。”他说，“我刚才还以为是我朋友。”

“女朋友啊？”

“是啊。”

我的胸口疼起来，一时说不出话来，他喂了一声。

“天明……”我叫他。

“我在等电话，我们先挂了吧。回头我们再联系。”他语气里有些不耐烦。

“我现在……”我正打算告诉他我在北京，他打断了我的话，“那就先这样啊。回头咱们再联系。”

电话啪的一声被挂断了，我攥着手机好像掉进冰窖里，又好像被放在烈火上烤着，有人拿着大锤一下下地砸着我的心，我想把我的胸膛撕开，把我的心掏出来，用剪刀剪成碎片，用绞肉机绞得粉碎，然后把它扔到窗外去。房间里已经黑了，我没有开灯，在黑暗中坐了很久，过了一会儿，觉得肚子有些饿了，就到洗手间洗了把脸，出门去找东西吃，漫无目的地四处逛得筋疲力尽，晚上回来倒头就睡着了。半夜的时候，我被一阵声音吵醒，是隔壁的女人，她在和什么人吵架，一边痛哭一边说我知道你和她在一起你为什么要骗我你为什么要这么对待我，你怎么能这么对待我你到底在哪儿？她的声音停下来，对方是个男人，声音隐隐地传来，女人哭得几乎背过气去，又把刚才指责男人的话重复了一遍，然后苦苦哀求男人离开那个女人来看她，男人显然不承认自己在另外的女人那里，但是也坚决不肯出现，过了一会儿，她的声音又停止了，这一次是对方挂断了她的电话，拨号的声音传来，她在用免提把电话打过去，对方接起来，一切继续重复，对方再挂断，她又一边哭一边给对方把电话打过去。

四周一片寂静，我在黑暗中睁着眼，躺在床上听着女人的哭声和电话里一遍遍传来的忙音，心里想，这就是电话和手机的差异，当你的心被撕成碎片的时候，一个是安安静静的，一个是嘟嘟的忙音。到底哪一个可以把一个女人杀死得更彻底呢？我迷迷糊糊地还没想出答案，就不知不觉又睡着了。

第二天早上退房的时候，隔壁房间已经在打扫了，我经过房门时候探头看了一下，好似那个女人已经退房，她始终看不见我，不知道自己的生命中的某一天某一个重要的时刻，有我这样的一个见证人存在过，不知道在未来的日子里，她会怎样想起这样的夜晚，怎样和人说起她曾经痛哭过的长夜，她还会见到那个男人吗？谁知道呢。我只知道我再也见不到罗天明了。早晨的阳光从她离去的房间窗子照进来，只能伸展到我所站立的门廊前，我站在这阳光照不到的角落，我的火车快要开了，可是也许这就是最好的结局了，这就是我的命。

“小姐有什么事吗？”清洁工戴着橡胶手套，拿着抹布从洗手间出来问我，我摇摇头，转身走开了。

五二

那天晚上回家之后，我一直没有给林铎打电话，这是五年来我第一次没有主动与他讲和，我们已经冷战了半个多月，春天的几场大风都已刮过，早春的嫩芽出现在枝头，大学校园里的人工湖里的冰已经彻底融化，我和夏念在秋千架上坐着聊天，对面田径场上，男孩子们在踢球，跑道上有人在跑步，有人在拿着书本边走边背诵，女孩子们手牵手拿着饭盆，背着双肩书包，把一大摞书抱在胸前走过，我坐在秋千上轻轻地荡着，抚摸着秋千粗粝的绳索，这秋千架比我的年龄还大，小时候，我们附近几个大院的孩子都喜欢到这里来荡秋千，互相攀比着，我和我的小伙伴荡的秋千总是最好的，高到秋千可以打横，与地面平行，可以碰到身后那棵树的树尖。雨季的时候人工湖的湖水泛滥，把鱼都冲到了数学系的门口，我第一次溜冰就是在这湖上，那时我五岁，爸爸牵着我的手，他的鼻子冻得红红的，棉帽子的耳朵耷下来，站在雪地里，远远望着我。现在这个校园里的年轻人就像割麦子一样早已经换了一茬，除了老师之外，我所认识的人只剩下夏念一个，她小时候也在这里长大，但是她从来没有荡过这里的秋千，她没有什么朋友能和她一起荡秋千、抓鱼，也没有爸爸陪她溜冰，所以只能独自在妈妈的办公室里，等着妈妈下班，有时候等到凌晨两点，妈妈还在开会，她就睡着了。

“原来秋千架这边总是一群小孩儿里就有你啊。”她说。

“你当时怎么不来找我们玩呢。”

“我妈说你们是一群野孩子，不让我跟你们玩。”

我从她脸上看到刘教授当时说话时的表情，被她逗乐了。

“如果林铎打电话给你，就和好吧。”夏念劝我说。

“嗯。”

“他虽然出轨，你俩这也算扯平了。”

“他没有出轨。”

“你真的信他说的吗？”

“他说的话我都信。”我说。

“那你干吗报复他。”

“我没有报复他。”

夏念困惑不解地看着我。

“唉，其实最从一而终的人是你。”我说，“这么久了都一直爱着一个人的只有你。”

“你不会觉得对不起林铎吗？”

我摇摇头。

“那么你恨罗天明吗？”

我摇摇头。“我配不上他。”我说，“我到了北京，看到他生活的城市就明白了，他喜欢我，但是他觉得我配不上他，他瞧不起我这样小城市的姑娘。”

秋千架下是一个蚂蚁窝，一低头就看到小蚂蚁们在不停地忙碌着，一只孤零零的小蚂蚁扛着半粒米，脱离了整队蚂蚁的路线，艰难地往回走，这秋千架已经荒废很久了，现在的校园里很少再见到野孩子们的身影。

“我和罗天明在一起的时候，有一次我说我渴了，他去给我倒水喝。我捧着那杯子的一刹那，感动得差点哭了出来。心想终于有人肯为我倒杯水了。然后我突然意识到，这只是一杯水而已啊，我可真他妈的是个可怜虫。”

“林铎难道连杯水都不给你倒？”

“他总说正因为是自己的媳妇，要过一辈子，才不能宠坏了。”我说，“他对长辈是非常好的，但是认为伺候女人有损他大男人的尊严。”

“唉！”夏念叹了口气，“如果我有弟弟，我一定告诉他，对你的女孩儿好一点，这样她就不会被某个混蛋只用一杯水就拐跑了。”

我笑了笑，没说话。

夏念默默地看着我，没再说什么，只是站起来走到我身边，摸了摸我的头。离婚后，本来只有一百斤不到的一个人，体重又减轻了十斤，她的两腮已经塌陷，面色黯沉，把马尾扎在脑后，头发只剩下了一小把，整个人也只剩下从前的一半，好像一只摇曳的风筝，在空中飘着，随时可能断线的感觉，只有她那双大型犬一样的眼睛还和从前一样温和。她站在那里，掏出手机来看了一下又放回兜里，我不记得这个下午已经是第几次看到她这样掏出手机来了，但是那手机从没响过，既没有电话打进来，也没有短信。

“把你的手机借我用一下。”她对我说。我掏出手机给她，她一手拿着我的手机，一手拿着自己的手机转身向稍远点的地方走去。我坐在秋千上双腿一蹬，秋千荡了起来，在高处时把头仰得高高的，眼前只有蓝天白云，再往后仰头看去，是我们小时候比赛着用脚去碰它树梢的那棵树，它没什么变化，只是长高了，也长大了，它不认识我，也不认识任何人，风吹过的时候它还是哗啦啦地响，雨落下来的时候它还是狂摇着树枝，我停下来转过身去望向它，它静静地站在那里也望向我，它的无动于衷打动了我，我正想走过去摸一摸它，夏念回来了，一言不发，脸色惨白，看也不看我，一屁股坐在我旁边的秋千上。

“怎么了？”我问了三遍，最后我站起来，跑到她身边，在她身前蹲下，抬头看她，她的嘴唇发紫，整个人都在发抖。

“他老婆接的电话。”她说，双手紧紧地攥着绳子。

“她说什么？”

“她……说……她……说……”夏念呆呆地看着我，嘴里低声地喃喃，好像努力地回忆着什么，但是怎么也想不起来，豆大的汗珠从她额前冒出来，我感觉到她握着我的手冰冷僵硬。

“走，我们先回家。”我站起身，从她手里拿过我的手机给刘教授打电话，电话响了几声没有人接，于是我给她发了短信，然后费了很大力气才把夏念攥着绳子的手掰开。一个篮球滚到我们脚边，一个男生过来捡球，看到我们两个就问要不要帮忙。

“请帮我拦辆车。”我对男孩说。男孩把球扔回到一群男生中间，跟他们说了几句就跑去叫车，我试图把夏念拽起来，但是她低着头坐在秋千上无法动弹，我只好把两只手架在她的腋下，想把她扶起来，但她的身体像一摊泥，不仅不能站起来，反倒要沉到地底下去一样，我的力气只够抓住她不让她倒。

“同学，能再帮忙送我们一下吗？我们就住在五舍。”打车的男孩子回来了，看到我的样子，二话没说跑过来，示意我闪到一旁，然后一铆力气，把夏念横着抱了起来，很吃力地向出租车走去，我拿着夏念的东西，我的东西，和她掉在地上的一只鞋子跟着他们，看到夏念被抱得衣衫不整，就小跑两步上去帮她拽了拽衣服，试图盖住她露出来的半截后腰。我注意到她裤子湿了，是小便失禁，一时不知道怎么办好，便摘下自己的围巾，上车的时候垫到她屁股底下。男孩子坐在副驾驶的位置，我和夏念坐在后面，夏念瘫在座位上，眼睛望着窗外，一言不发。到了她家，男孩子帮助我把她抱进家里，放到床上，刘教授这个时候也赶了回来，我们两个一再向男孩子道谢，刘教授问了他的姓名，哪个系的，然后送男孩出去了。

晚上回到家，我拿起手机拨给高家驷，接电话的是一个女人，我说我找高家驷，对方说高家驷不会接你电话的，我是他的爱人，有什么事跟我说吧。

“你下午跟夏念说了什么？”我问她。

“你是谁。”

“我是夏念的朋友。”我说，“我和高家驷也是同学。”

“哼，”女人鼻子里冒冷气，“一丘之貉。”

“夏念跟你通电话之后就犯病了，你下午跟她说了什么吗？”

“我只是告诉她不要来打扰我们的生活。”

“是高家驷拼命联系她的好吗？”

“她当然这么说。我老公只是觉得亏欠她，不好意思拒绝她罢了。”

“这是高家驷说的吗？”

“她到高家驷家里放过火，闹过自杀，进过精神病院，现在也不大正常，这些高家驷都告诉我了。”女人说，“我也很可怜她，可是我不能让她破坏我的家庭，你也是女人，你应该懂的。我们家驷就是太孩子气了，在外面惹这种事，他就是心太软，怕刺激她，才会犯这些错误，当然我也有责任，我没管好家驷，但是如果你是她朋友，就应该好好劝劝她。”

“我懂。”我说，“您是做科研工作的吧。”

“是啊，你怎么知道？”

“听说您工作接触的仪器辐射太大，所以导致你们科室的女人都有不孕症？”

“胡说八道……”女人很愤怒，“谁跟你说的？我们的仪器根本没有这样的问题……”

“当然是你们家驷说的呀。”我说，“还真是孩子气的男人啊。”

话筒里一阵沉默，随后传来低低的啜泣声，电话被轻轻地挂断了。我放下听筒，为自己的刻薄吃惊，我的心变狠了，我现在也学会了谁伤害我，伤害我的朋友，我就伤害回去，用语言磨出尖利的刀子，插到别人的心脏上。更让我吃惊的是，我竟然一点都不觉得内疚，原来这是这样的一种快感，我从不知道有一天自己也会这样做，我想到林铎，他一定从对我的伤害中获得了极大的满足，每次与我愤怒地争吵，他当然都是痛苦的，但也是快乐的，因为他总是想方设法让我更痛苦，而且他总是成功的，所以他知道自己有能力让我更痛苦，他才会觉得快乐，这个世界上的很多快乐就是建立在别人的痛苦之上的，不能让别人痛苦，他们就无法得到快乐，只有我为他感到痛苦，才能让他有存在的感觉，我为他流泪，才能让他相信自己是被爱的。

人是多么复杂的造物啊，我们曾经如此相爱，我以为爱能改变生活里那些糟糕的东西，贫穷，孤独，我内心的恐惧，他的坏脾气。然而我想错了，在这份感情里，我必须痛苦，他必须快乐，我想得到他的爱，他的保护，就必须将自己的快乐作为祭品献给他，断绝从这世界任何其他途径获取快乐的方式，只有他可以赐我快乐，除此以外，我们没有别的出路，如果我快乐了，他就不快乐，因为他不能主宰我的快乐，我的快乐不是他赐予的，这就是对他最大的伤害。这是爱吗？这也是恨吧，这世间所有相爱的人之间也同样仇深似海，恋人，夫妻，子女和父母，林铎有多爱我，就有多恨我，所以我们只有以这样的方式，才能继续在一起，直到死亡将我们分开。

手机铃响了起来，是林铎，我们冷战一个月之后，他终于打电话给我了，我接起电话，他的声音冷冷的。

“你到底想干什么？为什么不给我打电话？”他问。

“那天晚上我们等了你好久你为什么没跟过来？”他问。

“你知不知道你让我在亲戚面前很没面子？”他问。

我没有说话。

“既然你这样，我们分手吧。”他说。

我哭了，他不说话，但也没挂电话，只是在等着我的反应。

于是我说“好吧”，然后轻轻地挂了电话。

五三

我在水果摊买橘子，有人在身后叫我，我转身一看，是姜海涛，他站在马路对面左右看车，显然是想过马路来跟我说话，我只好站在原地等着他迈着四方步走过来。他身后背着一个双肩背包，许久不见，他把头发剃成了板寸，穿着一件灰色防雨绸夹克，一条黑色西装裤子，从前戴着的黑框眼镜变成了金丝边眼镜。

“夏念还好吗？”他问。

我拎着橘子站在马路台阶上，说好多了。

“现在谁在照顾她？”

“刘教授请了个看护。”

“如果人手不够，我也可以去照顾她。”

我看着他，这请求太突然。

“我知道我知道……”他连忙说，又问，“那我能去看看她吗？”

“医生说她不能受刺激。”

“她眼里根本没有我，我哪能刺激到她啊。”

“你也不能再受刺激了。”我说。

他的脸上划过一丝苦笑，说：“我希望有个弥补的机会。”

我摇摇头：“她没恨你，你真没必要这样。”

“唉！人嘛，就算是养猫养狗都还有感情呢。何况我照顾她这么久，她很安静，也不讨厌，放在身边做个伴其实很好。”

“可是夏念并不是流浪猫啊。”

“我知道我知道……”他又连连说。

“老姜。”我说，“你真的帮不上忙了。”

“没关系。”他低声说，“我就是想，夏念跟她妈妈关系不好，你也不可能陪着她，谁来管她呢？如果没人照顾她的话，我来照顾她好了，如果没有人要她，我还要她。”

他的双手扶着双肩背包，低着头看着地上，抬起头说最后一句话的时候，我看到他眼里有隐隐的泪花。我有点于心不忍，就说：“那我帮你问问夏念吧，如果她愿意见你一面的话。”他点点头，我从口袋里掏出两个橘子给他，他接过去说了声谢谢就转身走了。我看着他的背影，中分的前发在风中被吹得一颤一颤的，他的腿又短又有些O型，走路的时候一个肩膀下沉得很厉害。这个人总是独往独来，我几乎没有看到过他的朋友，即便是在他和夏念的婚礼上，也只有一桌表情冷漠的同学，不知道是他从哪家庙里请来的过路菩萨，婚礼进行差不多的时候，那边厢的桌子就已经空空，人都走光了。当初我和林铎曾经跟他们两个人一起吃饭，后来林铎也没有和他成为朋友。按照林铎的话讲，他不喜欢姜海涛好像时刻窥伺着自己的样子。

人世间真是不公平啊，有的人随随便便得到爱，有些人却无论怎样努力也不会讨人喜欢，其实姜海涛是个好人，对人也不错，他对夏念以及夏念身边的每个人都很好，但是大家始终视他如同空气般。有时候我甚至想，如果夏念能够喜欢姜海涛该有多好，哪怕是对他有一点点依赖也好，颐指气使，任性妄为也好，可是我每次见到他，就又觉得还是算了吧。真不是一个世界里的人，不如去喜欢其他随便什么阿猫阿狗，张三李四王二麻子吧，出轨也好，乱搞也好，欲壑难填的婊子也好，可是夏念比这更糟糕，她这辈子就和高家驷一个人死磕，即使他发胖了，变俗了，面目可憎了也只喜欢他一个人，她是我见过的最认死理儿的家伙，铁了心是要在哪儿跌倒的就要在哪儿躺下来。我们都拿她没办法，她自己也拿自己没办法，她的人生停止在了很久前，她一把火烧了高家驷家的那个夜晚，她从此再也没有从那一天走出来过，人世间真是不公平啊，有些人说不爱就不爱了，有些人则只能在黑暗中挣扎，永世不得超脱。

这就是传说中的命运吗？那么我的命运又是怎样的呢？我手里拎着橘子看着窗外，公交车已经在原地停了很久，看样子是前方出了什么事故。我的手机响起来，是夏念的短信。

“立诺，我走了。”我看着这莫名其妙的短信，两秒钟后才反应过来，慌忙按了拨号键，电话响了几声，夏念的声音从电话里传来，同时传来的还有呼呼的风声。

“你在哪？”我急急地问，一边拨开乘客，挤到售票员跟前示意让她给我开门。

她说：“我想好了。”

“你想好什么了？你别吓我。”我浑身发抖，对着话筒说。然后又转头对售票员说：“请给我开一下门。”

“还没进站，不能开门。”售票员翻了我一眼说。

“你记不记得，你说你觉得我没想好，所以老天爷一直留我，现在我想好了。”夏念说。

“快给我开门！”可能我的声音实在太恐怖了，售票员吓得一哆嗦，车门唰的应声打开了，我从公车上掉下来，一手拎着皮包和橘子，一手拿着电话冲到人行道上，向夏念家疾走。

“夏念，你等我到了再说，我马上就到你家了。”我说。

夏念说：“我以后不能陪你了，你自己要保重。”

“不行呀，你哪能不陪呢，就等我五分钟，我马上就到。”我双腿发抖，尽量用若无其事的语气跟她说话。电话里没有声音了。

“喂喂？夏念你还在吗？”

“立诺。”她突然叫我的名字。

“我在。”我不由自主地站了下来。

“别替我难过，我早就死了，我们所有人都已经死了，只有你还活着，立诺，你一定要离开这里，永远也别再回来了。”

“你别扔下我，咱们一起走。”

“我走不了了，我陷得太深，已经没有办法逃脱了。”

“你不要乱来，我马上到你家了，你一定等我。”我急得不知道还能说什么。

“请替我好好地活下去吧。”她说，“谢谢。”

电话被挂断了，我把橘子扔到地上，开始发足狂奔，这是世界上最漫长的距离，我在街上跑啊跑，用尽了浑身力气，却怎么也跑不到，耀眼的阳光照着我，和煦的春风吹着我，路上的行人看着我，我的朋友在等着我，而我只能听到自己的喘息声，眼前的一切都让人眩晕，我跑得岔气了，捂着自己的胸，已经到了小区门口，已经望得见夏念家的单元门口，一样东西掉了下来，摔在地上，是手机，我顺势抬头向上看，夏念站在阳台上。“夏念——”我使劲喊她，她听见了，向我扬起手臂，使劲招了招手，我松了口气，也向她招手。“唐立诺——”她也喊着我的名字，好像小学同学在路上见到，互相喊着对方的名字打招呼那样，然后她翻身一跃，从十一层的阳台上跳了下来，还没等我反应过来，就已经落到了我的眼前，身体砸在地上，发出了沉闷的声响。

我的眼泪夺眶而出，一边哭一边向她跑过去，跑到她跟前，她仰面躺在石砖地上，一只鞋子在不远处，脑后一滩血正顺着石砖缝蔓延开，她的眼睛紧紧地闭着，看上去很安静，好像只是睡着了一样。我的腿一阵发软，站立不住，扑通坐在了花坛边上，小区里没什么人走动，风在楼宇间吹着，拂过我的脸，在这世界的角落里，只有我和两米开外的她，我一直看着她，心想快起来啊你这个混蛋别跟我开这样的玩笑，一会儿坏人来了把你抓走了我可不管你了。这时一个保安从我身边跑过，跑到她跟前看了一眼，拿着对讲机哇啦哇啦地说着什么，人们纷纷地从我身边跑过，围到她身边，我的耳边传来嗡嗡的说话声，可是我听不清楚，我缓了缓后努力站起来，试图向她走过去，这时，一个保安拨开人群走过来对我说：

“你的朋友已经死了。”

五四

夏念的葬礼在星期天举行，来参加葬礼的只有我和几个同学以及她们家的几个亲人，能装下一百多人的告别仪式厅里，我们稀稀拉拉站成一排，伴随着哀乐向遗体告别。刘教授站在一旁，身边是她从另一个城市赶来的前夫，这是我第一次见到夏念的父亲，一个头发花白，年近六十却依然身材挺拔的男人，他年轻时一定是个美男子，此时他和前妻保持距离站着，两个人各自哀伤，彼此间没有丝毫互动交流。我们依次走过去和家属致意，当我走到跟前，他用一双大手握住我的手说了句谢谢你。我抬起头看他，原来夏念那双像大型犬一样温柔的眼睛和白皙的肤色都是来自爸爸的遗传。她说她小时候故意淋雨吹风让自己生病，想让爸爸来看她，爸爸终于来了，没待一会儿就和妈妈吵了起来，摔门又走了。她说他们一家三口也曾有过安安静静在一起的好时光，爸爸看着书，妈妈在厨房做饭，她就幸福地在他们之间跑来跑去。可是我觉得这都是她自己的幻觉，因为刘教授说过她从来不做饭。

哀乐没播几小节就结束了，工作人员推着她进火化室之前，问我们要不要再看看她，我远远地站着，没有过去。走出大厅，外面正在下小雨，我和史冯让夏念的父母先招待大家去饭店，我们在外面等着取骨灰就好。人们渐渐走远了，园子里一片寂静，史冯从包里翻出本杂志给我垫在台阶上坐下，他自己坐在台阶上，两个工作人员拿着饭盆从我们面前走过，我的肚子也有点饿了。

“要不然我约金金出来大家一起吃个饭？”史冯问我。我摇摇头：“我俩的事儿你就别管了。”

“那天的事我得跟你道个歉。”

“真的没什么。”我说，“她毕竟是你女朋友，我理解。”

“真搞不懂你们这群女孩子，原来黏得跟一个人似的，怎么突然就翻脸，好像陌生人一样了，金金不懂事，但你也知道她是没坏心的，就是一时的小脾气，你别太往心里去了。”

“她为什么不在新世纪小学干了？”

“因为校长的儿子追求她。”史冯说，“导致校长对她很不好。”

我听到这话，转过头看着史冯。

“怎么了？”史冯一头雾水地问，“你这么看着我干吗？”

“没什么。”我耸耸肩。

史冯还想继续说什么，一个工作人员走过来对我们说可以了，然后把我们领向园子一角的小树林，那边有几个蓝色塑料布搭的防雨棚，走近防雨棚，下面是几个不锈钢台子，台子上的骨灰被分堆摆放。“夏念对吗？”工作人员看了看记录问我，我说对，然后他递给我一把小铲子，指着其中的一堆骨灰对我们说：“这堆就是，别弄错了。”然后他就走了。

“要不我来吧。”史冯捧着骨灰盒问我，我摇摇头，默默地开始往骨灰盒里撮骨灰。和我们一起的还有一对母子。骨灰盒由儿子捧着，母亲白发苍苍，拿着小铲子每铲一下就对着骨灰盒上的相片说句话：“老伴儿啊，我带你回家……”

我忍不住哭了，史冯的眼睛也湿了。“捡两块骨头放里面。”史冯叮嘱我。

这时候工作人员又领着一家人走过来，把他们要装的骨灰指给他们看，但是因为只有两把铲子，所以他们只好等着。

“每天这么多人，怎么就只有两把铲子呢？”那家人不满地抱怨。

“还有两把铲子被后勤借走了。”工作人员说了一句，又自顾自地走掉了。

“我记得我爸爸去世的时候是在大厅里等着，骨灰盒是直接盖着军旗被捧出来的，为什么这要自己来。”我问史冯。

“可能是因为你爸爸级别比较高吧。”他说，“普通老百姓也可以享受那种待遇，但要另外交钱。”

我们安置好夏念的时候，雨已经停了，因为实在太饿了，我们没有再赶去夏念父母定下的饭店，一进城就随便找个地方停车吃饭了。

“你女朋友知道了不会跟你吵架吧？”我问史冯。

“不告诉她。”他说，“太任性了。”

“谁让你喜欢呀。”

“是啊。”他笑笑，脸上都是幸福的表情。

“林铎那天找我了。”他说，“他说一直给你打电话，你都不接，也不肯见他。”

我没做声。

“听哥哥一句话，林铎真是个好男人，别这么轻易放弃了，给他一次机会吧，也给自己一次机会。”

“如果不是因为他的好，我也不可能和他在一起这么多年。”我说。

“那你为什么……”史冯说，“他还是很爱你的。”

我笑笑，摇摇头：“他以为他爱我，其实他早已不爱了，他爱的是原来的我，但是他怕失去我，所以要改造我，可是他把我改造成现在这个样子，却根本不爱自己改造出来的这个我，他其实有些嫌弃我，我也讨厌我自己，我讨厌这个和他在一起的我自己，我怕我早晚有一天会忍受不了，真的会杀死这个女人的。”

史冯没有再说话。

“人死不过一堆灰，我不怕死，我怕我哥哥有天捧着我的骨灰盒，我的老母亲来铲我的骨灰。”

“也许他会明白的。”史冯叹口气，“你跟他好好谈谈，把这些话讲给他听。”

“也许吧。”我说。

五五

我走出小区的大门，林铎正坐在街角的马路边等我，看到我就站起身向我走过来，他瘦了好多，眼睛和两颊都塌陷了下去，脸上满是胡子茬，头发凌乱，我的心疼得缩成了一团。“去哪？”他问我。“随便吧。”我说，他转身向我们常常散步的路上走，我双手插着兜，慢慢地跟着他。

已经有两个多月没有见面了，在这段日子里，我的日子过得十分平静，从前我那么怕失去他，每次要失去他的时候，心里只想着如何要他回来，如何要保住这份感情，现在我却害怕面对他，我总觉得虽然说了分手，但是我们并没有真的分手，我想他也是，我还是他的，他也还是我的，我们早晚会和好的，只是我现在实在是不能看到他，不能听到他的声音，不能和他说话，不能想到他。我每天都在回忆我们的快乐时光，我想史冯说的是对的，五年的感情不应该这么轻易地放弃，我们应该好好谈谈，然而当我见到他，我就知道我真的做不到，只要接近他身边一米之内，我就会觉得透不过气来，心情沉重，神经紧绷，为了不惹他生气，我必须要时刻小心翼翼，一举一动一句话都不能出错，不能欢笑，不能穿短裙，不能大声说话，不能走路不抬脚，不能和男人笑，不能和他不喜欢的人交朋友，不能吃饭不端起碗，不能在公共场合脱掉外套，不能在街上打电话……

“你想跟我说什么？”我鼓足勇气，终于开口问他。

他站住了，转身看了我一眼，把头垂了下去，低声缓缓地说：“别离开我好吗？”他的声音干涩而怯懦，神情像孩子一样脆弱，这是我从没看到过的他，我的心在刹那间碎成一片一片。

“我知道我脾气不好。”他说，“我会改，你相信我。”

我摇摇头：“五年了，我们从第一次吵架就是这些原因。”

“以后我们不会吵架了，我再也不会勉强你，我保证。”他说，“其实我并不是真的认为你会跟别人怎么样，我从来没有真的怀疑过你。我只想让你证明你爱我。”

“我努力向你证明了五年，我真的累了，我现在什么也证明不了了。”

“我知道我不够好，”他的声音在发颤，“最近这段日子我过得非常痛苦，我甚至去找了史冯，他告诉我如果想挽回，就应该来求你，这没什么丢人的。我三十岁了，找个女朋友也不容易。”他说着，从兜里掏出一个小首饰盒来，在我面前打开，那是一枚镶着碎钻的戒指，在月光下闪着清冷的微光。

“你不要这样。”我哭了，这还是他第一次给我买这么贵重的礼物。他没说话，只是上前来拿起我的手，我条件反射地向后退了几步，手也缩了回去。

“你是外面有了别人吗？”

我摇摇头，没有了，亲爱的，外面除了我自己，谁也没有了，离开你，我将一无所有，可是也只能这样了，我爱你，可是我终于明白了，我做不成你的肋骨，我不能像你希望我的那样活下去，也不能过你给我规划的日子，被困在你的世界里，我只有两个结局，要么疯，要么死，我只能作出选择，是在孤独中生存，还是在疯狂中毁灭。如果我不是你的肋骨，你还会爱我吗？总有一天你一样会抛弃我，像抛弃一根与你无关的破骨头。

“我们冷静一段时间好吗？”可是我还在犹豫，还对两全其美抱有最后的期望。

“好吧。”他把戒盒的盖子盖上，塞到我手里，我不收，他便揣到兜里，月光照在我们身上，夜色温柔，一条小狗和一条大狗追逐着从我们身后跑过去，后面跟着的是它们的男主人和女主人，我走在他的身边，像往常一样没有和他牵手，这条路越走越长，我的内心十分煎熬，只想一个人躲回到我的屋子里去，多一秒都难以忍受。

“就这样吧，我进去了。”终于到了家门口，我如释重负地对他说。

“我跟你回家。”他突然说。

“改天吧。”我说。

“我要去看看你妈妈。好长时间没见她了。”

“你不要去。”

他站了下来定定地看着我：“你为什么不让我见她？”

“她知道我们分手了。”我说，“我还没想好，你答应过我要给我时间考虑。”

“你已经告诉她了？我明白了，你就是要把我从她眼前赶走，你就是想把分手造成既成事实的效果。”他生气地冲我喊叫起来，一瞬间，所有消散的乌云都聚集回来，我喘不过气，浑身发抖，如履薄冰的日子全部都回来了。

“你刚刚答应可以让我冷静一下，你答应我可以给我时间的。”我说。

“别的事可以答应，这件事不行。”

我们在楼门口对峙了很久，接着在楼梯上僵持，我在家门口做了最后的挣扎，他终于还是跟我进了家门，妈妈很吃惊地看着他，有礼貌地回应了他的招呼，他便径直走进我的房间坐下，若无其事地看着我。他又赢了，我要疯了，现在只想死，他不会变，什么都不会改变，一切还是老样子，根本没有什么两全其美的办法。我站在原地没有动，没有靠近他。

“好了好了，不要闹了。”他笑，从兜里掏出戒指，拿起我的手，套在我的手指上，然后拥抱着我僵硬的身体，“傻丫头，你是我的，哪也别想去。”

我闻到他身上熟悉的气味，那是我这几个月以来一直思念却不敢再靠近的气息，我曾为它着迷，它曾让我感到幸福，而今我闭上眼，静静地靠在他胸膛，感觉这世界瞬间停止了转动，只有我们两个人，回到了五年前最初拥抱的日子里，我真希望能死在这气息里，不，应该是早知道，不如就死在那时候他的怀抱里。

“我在这儿呢。”他伸出手抚摸着我的头发。

我抬起头，轻轻地推开他，走到桌子旁，伸手拉开桌子的第二个抽屉，从里面拿出裁纸刀，伸出我的左臂，对着左手腕划了一刀，鲜血瞬间从我的血管里流了下来，顺着我的手腕滴滴答答地往下淌，从手指滴落到地板上。

“如果你不放过我，我今天就死在你面前。”我说着，举起胳膊准备划第二刀，他扑了上来，夺走了裁纸刀，然后扬起手，一个耳光打到了我的脸上。我看着他，脸上火辣辣地疼，我的手腕还在滴血，可是那不算什么，我看到他像一只受了伤的幼兽的表情，我的心被我自己狠狠地捅了一刀，这一刀既杀死了他，也杀死了我自己，杀死了我们的爱情，我的心它不流血，可是它疼得钻心裂骨。

裁纸刀当啷一声掉在地上，他死死地看了我一会儿，然后说了一句“太欺负人了”，就拉开门走了。我听到他窸窸窣窣穿鞋的声音，拧开门上的锁的声音，关掉大门的声音，五年来第一次，我没有追出去，就这样让他走了。我手腕上的血还在往下滴，我按住胳膊，慢慢走到朝北的屋子，像往常每次他离开时一样站在窗前。屋子里没有开灯，我站在黑暗中，望着窗外，过了一会儿，他慢慢地走过来，走到一半时，他停下来站了一会儿，然后走到路边，扶着一个电线杆，路灯照在他消瘦的背影上，他的肩膀剧烈地颤抖着，他在哭，因为哭得太厉害，最后弯下身子呕吐起来。我的手还在滴血，我在黑暗中痛哭失声。夏念，我会好好活下去，可是活着可真疼啊。所有的这些，就是活下去的代价吗？是想要获得重生的代价吗？而我们的重生就只能建立在死亡之上吗？

这时候，一辆出租车从大马路上拐进来，车灯扫在小路上，从林铎的身上扫过，他直起身子，低头又站了一会儿，然后迈开步子，慢慢地，永远地走出了我的视线。

五六

推开东方小巴黎的门四下张望，角落里一个男人站了起来向我招招手，我走过去在他的对面坐下，服务员跟着我过来，给我们点了饮料又走掉了，我们沉默了几秒钟，气氛有些尴尬。昨天晚上他在学校门口拦住我的时候，我正赶去上课，如果不是他的鹰钩鼻子看上去很面熟，即使他报上姓名，我恐怕也不会认出他是谁。现在我仔细打量着眼前的这个男人，我还依稀记得他当年的样子，也该算是个面貌清秀的男人。没想到短短几年间，他竟然老了这么多，算一算应该也只有五十出头吧，看上去却像个七十多岁的老人，头发花白，身形消瘦，面色土灰，满眼都是疲惫。我只见过他两次，一次是和夏念坐在平四精神病院的楼梯上，他从外面走进来，还有一次是和夏念在街上碰到他，他到这里来办事，与夏念偶遇让他很激动，可是夏念却只是淡淡地说“您好”“再见”。

“张大夫，找我有什么事吗？”我问他，“你说有话要告诉我。”

“我……”男人很局促，好像下了决心，“我想问问，夏念她……她有没有跟你提起过我？”

我看着他，他也看着我，服务员把我们的饮料送来，我们都沉默地等着服务员走开，窗外是夏天的夜晚，人们从我们眼前悠闲地走过，马路对面的地摊还没有打烊，围着成群的女孩子，满眼是姑娘们的胸脯，蹬轮滑的男孩，散步的老人，长腿，冰激凌，拐杖，书包，小汽车，自行车，乌黑的头发，染黄的头发，花白的头发。这是一个多么诡异的夜晚，我坐在这个经常和夏念一起坐着的老位置，望着窗外的景色，对面坐着的却不是夏念，而是她的精神科大夫。

“她没跟我提过你。一句都没有过。”我说。

男人的脸上露出一丝失望的神色。半天没说话。

“如果你就是为了跟我说这个事的话，那我走了。”我站起身来。

“请再留一下好吗？”男人恳求说。我低头看着他，他眼里都是祈求的神色，有些可怜，我想了想，然后坐了下来。我也有话要问他。

“那个孩子是你的吗？”这是盘桓在我心里多年的一个问题，夏念不让我问，我就不问，但是这么多年来，我一直觉得就是他的孩子。

“什么孩子？”

“夏念当年打掉的那个孩子。”

“啊！”他颓然地往后靠在椅背上，“原来她竟然还打掉过一个孩子。”

“果然是你的。”我冷笑，“你真是太无耻了。竟然还有脸来找她。”

“不不不……”他从椅子上坐起来，“我和夏念之间是清白的，我从来没有碰过她。”

“那么那个孩子是谁的？”

他沉默了，又靠到椅子背上去，这一次我没有要走，也不再愤怒，眼前的男人表情奇怪，若有所思，欲言又止的样子吸引着我，一定有什么事情是夏念没有告诉我的。我曾经以为夏念这一辈子只爱过高家驷一个人，可是显然还有另外一个人，曾让她爱过并且为之付出过代价，守口如瓶，那个人是谁？我就这样静静地等着眼前的男人开口，他就这样足足坐了两分钟，然后坐直身体，慢慢地开始，给我讲起了过去的一段往事：

“我不知道要从何说起，但是事情不是你想象的那样，完全不是。当年夏念来医院的时候，我从看到她第一眼，就喜欢上她了，她是那么好看，气质不俗，她的诊断是躁郁性精神分裂症，我是她的主治医生，但是检查之后，我就发现这姑娘其实精神上并没有问题，或者说，并没有严重的问题，只是年轻人一时的想不开，太较劲，有抑郁倾向，精神面临崩溃，你知道，我们正常人也难免有这样的时候，但是离被诊断为病理上的精神分裂症，其实还差得很远。夏念的妈妈把她送到我们医院，当时也是权衡之后做出的决定，因为我们医院有一个副院长是夏念妈妈高中时候的同学，所以她的妈妈才把她送到医院来，以为这样既可以逃避刑事责任，又有老同学的照顾，不会出太大的问题。

“开始的时候还一切都好，夏念是个温和的姑娘，很懂事，大家都很喜欢她。我更是越和她在一起，越觉得爱她爱到无法自拔。可是我结婚了，还有一个女儿，年龄大到足可以做她的爸爸，所以我一直很努力地克制自己的感情。这虽然有些痛苦，但也很幸福，每天能看到她对我来说就足够了，除此以外，我别无所求。而她则很依赖我，对我十分亲近，经常来找我聊天，她是个全无心机的女孩，高傲，又不知道避讳他人，这一切被院里的人看在眼里，流言蜚语就传开了。

“后来这些事就传到了我老婆的耳朵里，我老婆是一个非常泼辣的女人，她听到后就开始不断地和我吵架，无论我怎么解释都不听，唉！其实我也并没那么理直气壮，毕竟我确实是喜欢夏念的。再后来，我老婆就跑到院里来闹，找我的领导告状，砸了我的办公室，趁病人们自由活动的时候冲进来打了夏念，还带着我的女儿开煤气罐要闹自杀。夏念妈妈的老同学，我们那个副院长于是找我谈话，说这样搞下去他没办法和老同学交代，要给夏念换一个主治医生，尽量减少接触，如果我老婆还要闹的话，就只能暂时把我调离。我也只好同意了，于是他们就把夏念转给了我们院新提拔起来的一个主任医师，那是一个女大夫，我当时以为院领导这么做，是为了避免闲言碎语。”

“这些事，她都没跟我说过。”我说，“那孩子是怎么回事？”

张大夫看了我一眼，继续又讲了下去：

“自从发生了那一系列事情之后，我就刻意地少接触夏念了，就这样过了大概两个多月，有一天晚上，我把下班后要带回家的一些东西忘记在办公室里，就在和人喝完酒之后，回医院取一趟。那时已经是半夜十二点，我走过走廊的时候，听到主任医师的办公室里有声音，就走过去，里面有女人在哭，被捂着嘴喊不出来的声音，还有男人的声音，还有一些……一些其他的声音。我立刻听出来那哭声是夏念，于是就敲门，门里的声音停了下来，过了一会儿，门被打开，出来的是我们院长。他问我有什么事，我说我听到声音，他说他和朋友在看电影，于是我……我就走了。我躲在角落里，一直等着，等了好半天，门才打开，夏念被领了出来，衣衫不整，头发凌乱，最让我无法忍受的是，从屋里出来的不是一个男人，而是三个。

“第二天，夏念来我的办公室找我，她的精神很不好，哭着让我帮帮她，她说她给她妈妈写信了，可是她妈妈不信她，觉得那只是她为了想出去撒的谎，她求我一定要帮她从这里出去，可是我太怯懦了，生怕惹麻烦，我让她赶紧离开，千万别让别人看到我们在一起，她扑通就给我跪下了，可是……我太没用了，我怕得要死，还是就这样把她撵走了。

“那天院长也找我谈了话，他没有特别提那件事情，只是表达了对我个人前途的关心，暗示我要做个明事理的人，就像……就像那位主任医师一样。在那之后，院长突然对我亲近了起来，什么事都想着我，多次暗示不会亏待我，看到夏念的精神状态一天天地垮掉，我内心每天都在受煎熬，可是我就是拿不出勇气。直到有一天晚上我值夜班，院长突然来到值班医生寝室，后面还跟着当时的市卫生局的局长，那天晚上的三个男人中的一个，然后……”他停了下来，深吸口气，继续说：“然后他们让我去把夏念叫来。”

“我永远忘不了夏念走进屋子的时候，回头看我的眼神。”男人双臂支在桌子上，双手捂着脸，看不出到底是不是在哭，我伸手摸了摸自己的脸，发现已满是泪水。

“我那天在外面站了一会儿，终于到了崩溃的边缘，就拼命地去敲门，和他们大吵一架，坚决地把夏念带了出来，送回了病房。第二天，我给夏念的妈妈写了一封匿名信，让她务必把夏念接回去。我还给她妈妈打了匿名电话，她妈妈对我说的一切都将信将疑，但还是把夏念接出去了。在那之后不久，我就被派到乡里条件最差的一个医院去支援医疗建设了。开始的时候说是一年，结果到现在都没能回去。”男人苦笑着，“不过我也不后悔了，乐得清静。”

“你为什么不告诉那位副院长，夏念妈妈的同学呢？”

“那三个男人里，有一个就是他。”

“我凭什么相信你说的话？”

“你可以不相信。”他笑笑，拿起杯子喝了口水，又放下，“我只是想找人说说，这些话憋在我心里太久了，我从没和人说过，后来我老婆和我离了婚，孩子她也带走了，前一阵子，我确诊得了肺癌，最多还能活三个月。这就是我的报应吧，我现在是相信了。你相信有报应吗？”

我摇摇头，又点点头，然后说：“我不知道。”

“那个院长和主任医师后来一直平步青云，前不久却被双规了，我听到消息的时候就想，这个世界是有报应的，我也活该有报应。”

“那夏念呢？她也活该有报应吗？”我问。

他没有回答我，只是眼睛望着窗外的某个远处的地方：“我只想在临死前再见她一面，可惜不能实现了。”

“你可以到另一个世界去见她。”我说。

男人高兴起来："是啊，你这么一说，这真是太好了，不是吗？"然后神色又黯淡下来，"如果我见到她，不知道她会不会原谅我。你觉得她会原谅我吗？"

"不知道。"我说。不要问我，我什么都不知道，我甚至不知道我自己现在是什么感觉，我从前以为对于这个世界我多少知道一点什么，也认识一些人，可是现在我觉得我什么都不知道了，有些东西在我的心里崩塌，有些却越来越清晰。我站起身来离开了那间屋子，我需要新鲜的空气，于是我走到大街上，走入人群中，身边的楼宇霓虹闪亮，我给夏念的妈妈打电话，问她很多年前，是否有个男人给她写过那样的信，打过那样的电话。她的妈妈在电话那头哭了起来。

我没再说什么，只是挂掉电话，继续朝前走，迎面走过一群刚刚下晚自习的少女，她们背着书包经过我的身旁，紧实的脸蛋，美好的身体，在夏夜里透过肥大丑陋的校服，散发着如芳草般青春的气息。她们要走向哪里，她们要经过什么，她们要遇到谁？怎样的互相背叛？互相隐瞒？从此有了自己惊天的秘密，形同陌路？我站下来，回头向她们的背影望去，她们要迎接什么样的命运？她们要有怎样的青春？她们的青春要承受怎样的幻灭？怎样的死去？在被生活活埋之前，她们中谁是最后活下来的那一个？我不知道，没有人知道，我也只能祝福她们，虽然这祝福没什么用。

第二天早晨，在薄薄的晨雾中，我在夏念家附近的快捷酒店找到了那个男人，他正在把行李往一辆出租车的后备箱里放，看到我就走过来。

"我给夏念的妈妈打过电话。"我说，"她说确实有过这么一封信，让我别多管闲事。"

"嗯。"

我不知道还能说什么，于是从兜里摸出一个东西递给他："这是夏念的，留给你做个纪念吧。"

他接过来拿在手里看着，那是一个旧发卡，是那年我去探望夏念，临走时她塞给我的，也是夏念留给我唯一的东西。如今我已经不需要了，因为她在我心里。

"这是我送给她的。"男人说，伸出一只骨瘦粗糙的手在眼角擦眼泪。

出租车司机靠在车门上边抽烟看着我们，神情有些不耐烦，又有些好奇，远处一个背着垃圾箱的清洁工正挥着扫帚一路扫过来，今天将是一个晴好的夏日，没有人需要忧伤，一个将死之人接过一个死去之人的遗物，离开她的城市，回到自己的城市去等待他自己的死亡。

"夏念临死前，跟我说了一句话。"

"是什么？"

"她说她想好了。"我说，"我现在终于明白，她是真的想好了。"

男人没有说话。

"张大夫，谢谢你。如果夏念有知，我想她会原谅你的。"

"真的吗？你真的觉得她会原谅我吗？"男人望着我。

"她已经自由了。"我点点头，"你也多保重。"

说完，我转身走掉了。

五七

昨夜的一场特大暴雨刚刚下过，天空像被洗过一样，白得透亮的云朵堆积在远方，我站在候机大厅的门口呆呆地看着它们，从兜里掏出手机来给它们摄了几张影。行李已经托运了，我还不想去安检，想多看一眼这湛蓝的天空，这么多年来，我一直厌恶着这座城市，此时此刻终于真的要离开了，内心却第一次开始承认，这是我的故乡。新建设的机场还只有从前的那几架航班，乘客寥寥，远方的停车场上，几个司机在车旁围坐一堆打扑克，一个穿着时髦的女人守着一个垃圾箱抽烟。口袋里的电话在震动，我掏出接起来。是史冯，他问你在哪儿，我说三号门外，他说我看到你了，你回头。

我回头一看，他正一边合上手机一边向我走来，咧着嘴冲着我乐，露出他那一口总让我联想到饱满的玉米粒的牙。

“都说不用特地来送我呀。”我说。

“不是特地，反正我也要来接机。”他说。

我们走进机场大厅，在一家咖啡店点了两杯咖啡，他要了发票，我看了下表，我还能继续再坐二十分钟。

“这个给你。”他拿出一个信封递给我。我狐疑地接过来拿在手里翻过来倒过去地看了看。“里面装的是人民币吗？”我问。

“是点纪念品。”

“没劲。”我撇嘴。

他阻止我说：“现在别拆，等上飞机再拆。”

“搞什么这么神神秘秘的？”我瞅瞅他，“你表情好古怪。”

他不好意思地笑了起来：“一些旧东西，收拾旧房子的时候翻到的。”然后他收起笑容说：“小唐，谢谢你。”

“谢我什么啊？”我还在打量那个信封。

“谢谢你当初介绍我和金金认识，让我找到了这辈子最爱的女人。”

“哦，这个，是她运气好遇到你。”

“春节如果回来，到我家来吃饭吧。金金其实想和你和好，只是她不大好意思开口。”

我笑了笑，没接话，咖啡端上来，我喝了一口，真是又贵又难喝，于是我放下杯子，发现史冯在拨弄着杯子里的小勺，气氛骤然间变得尴尬。在一分钟前，他还是我的老同学，好哥们儿，但现在我眼里的他，只是苏金金的男朋友，而且苏金金还给我下过最后通牒不许接近。

“你们都走了。原来的老同学就没剩几个人了。”史冯说。

“这个城市留不住人。”我说。

“上个月林铎走的时候，我俩也是在这儿喝的咖啡。”

“这么难喝的咖啡，你竟然喝过不止一次。”

“你会后悔吗？”他问我，“我是说和林铎分手。”

“也许吧，有时候我觉得自己做的决定是对的，有时候又觉得是不对的，我常常摇摆纠结，早上起来想去找他，晚上又算了，直到现在我还常常觉得我和他并没有分开，将来还会在一起，多奇怪，是我坚决要分手的，可是我想我们也许永远也不可能分开了，就算永远也不会再见面，我们也不可能再分开了，他改变了我的人生，他是我生命的一部分。”

“唉，我只是觉得可惜，你们是两个好孩子，怎么不能在一起呢。”

“虽然我不知道自己做得对不对，可是我却觉得和林铎分手，是我活这么大干过的最牛逼的一件事呢。”我说。

他十分吃惊地抬眼看了看我：“你就这么后悔和林铎谈恋爱吗？”

“永远都不。”

“可你为什么……”

“你看，我只是一个很平凡的姑娘，别人看我都觉得我很骄傲清高，其实我懦弱，胆小，动不动就哭，总觉得自己很有个性，其实随波逐流，总想依赖别人。这点夏念和我很像，她走的那天，对我说的最后一句话是让我离开这里，去外面的世界看一看，她要我替她好好地活下去。我懂她的意思，我们都曾经以为自己做一个好姑娘，乖孩子，生活就会善待我们，可是夏念的死让我明白，我们被骗了这么多年，生活就是生活，它不会善待你，也不会亏待你，但是如果你不够勇敢，对自己不够诚实，它就会打败你。我和林铎走到今天，我是有错的，所以我们都被生活打败了。从前我很自以为是，觉得自己又有才华又漂亮，可是我现在不这么想了，我就是个普通人，没什么了不起的本事，将来也不会成什么了不起的人物，我不像你们男人那样，有那么大的野心，干一番大事业，这些我都没想过。可是我就是想，就算我再渺小，再微不足道，我也是一个人，既然来到这个世界上，我算不算是真正地活过一次？”

“那么你现在知道你想要什么了吗？”

我摇摇头：“我现在终于知道我不要什么了。至于我要什么，我想去未来找找看。”

“你有没有想过，也许你找到的东西会让你大失所望，觉得不过如此呢？”

“至少我找过了。”

“你不觉得太晚了吗？咱们可都已经不年轻了。”

“恰恰相反，我觉得从前的自己太老了，我刚刚死里逃生，从坟墓里爬出来，我的青春才开始呢。”我说。

史冯很困惑地看着我，其实他是否明白，已经不重要，我只是想在离开这个城市之前，最后一次和一个从前认识我的人谈起这些，把这一切，就这样留在这座城市里。我要去的那个城市，那里没有我的过去，我的青春，我的朋友，没有一个人认识我，和我一起从小玩到大，记得我小时候的样子，而我离开的这个城市，他们将忘记我的存在、我的故事，偶尔想起来，大家会说，哦，那个离开的人啊，她是个怪人。

“我走了。”我看看表，站起身把背包拎起来对史冯说，“谢谢你来送我。”他也站起身，想说什么又放弃，只是走到跟前来，作势拥抱的样子，却中途改了主意，伸出了手，我犹豫了一下，把手交到他的手中，做了这么多年哥们儿，我们从来没有正式地握过手，我竟然不知道他的手这么温暖。这是记忆中我们唯一的一次握手，两年以后，他和苏金金去了日本，我们之间也失去了联络。

“多保重。混不下去了就回来，有哥哥我在这边呢。”他说。我笑着冲他点点头，转身走向安检处，排队等候时回头看他，他已经不在了，我的手里还拿着他给我的纪念品，我随手拆开了。里面竟然是一张我的照片，穿着红毛衣开心大笑的样子，我仔细辨认了一下，这应该是大学第一年，男子篮球冠军赛的那个下午的照片，我还记得那一次，史冯拿了家里的相机为大家照相，可是我却从来不知道还有这样的一张照片存在。

信封里还飘出一张纸掉在地上，我捡起来看，这是从笔记本上撕下来的一页，边缘已经发黄，看上去有年头了，上面被乱写乱画了很多东西，我看到写了很多“彭飞”，才认出这是从我当年的笔记本上撕下来的，我把纸翻过来看背面，背面写着几个大字：“希望迟迟不来，苦死了等的人。”还有些密密麻麻的小字将这几个大字包围，仔细一看，全都是我的名字，那是史冯的笔迹。我怔怔地看着这张纸，直到身后的人碰了碰我，示意我往前挪动一下，我才把纸塞回信封，走到黄线前站下。下午的阳光透过机场顶棚的大窗照射进来，将我的影子斜斜地打在大理石地面上，我抬起头看着四周，人们在亮堂堂的大厅里走来走去，好像走在我的梦里一样。

“下一位。”机场安检人员通过了前面那个女人，正在向我招手，我拿起扔在脚下的背包，向他走去。

我的未来，我来了。

图书在版编目(CIP)数据

所有年轻人都将在黎明前死去 / 水木丁著 .
— 桂林 : 广西师范大学出版社 , 2014.4 (2014.7 重印)

ISBN 978-7-5495-5105-7

Ⅰ . ①所… Ⅱ . ①水… Ⅲ . ①长篇小说 – 中国 – 当代
Ⅳ . ① I247.5

中国版本图书馆CIP数据核字(2014)第033085号

广西师范大学出版社出版发行

桂林市中华路 22 号邮政编码：541001
网址：www.bbtpress.com

出 版 人　何林夏
出 品 人　刘瑞琳
责任编辑　杨晓燕　张诗扬
装帧设计　丁威静
内文制作　韩　凝

全国新华书店经销
发行热线：010-64284815
中煤涿州制图印刷厂北京分厂

开本：889mm × 1194mm　1/32
印张：10　　字数：201千字
2014年4月第1版　2014年7月第3次印刷
定价：32.00元